# MIT DEM BIEST VERPARTNERT

INTERSTELLARE BRÄUTE® PROGRAMM:
BAND 6

GRACE GOODWIN

Mit dem biest verpartnert Copyright © 2020 durch Grace Goodwin

*Interstellar Brides®* ist ein eingetragenes Markenzeichen
von KSA Publishing Consultants Inc.
Alle Rechte vorbehalten. Dieses Buch darf ohne ausdrückliche schriftliche Erlaubnis des Autors weder ganz noch teilweise in jedweder Form und durch jedwede Mittel elektronisch, digital oder mechanisch reproduziert oder übermittelt werden, einschließlich durch Fotokopie, Aufzeichnung, Scannen oder über jegliche Form von Datenspeicherungs- und -abrufsystem.

Coverdesign: Copyright 2020 durch Grace Goodwin, Autor
Bildnachweis: Deposit Photos: ralwel, Improvisor

Anmerkung des Verlags:
Dieses Buch ist für volljährige Leser geschrieben. Das Buch kann eindeutige sexuelle Inhalte enthalten. In diesem Buch vorkommende sexuelle Aktivitäten sind reine Fantasien, geschrieben für erwachsene Leser, und die Aktivitäten oder Risiken, an denen die fiktiven Figuren im Rahmen der Geschichte teilnehmen, werden vom Autor und vom Verlag weder unterstützt noch ermutigt.

# WILLKOMMENSGESCHENK!

TRAGE DICH FÜR MEINEN NEWSLETTER EIN, UM LESEPROBEN, VORSCHAUEN UND EIN WILLKOMMENSGESCHENK ZU ERHALTEN!

http://kostenlosescifiromantik.com

# INTERSTELLARE BRÄUTE® PROGRAMM

DEIN Partner ist irgendwo da draußen. Mach noch heute den Test und finde deinen perfekten Partner. Bist du bereit für einen sexy Alienpartner (oder zwei)?

**Melde dich jetzt freiwillig!**
**interstellarebraut.com**

# GRACE GOODWIN

# 1

## Sarah, Abfertigungszentrum für interstellare Bräute, Erde

MEIN RÜCKEN PRESSTE gegen eine glatte, feste Oberfläche. An meiner Vorderseite befand sich eine ebenso harte Fläche, aber sie fühlte sich heiß an, als ich mit den Händen über sie strich. Ich spürte einen Herzschlag unter der schweißgebadeten Haut, ich hörte das lustvolle Grollen in seiner Brust. Seine Zähne gruben sich zärtlich in meinen unteren Halsbereich, sie waren scharf und ich spürte einen leichten Schmerz. Meine Oberschenkel wurden von einem Knie auseinander geschoben und meine Zehenspitzen berührten kaum noch den Boden. In dieser *vorzüglichen* Weise war ich festgenagelt, und zwar zwischen einem sehr großen, begierigen Mann und einer Wand.

Hände glitten über meine Taille und weiter nach oben auf meine Brüste, um an meinen harten Brustwarzen zu zupfen. Seine kunstfertigen Berührungen ließen meinen Körper dahinschmelzen und ich war erleichtert, die stützende Wand hinter mir zu wissen, als er mich beschützend fest hielt. Seine Hände wanderten höher, sie packten meine Arme, bis er meine Handgelenke mit seiner mächtigen, starken Hand über meinem Kopf zusammenhielt. Ich war ihm wahrhaftig ausgeliefert. Es kümmerte mich nicht. Ich hätte mich wehren sollen, denn eine grobe Behandlung gefiel mir überhaupt nicht, aber das hier ... gütiger Gott, war etwas anderes.

Ich wurde richtig gut gegen eine Wand gefickt.

Ich wollte keine Kontrolle über die Situation haben, nicht wissen, was als Nächstes kommen würde. Was auch immer er mit mir anstellen würde, ich wollte mehr. Er war wild, ungebändigt und aggressiv. Sein Schwanz presste heiß gegen meinen Innenschenkel.

"Bitte," flehte ich.

"Deine feuchte Muschi tröpfelt auf mein Bein."

Ich konnte spüren, dass ich feucht war, mein Kitzler pochte und die Innenwände meiner Muschi verkrampften sich in freudiger Erwartung.

"Möchtest du von meinem Schwanz gefüllt werden?"

"Ja," ich schrie und tippte mit dem Kopf gegen die harte Oberfläche hinter mir.

"Vorhin wolltest du dich niemals unterwerfen."

"Doch. Doch," keuchte ich, die Situation widersprach vollkommen meinem Wesen. Niemals würde ich mich irgendwem unterwerfen. Ich war eigenständig und verteidigte mich mit Händen und Fäusten oder mit meiner spitzen Zunge. *Niemand* hatte mir zu sagen, was ich zu tun hatte. Ich hatte genug davon mit meiner Familie und ich würde mich nie mehr herumkommandieren lassen. Aber dieser Mann … ihm würde ich alles geben, selbst meinen Gehorsam.

"Wirst du mir gehorchen?" Seine Stimme war rau und tief, ihr Klang eine Mischung aus Dominanz und Erregung.

"Das werde ich, aber bitte, *bitte*, fick mich."

"Ah, ich liebe es, diese Worte von dir zu hören. Dir ist aber klar, dass du meine Bestie besänftigen musst, mein Fieber. Ich werde dich nicht nur einmal ficken. Ich werde dich immer wider ficken, hart und derbe, genau wie du es brauchst. Ich werde dich so oft kommen lassen, dass du dich an keinen anderen Namen außer dem Meinen erinnern wirst."

Daraufhin stöhnte ich. "Tu es. Nimm mich." Seine Worte waren dermaßen versaut, ich hätte entsetzt sein müssen, stattdessen aber machten sie mich nur noch heißer. "Stopf mich voll. Ich werde dein Fieber besänftigen. Ich bin die Einzige, die das kann."

Ich hatte keine Ahnung, was ich da sagte, aber ich *spürte*, dass es die Wahrheit war. Ich war die Einzige, die die angespannte Raserei in ihm mildern konnte. Ich spürte, wie sie hinter seinen zärtlichen Berührungen und hinter seinen weichen Lippen lauerte. Beim Ficken konnte er seine Wut herauslassen und es war mein Job, meine Aufgabe, ihm dabei zu helfen. Es war nicht so, dass es eine Last sein würde; ich wollte verzweifelt von ihm gefickt werden. Vielleicht war auch ich diesem Fieber erlegen.

Als wäre ich ein Federgewicht hielt er mich gegen die Wand gepresst, mein Rücken wölbte sich unter seinem festen Griff, mit dem er meine Handgelenke packte, meine Brüste schoben sich willig nach vorne, während ich mich näher an ihn heran machte, damit er mich endlich ausfüllen würde.

"Leg deine Beine um mich. Öffne dich, gib mir, was ich will. Gib es mir." Zärtlich biss er meine Schulter und ich wimmerte vor Bedürftigkeit, als seine massive Brust gegen meine empfindlichen Brustwarzen rieb und er sein Knie weiter nach oben schob und mich zwang, ihn zu reiten. Mit einem erbarmungslosen Übergriff ging er auf meinen verletzlichen Kitzler los, damit ich die Beherrschung verlieren würde.

Ich stützte mich auf ihm ab, hob die Beine hoch und hob mich ihm entgegen, bis ich die Spitze seines dicken Schwanzes an meinem Eingang spürte. Sobald er sich befand, wo ich ihn haben wollte, verschränkte ich meine Knöchel über der Kurve seines muskulösen Hinterns und machte mich daran, ihn enger an mich heranzuziehen und mich auf ihm aufzuspießen. Aber er war zu groß, zu übermächtig und ich stöhnte vor lauter Frustration.

"Sag es, Liebes, sag es, wenn ich dich mit meinem Schwanz fülle. Sag meinen Namen. Sag, wessen Schwanz dich füllt. Sag den Namen des einzigen Mannes, dem du dich unterwerfen wirst. Sag es."

Sein Schwanz drang in mich ein, er spreizte meine Schamlippen weit auseinander und öffnete mich. Ich spürte, wie fest er war, wie heiß. Ich konnte den moschusartigen Duft meiner eigenen Erregung riechen, den Geruch von Sex. Sein Mund saugte an der empfindlichen Haut an meinem Hals. Ich spürte die stählerne Macht seines Griffes, gegen die Wand gepresst hielt er mich an Ort und Stelle und ließ mir keine Chance der Übermacht seines drängenden Körpers zu entkommen. Ich spürte seine mächtige Größe, als ich meine Schenkel um ihn schlang. Ich spürte die Bewegungen seiner Pomuskeln, als er in mich hineinstieß.

Ich warf den Kopf zurück und schrie seinen Namen, den Namen, der für mich alles bedeutete.

"Miss Mills."

Die Stimme klang weich, fast schüchtern und es war nicht *seine* Stimme. Ich ignorierte sie und dachte daran, wie sein Schwanz sich in mir anfühlte. Nie zuvor war ich so gründlich gedehnt worden und das leichte Brennen vermischte sich mit lustvoller Wonne, als seine breite Eichel über die empfindlichsten Stellen in meinem Inneren glitt.

"Miss Mills."

Ich spürte eine Hand auf meiner Schulter. Sie war kalt, klein. Es handelte sich nicht um *seine* Hand, denn in meinem Traum befanden sich seine Hände jetzt auf meinem Arsch. Sie drückten und massierten mich fest, während er tief in mich eindrang und mich gegen die Wand nagelte.

Erschrocken wachte ich auf und befreite meinen Arm aus dem klammernden Griff eines Fremden. Ich blinzelte einige Male und erkannte die Frau vor mir als Aufseherin Morda wieder. Es handelte sich nicht um den Mann aus dem Traum. Oh Gott, es war ein Traum.

Ich starrte sie an und schnappte nach Luft.

Sie war echt. Aufseherin Morda befand sich mit mir in diesem Raum. Ich wurde nicht von einem dominanten Mann mit einem riesigen Schwanz gefickt, der mir herausfordernde Worte ins Ohr flüsterte. Wie eine gespannte Katze starrte sie mich an und vielleicht war es der Ausdruck auf meinem Gesicht, der sie einen Schritt zurücktreten ließ. Wie konnte sie es wagen *diesen* Traum zu unterbrechen? Der beste Sex, den ich je hatte kam nicht einmal ansatzweise an das heran. Heilige Scheiße, war das ein geiler Traum. Nie zuvor wurde ich dermaßen zusammengeballert und gegen eine Wand gefickt, aber jetzt wollte ich genau das. Meine Muschi zog sich weiter zusammen und erinnerte sich sehr gut daran, wie dieser Schwanz sich angefühlt hatte. Meine Finger juckten und sehnten sich danach, seine Schultern noch einmal zu packen. Ich wollte meine Beine um seine Hüften schlingen und meine Fersen in seinen Hintern bohren.

Es war reiner Wahnsinn, ein Sextraum. Und jetzt saß ich hier. Himmel, die Szene glich fast einer Demütigung, wäre sie nicht so real gewesen. Nein, es *war* demütigend, denn eigentlich sollte ich für den Einsatz an der Front abgefertigt werden, nicht für einen Job als Pornostar. Ich dachte, die Abfertigung wäre so etwas wie eine medizinische Untersuchung, ein Verhütungsimplantat und vielleicht eine psychologische Untersuchung. Ich war zwar schon vorher beim Militär gewesen, nicht aber im Weltraum. Wie anders konnte das nur sein? Was hatte die Koalition nur für Abfertigungsmethoden, um mich einen pornografischen Traum durchleben zu lassen? Machten sie das, weil ich eine Frau war? Wollten sie damit sicherstellen, dass ich mich nicht auf einen männlichen Soldaten stürzen würde? Es war lächerlich, aber warum sonst würden sie mich in diese heiße Traumwelt schicken?

"Was?" raunte ich, immer noch wütend darüber, einem derartigen Vergnügen entrissen zu werden und es war mir peinlich, dass sie mich in diesem verletzlichen Moment ertappt hatte.

Sie wich zurück, offensichtlich war sie die ruppige Art neuer Rekruten nicht gewohnt. Merkwürdig, schließlich hatte sie jeden Tag damit zu tun. Dass sie neu hier im Abfertigungszentrum war, das *hatte* sie erwähnt, wie neu genau aber, das war nicht klar. Wenn ich Pech hatte, dann war das wohl ihr erster Tag.

"Es tut mir leid, dass ich sie gestört habe." Ihre Stimme klang zurückhaltend. Sie erinnerte mich an eine Maus. Sie hatte glanzloses, braunes Haar, es war lang und gerade. Keinerlei Make-up, in ihrer Uniform wirkte sie blass und farblos. "Ihr Testvorgang ist abgeschlossen."

Stirnrunzelnd blickte ich an mir herab. In dem mit einem roten Logo bestickten, kratzigen Krankenhauskittel kam ich mir vor wie beim Arzt. Der Stuhl, auf dem ich saß erinnerte mich an einen Zahnarztstuhl, mit den Handfesseln als unerfreuliches Detail. Ich zerrte daran und testete ihre Stärke, aber sie gaben nicht nach. Ich saß in der Falle. Ein Gefühl, das mir überhaupt nicht gefiel. Ich musste wieder an diesen Traum denken, als er meine Hände über meinem Kopf festhielt, aber das, das hatte mir gefallen. Sehr sogar. Was ich nicht mochte war, dass ich mich ihm offiziell unterwerfen sollte, mich ihm überlassen sollte. Das ergab keinen Sinn, denn ich *hasste* es zutiefst, irgendjemandem die Kontrolle zu überlassen. Wenn ich mit Freunden ausging, dann saß ich am Steuer. Ich organisierte die Geburtstagsfeiern. Ich erledigte die Einkäufe für meine Familie. Ich hatte meinen Vater und drei Brüder und alle waren sie rechthaberisch. Obwohl ich dazu erzogen wurde, genauso herumkommandierend zu sein wie sie, ließen sie sich nie von mir etwas sagen. Sie verspotteten mich, ärgerten mich und verschreckten jeden Typen, der auch nur im Entferntesten an mir interessiert war. Sie waren dem Militär beigetreten und ich folgte ihnen. Genau wie sie sehnte ich mich nach Kontrolle.

Jetzt, mit diesen verflixten Fesseln kam ich mir wie eine Gefangene vor. Ich war festgenagelt, konnte nicht entkommen. Mit funkelnden Augen blickte ich die Aufseherin an.

Ihre Schultern erschlafften und sie machte sich klein.

"Mein Test ist abgeschlossen? Wollen sie gar nicht wissen, ob ich mit Schusswaffen umgehen kann? Mein Verhalten im Nahkampf? Meine Pilotenkenntnisse?"

Sie befeuchtete ihre Lippen und räusperte sich. "Ihre … ähm … Fähigkeiten sind beeindruckend, sicherlich, aber sie sind nicht Bestandteil des Testvorgangs, den sie gerade beendet haben, also … nein."

Meine Kampfkünste waren überragend, ich hatte jahrelange Übung darin, wahrscheinlich mehr als die meisten Rekruten der Koalition. Ich ging davon aus, dass alle Tests über Simulationen wie die, die ich eben durchlaufen hatte, durchgeführt wurden, was sehr merkwürdig war, aber vielleicht leichter durchzuführen war, als wenn die Soldaten sich auf dem Übungsplatz oder in einem echten Flugzeug beweisen mussten. War der erotische Traum etwa ein neuartiger Test? Ich war keine Nymphomanin, aber wenn er mir zusagte, dann würde ich einen heißen Typen auch nicht abblitzen lassen. Mir war natürlich klar, dass das Schlafzimmer nichts mit dem Schlachtfeld gemeinsam hatte. Warum interessierten sie sich für meine sexuellen Vorlieben? Glaubten sie, eine Menschenfrau würde einem extrem geilen Alien nicht widerstehen können? Zum Teufel, ich hatte mein ganzes Leben von heißen Alphamännern umgeben zugebracht. Ihnen zu widerstehen war nicht das Problem.

Oder wollten sie beweisen, dass mit mir etwas nicht in Ordnung war, dass ich einen eifrigen, gut bestückten Typen dazu gebracht hatte, mich zu dominieren und gegen eine Wand zu nageln? Er hatte mich zu nichts gezwungen. Ich hatte keine Angst vor ihm. Ich hatte mich nach ihm gesehnt. Ich hatte ihn *angebettelt*. Es hatte keine Feuerwerke gegeben, außer man würde den Moment zählen, an dem er tief in mich hineinstieß und ich fast gekommen wäre. Meine Bauchmuskeln verkrampften sich erneut und die Bildhaftigkeit des Traumes führte dazu, dass ich mich danach sehnte, dass dieser riesige Mann mich mit seinem heißen Samen füllte.

Diesmal musste ich mich räuspern.

Ein forsches Klopfen an der Tür ließ die Aufseherin auf ihren gummibesohlten Hacken kehrt machen.

Eine Frau in identischer Uniform trat herein, jedoch trug sie diese sehr viel selbstbewusster und mit einer sachkundigen Ausstrahlung.

"Miss Mills, mein Name ist Aufseherin Egara. Wie ich sehe haben sie den Test abgeschlossen." Die Aufseherin Egara hatte dunkelbraunes

Haar, graue Augen und die Haltung und Figur einer Tänzerin. Ihre Schultern waren gerade, ihr Körper war fit und aufrecht. Alles an ihr schrie gebildet, selbstsicher, kultiviert. Das genaue Gegenteil von der Gegend, in der ich aufgewachsen war. Die Aufseherin blickte auf ihr Tablet. Ihr Kopfnicken hätte bedeuten müssen, dass sie zufrieden war, aber ihr Ausdruck war wohldurchdacht und gab nichts preis.

Ich wünschte mir etwas weniger Zurückhaltung ihrerseits und spürte, wie sich mein Gesicht zu einer wütenden Grimasse verzog. "Gibt es einen Grund, warum ich an diesen Stuhl gefesselt bin?"

Das letzte woran ich mich erinnern konnte war, dass ich dem kleinen Mäuschen gegenüber saß—sie kauerte jetzt neben der selbstbewussten Ober-Aufseherin—und eine kleine Pille aus ihrer Hand nahm. Mit einem Pappbecher voll Wasser spülte ich sie herunter. Unter dem Kittel war ich nackt—auf der harten

Plastikfläche konnte ich meinen nackten Hintern spüren—und ich war gefesselt. Wenn ich überhaupt irgendetwas Besonderes anhaben sollte, dann nicht diesen lächerlichen Krankenhauskittel, sondern eine Kampfuniform für meinen Einsatz als Koalitionskämpfer.

Die Aufseherin schaute mich an und lächelte überzeugend. Alles an ihr wirkte professionell, ganz im Gegensatz zu der Maus.

"Einige Frauen reagieren sehr stark auf den Testvorgang. Die Fesseln dienen ihrer eigenen Sicherheit."

"Dann macht es ihnen nichts aus, sie jetzt zu entfernen?"

Die Armfesseln ließen mich langsam die Beherrschung verlieren. Im Falle einer Bedrohung könnte ich den Angreifer mit den Füßen treten, meine Beine waren schließlich frei. Sicher würden sie ein blaues Auge abbekommen, wenn ich mein Bein hochreißen würde.

"Nicht, bis wir fertig sind. Mit dem Protokoll," fügte sie hinzu, als ob das von Bedeutung wäre.

Sie setzte sich an den Tisch, die Maus schlüpfte auf einen Stuhl an ihrer Seite.

"Um fortzufahren haben wir einige standardgemäße Fragen an sie, Miss Mills."

Ich verkniff mir das Augenrollen, denn ich wusste, dass das Militär pedantischen Wert auf Papierkram und Organisation legte. Dass eine Militärorganisation mit über zweihundert Mitgliedsplaneten mir einige Hürden in den Weg legen würde, hätte mich nicht überraschen dürfen. Meinem Eintritt in die US-Armee war ein tagelanger Papierkrieg vorausgegangen und das war in einem kleinen Land, auf einem kleinen blauen Planeten von hunderten dieser Art. Verdammt, ich sollte mich glücklich schätzen, wenn die

Koalitionsabfertigung der Aliens nicht ganze zwei Monate dauern würde.

"In Ordnung," antwortete ich, um die Sache schnell hinter mich zu bringen. Ich musste meinen Bruder finden und die Zeit war knapp. Jede Sekunde länger, die ich auf der Erde verbrachte, war für meinen durchgeknallten, aufwieglerischen Bruder eine weitere Gelegenheit, etwas Dummes zu tun und dabei getötet zu werden.

"Ihr Name ist Sarah Mills, richtig?"

"Ja."

"Sie sind ledig."

"Ja."

"Keine Kinder?"

Jetzt verdrehte ich doch die Augen. Wenn ich Kinder hätte, dann würde ich mich nicht freiwillig für den Militärdienst im Weltraum melden, um dort die furchteinflößenden Hive zu bekämpfen. Ich stand davor, die gepunktete Linie unter einer Zwei-Jahres-Verpflichtung zu unterschreiben und nie im Leben würde ich meine Kinder zurücklassen. Nicht einmal, um das Versprechen an meinen Vater an dessen Sterbebett einzulösen.

"Nein. Ich habe keine Kinder."

"Sehr gut. Sie wurden dem Planeten Atlan zugeteilt."

Ich runzelte die Stirn. "Das ist nicht einmal in der Nähe der Front." Ich *wusste*, wo die Kämpfe stattfanden, schließlich waren meine beiden Brüder John und Chris da draußen im Weltall ums Leben gekommen und mein jüngster Bruder Seth befand sich immer noch im Einsatz.

"Das ist richtig." Sie blickte über meine Schulter und hatte den vagen Gesichtsausdruck einer Person, die angespannt nachdachte. "Falls ich mich nicht irre, dann liegt Atlan etwa drei Lichtjahre vom nächsten Außenposten der Hive entfernt."

"Warum also werde ich dorthin geschickt?"

Jetzt runzelte die Aufseherin die

Stirn, konzentriert starrte sie auf mein Gesicht. "Weil ihr ausgewählter Partner von dort stammt."

Mein Mund stand offen und ich starrte die Frau an. Meine Augen waren dermaßen schockiert, es fühlte sich an, als würden sie jeden Moment aus meinem Schädel herausplatzen. "Mein *Partner*? Wieso würde ich einen Partner wollen?"

# 2

## Sarah

Mein überraschter Tonfall und unverhohlen schockierter Gesichtsausdruck befremdete die Aufseherin offensichtlich. Sie blickte kurz zur Maus herüber, dann zurück zu mir. "Nun, ähm … sie befinden sich hier im Test- und Abfertigungszentrum des Programms für interstellare Bräute. Manchmal dauert es eine Weile, bis die Frauen sich von den Tests erholen und wachen ein bisschen ... verwirrt auf. Allerdings hat bisher keine Frau vergessen, warum sie hier ist. Ihre Fragen sind sehr beunruhigend. Miss Mills, geht es ihnen gut?" Sie wendete sich der Maus zu. "Rufen sie unten an. Ich glaube, sie braucht einen zweiten Gehirnscan."

"Ich brauche keinen Scan." Ich setzte mich auf und zerrte an den Fesseln, konnte mich aber nicht bewegen. Meine Bemühungen hatten zur Folge, dass die beiden Frauen kerzengerade auf ihren Stühlen saßen, während ich weiter ausführte: "Mir geht's gut. Ich denke, sie—" ich öffnete meine Faust und deutete auf die Maus, die sich jetzt auf die Lippe biss und an der Tischkante festkrallte, "—hat einen schweren Fehler gemacht."

Die Aufseherin Egara ließ unerschütterlich ihre Finger über das Tablet gleiten. Eine Minute verstrich, dann eine weitere. Sie schaute zu mir hoch. "Sie sind Sarah Mills und sie haben sich freiwillig als Braut beim Programm für interstellare Bräute gemeldet."

Daraufhin musste ich lachen. Wahrscheinlich war es *doch* gut, dass ich festgeschnallt war. "Auf keinen Fall. Ich bin die Letzte, die einen Partner braucht. Ich bin mit drei Brüdern und einem gluckenhaften Vater aufgewachsen und alle haben sich ständig in meine Privatangelegenheiten eingemischt. Sie waren unglaublich bestimmend und haben jeden Typen davongejagt, der auch nur an Sex mit mir *dachte*." Natürlich hatte ich gelernt, *einige* Sachen und darunter auch Männer für mich zu behalten. Was meine Familie nicht wusste, darüber konnte sie sich auch nicht aufregen. "Wozu in aller Welt würde ich einen Partner brauchen?"

"Er würde nicht von der *Erde* sein," piepste die Maus hervor.

Aufseherin Egara riss den Kopf herum und funkelte die Maus an, ich war ziemlich beeindruckt. Nicht viele Zivilistenfrauen hatten den Blick, der buchstäblich töten konnte drauf. Die Aufseherin allerdings war ein Profi.

"Warum sind sie dann hier?" Die Aufseherin wandte sich wieder mir zu, ihr Kopf neigte sich zur Seite, als wäre ich ein Puzzle, das sie zusammensetzen wollte.

"Ich muss mich fragen, was genau 'hier' bedeuten soll, aber ich habe mich freiwillig für das Koalitionskämpferkontingent der Erde gemeldet."

"Aber sie sind eine Frau," entgegnete die Maus mit aufgerissenen Augen.

Als ich antwortete, blickte ich an mir herab. Ich war kräftig und nicht dünn. Meine Knochen waren schwer und ich hatte fast so viele Stunden wie die meisten Kerle in meiner Einheit im Kraftraum zugebracht. Trotz des endlosen Krafttrainings hatte ich noch meine Kurven, mit vollen Lippen und üppigen Brüsten und es war unmöglich, mich mit einem Typen zu verwechseln.

"Ja, meine Brüder haben mich mit großem Vergnügen immer wieder darauf hingewiesen."

Ich musste an sie denken, zwei waren jetzt tot und der dritte kämpfte im Weltall gegen die Hive. Ihre Stänkereien hatte ich damals gehasst, aber jetzt, da John und Chris tot waren würde ich alles geben—also auch eigenhändig die Hive bekämpfen—, damit Seth mich noch einmal ärgern würde. Seth war immer noch irgendwo da draußen. Und ich würde ihn finden und nach Hause holen. So hatte mein Vater es gewollt und ich musste ihm auf dem Sterbebett mein Wort geben.

"Es gibt aber keine Frauen, die sich freiwillig gemeldet haben." Die Maus zappelte nervös, ihr linkes Knie hüpfte auf und ab wie ein Sprungbrett.

"Das stimmt nicht," entgegnete die Aufseherin, ihre Stimme klang spröde und verärgert. "Heute ist ihr zweiter Tag und daher wissen sie über viele Dinge noch nicht Bescheid. Es gab schon Frauen, die sich freiwillig für den Kampf gegen die Hive gemeldet haben, nur nicht viele. Miss Mills, ich glaube, eine Entschuldigung wäre jetzt angebracht."

"Danke." Meine Schultern fielen erleichtert herunter und ich konnte wieder durchatmen. Ich wollte und benötigte keinen Partner. Ich wollte nicht nach Atlan gehen. Ich musste die Kreaturen, die meine beiden Brüder getötet hatten ausschalten. Mein Vater würde sich im Grabe umdrehen, würde ich vor diesem Krieg davonrennen und so tun, als wäre ich ein schwaches, verängstigtes Frauchen, das einen starken Mann nötig hatte, um sie zu beschützen. Das war nicht das, wozu er mich erzogen hatte. Mein Vater und meine Brüder hatten sichergestellt, dass ich mich um mich selbst kümmern konnte, sie erwarteten mehr von mir. "Wann werde ich die Erde verlassen? Ich bin bereit, gegen die Hive zu kämpfen."

Den meisten rational denkenden Frauen musste ich wie eine Geisteskranke vorkommen. Wer würde schon eine perfekte Partie ausschlagen, einen starken Partner, dessen absolute Ergebenheit bis ans Lebensende andauern würde, der mir Kinder und ein Zuhause schenken und der mich mit seinem Leben beschützen würde?

Nun, das war wohl ich.

"Sie wurden Atlan zugeteilt," stellte sie klar. "Der Test wurde abgeschlossen. Ihrem psychologischen Profil nach und basierend auf den Tests des Verpartnerungsprogramms wird unter den verfügbaren Männern auf Atlan ein Partner für sie ausgewählt. Auf diesem Planeten laufen die Dinge ein bisschen anders—"

"Nein. Aber—" ich wollte ihr ins Wort fallen, aber sie war noch nicht fertig.

Sie seufzte und erhob die Hand, um mir Einhalt zu gebieten. "Sie werden ohne ihr Einverständnis vom Planeten transportiert. Ich nehme an, dass sie nicht zustimmen."

"Nein. Das werde ich nicht," antwortete ich bestimmt. "Ich brauche keinen Alien-Mann oder … *Partner*, der mir sagt, was ich zu tun habe."

"Sie werden die nächsten zwei Jahre einem Kommandanten unterstehen, der ihnen sagen wird, was sie zu tun haben; höchstwahrscheinlich einem Mann," entgegnete die Maus.

Damit hatte sie nicht ganz Unrecht, aber das würde ich ihr nicht zugestehen. Außerdem war da ein gewaltiger Unterschied zwischen einem Partner, der mich den Gesetzen der Koalition nach für den Rest meines Lebens herumkommandieren durfte und einem befehlshabenden Offizier, der in zwei Jahren aus meinem Leben verschwunden sein würde. "Ich werde alles tun, um meinen Bruder zu finden. Mein *einziger* Bruder, der den Kampf gegen die Hive überlebt hat. Ich habe meinem Vater mein Wort gegeben und *nichts* wird mich davon abhalten, es einzulösen."

Beide Frauen machten große Augen, wahrscheinlich überraschte sie meine Unnachgiebigkeit. Ich meinte es ernst. Ich wollte Seth finden und so viele Hive-Kreaturen wie möglich auslöschen, schließlich hatten sie mir John und Chris genommen. Meinen Vater hatten die Hive zwar nicht *direkt* umgebracht, aber die Trauer über den Tod meiner Brüder hat sicherlich zu seinem Ableben beigetragen.

"Sehr gut," antwortete darauf die Aufseherin, sie wischte mit dem Finger über ihr Tablet und löste so meine Fesseln. "Da sie nicht einwilligen, eine Braut zu werden, können sie zum Testzentrum der interstellaren Kampftruppe gehen und dort mit ihrer Abfertigung beginnen, damit sie eingeschworen werden können."

Ich rieb mir die Handgelenke, als ich ihr antwortete. "Das hier war also reine

Zeitverschwendung? Ich muss dort nochmal von vorne anfangen?"

Sie seufzte. "Ich fürchte ja. Ich bedaure."

"Das ist in Ordnung für mich, so lange sich die Sache mit dem Partner damit erledigt." Jetzt, als ich den Grund für den Sextraum kannte, fühlte ich mich besser. Einen Moment lang hatte ich mich gefragt, ob in meinem Unterbewusstsein eine unterdrückte, perverse Nymphe schlummerte, von der ich keine Ahnung hatte. Ich war erleichtert, dass es nicht an mir lag. Es war nicht meine Schuld, dass diese sexuellen Bilder auf mich eingeprasselt waren.

Ich rutschte vom Stuhl und meine nackten Füße landeten auf dem kalten Fußboden. Meine Beine zitterten, aber ich weigerte mich, über den Grund dafür nachzudenken. Warum verschreckte mich der Gedanke an einen gebieterischen Partner mehr als die Vorstellung, ein paar gnadenlose, unmenschliche Cyborgs zu bekämpfen?

Nun, zuerst einmal war es so, dass ich einem Cyborg die Birne wegknallen und mich anschließend davonmachen konnte, sollte er mir auf die Nerven gehen. Aber ein Partner? Der würde mich auf die Palme bringen und ich würde für den Rest meines Lebens mit ihm festsitzen, wie ein brodelnder Vulkan, der nie ausbrechen kann … Und Gott weiß, ich hatte einiges an Temperament. Meine Launen hatten mich mehr als einmal in Schwierigkeiten gebracht. Aber sie hatten mir auch das Leben gerettet. Seth riss gerne seine Witze darüber, er sagte, ich würde unsterblich enden, weil ich einfach zu stur war, um zu verrecken.

"Ich werde sie begleiten, damit sie diesmal tatsächlich auch am richtigen Ort ankommen." Die Aufseherin sprach zu mir, aber ihr Blick richtete sich auf die Maus. "Und um sicher zu gehen, dass *alle* Protokolle genau befolgt wurden."

Ich lächelte die Maus an. "Seien sie nicht zu hart mit ihr," antwortete ich. "Sie ist neu. Und ich hatte einen unglaublichen Traum."

Verdammt, das hatte ich. Sollte der Typ, dem ich zugeteilt wurde, auch nur annähernd diesem riesigen, aggressiven Liebhaber aus dem Traum ähneln … der bloße Gedanke daran ließ meine Nippel hart werden.

Die Aufseherin zog eine Augenbraue hoch. "Es ist noch nicht zu spät, Miss Mills. Das war kein Traum, sondern die exakte Erfahrung einer anderen Braut während der Verpartnerungszeremonie mit einem Atlanen."

"Die exakte Erfahrung?"

Die Aufseherin errötete, ihre Wangen liefen leuchtend pink an, während ich versuchte zu verstehen, was *genau* das bedeuten sollte.

"Ja. Bei der Abfertigung wird die Braut von uns mit einem Neuro-

Implantat versehen. Die Koalitionskämpfer erhalten dasselbe Implantat." Sie tippte mit dem Finger gegen die verknöcherte Wulst an ihrem Schädel, genau über ihrer Schläfe. "Das Implantat hilft ihnen, alle Sprachen der Interstellaren Koalition zu erlernen."

"Ich werde mich also mit jedem unterhalten können?"

"Ja. Aber das ist noch nicht alles." Ihr Blick schweifte ab, dann sah sich mich erneut an. "Wenn eine Braut von ihrem Partner beansprucht wird, dann werden ihre Sinneseindrücke, was sie sieht, hört und … fühlt," die Aufseherin räusperte sich, "aufgezeichnet und später dazu verwendet, die zukünftigen Bräute bei ihrer Abfertigung mental zu stimulieren damit geprüft werden kann, ob sie zu den Männern und Bräuchen des jeweiligen Planeten passen."

Heilige Scheiße. "Das war also kein Traum? Ich habe die *Erinnerungen* einer Anderen durchlebt? Das ist wirklich passiert?"

Die Aufseherin lächelte. "Oh ja. Genau so, wie sie es erlebt haben."

"Eine andere Frau hat das erlebt?"

"Ja."

Wow. Ich hatte keine Ahnung, was ich mit dieser Information anfangen sollte. Bedeutete das, dass alle Männer auf Atlan so dominant wie der Typ aus dem Traum waren? Er sprach von einem Fieber, einer Wut, die nur ich— die Frau in dem Traum—besänftigen konnte. Sollte das heißen, dass er geil auf sie war? Wenn es sich im Traum so anfühlte, dann konnte ich mir nur ausmalen, wie unglaublich es sich in der Realität anfühlen musste. Himmel, dieser Mann war anders als alle Männer von der Erde. Dieser Traum war lustvoller als jede tatsächliche sexuelle Erfahrung, die ich je gemacht hatte.

Aber es *blieb* ein Traum, zumindest für mich. Ich sollte nicht länger darüber nachdenken. Es war ein Missgeschick. Ich würde für die Koalition kämpfen.

Ich würde Seth ausfindig machen. Ich hatte keine Zeit, mich von meinen fleischlichen Begierden ablenken zu lassen. Es war pure, besinnungslose Lust. Ich sinnierte darüber, wie ich die Cyborgs umbringen würde und trotzdem, meine Nippel blieben hart. Das war vollkommen unakzeptabel. Die Pflicht kam zuerst. Meine aufgestaute Libido würde warten müssen, bis mein Bruder sicher wieder zu Hause war. Ich musste ihn finden und an seiner Seite unsere Dienstzeit absolvieren. *Danach* konnten wir zurück nach Hause.

Ich blickte hoch, die Aufseherin musterte mich genau. "Miss Mills, noch können sie es sich anders überlegen. Sie werden mit einem Krieger vom Planeten Atlan verpartnert. Er wird komplett ihnen gehören, ihre psychologischen Profile und Vorlieben werden perfekt aufeinander abgestimmt. Er wird ihnen absolut ergeben und in jeder Hinsicht perfekt für sie sein."

Ich erinnerte mich an den festen Hüftstoß des Mannes, wie ich stöhnte und mich gegen die Wand presste, als er mich mit seinem Schwanz nahm. Gewollt zu werden war eine starke Verlockung und das Gefühl, derartig begehrt und hemmungslos durchgefickt zu werden erfüllte mich mit Sehnsucht. Ich hätte es haben können. Ich hätte einen dieser großen, ruppigen Liebhaber ganz für mich alleine—

Nein. Auf keinen Fall. Ich würde nicht zulassen, dass meine Hormone mich in eine Vollidiotin verwandelten. Ich hatte einen Plan, eine Aufgabe. Ich musste Seth finden. Ich *brauchte* keinen heißen Typen mit einem riesigen Schwanz, der mich allein mit seinem festen, tiefen Hüftstoß kommen lassen würde. Ich seufzte. Brauchen? Nein. Aber *wollen* …

Verdammt. Ich musste mich zusammenreißen! *Die Pflicht kam zuerst.* Ich würde nicht schwach werden. Einen Bruder hatte ich übrig. Einen.

"Ich will keinen Partner. Ich muss nur zur Front, um dort mit meinem Bruder zusammen zu kämpfen. Ich habe meinem Vater versprochen, auf ihn aufzupassen und ihn heil wieder nach Hause zu bringen."

Sie seufzte und war offenbar enttäuscht. "Wie sie wünschen."

―――

*D*AX, *Schlachtschiff Brekk, Sektor 592, Frontlinie*


"FINDET diesem Soldaten eine Frau und verpartnert ihn," brüllte mein befehlshabender Offizier und schob mich durch die Tür der Krankenstation unseres Schlachtschiffs, der Brekk.

Die gesamte Mitarbeiterschaft drehte sich um, als der dröhnende Befehl auf den festen, sterilen Oberflächen der Untersuchungstische und glatten Glasbildschirme, die fast jeden Zentimeter der Wände bedeckten widerhallte. Auf den schimmernden Oberflächen war ein endloser Strom an medizinischen Daten, Bioscans und Testergebnissen von Patienten sichtbar.

Ein Mann in grauer Uniform, wie sie bei den Helfern auf der Krankenstation üblich war, preschte nach vorne. "Dafür müssen wir einen Termin vereinbaren—"

"Sofort!" brüllte Kommandant Deek. "Oder der Atlane wird ausrasten und dieses Schiff zertrümmern."

Der Krankenoffizier sprang beiseite und nickte, als eine Ärztin herbeikam, um den Fall zu übernehmen. Sie trug die formelle, grüne Uniform einer Ärztin gehobenen Rangs, aber sie war klein und zierlich und mir auf keinen Fall gewachsen, sollte die Zerstörungswut, die sich in mir aufbaute losbrechen. Mit Rücksicht auf die zierliche Frau gelang es mir, meine Wut zu unterdrücken, und zum Glück hatte ich nicht den riesigen Prillon-

Doktor, den ich auf der anderen Seite der Krankenstation erspähte, vor mir stehen. Meine Reaktion der Frau gegenüber sprach Bände. Kommandant Deek hatte Recht. Ich brauchte eine Partnerin, um die Bestie in mir zu beruhigen. Das hieß nicht, dass mir diese Vorstellung gefiel.

"Das kann warten," brummte ich und es missfiel mir, im Mittelpunkt der Aufmerksamkeit zu stehen. Das tiefe Grollen meiner Stimme war ein weiteres Indiz dafür, dass ich kurz davor stand, die Kontrolle zu verlieren. Seit Wochen verspürte ich das Verlangen nach einer Partnerin, hatte es aber ignoriert. Ständig gab es eine weitere Schlacht, einen weiteren Außenposten der Hive, den es zu zerstören galt. Ich hatte einen Job zu erledigen und mein Körper ließ mich nicht mehr meine Arbeit machen. Stattdessen waren mein Schwanz und mein Verstand von einer einzigen Sache besessen: dem Bedürfnis, mich zu paaren, zu brunften, mir die Augen aus dem Kopf zu vögeln. Um die Bestie zu bändigen, brauchte ich eine Partnerin oder die Bestie würde mich vereinnahmen, bis ich zu einem stumpfsinnigen Tier werden würde. Und jetzt wusste so ziemlich jeder auf diesem Raumschiff, wie verzweifelt ich flachgelegt werden musste. Du fickst oder du gehst drauf. So lief es für die Männer von Atlan. Wir waren viel zu mächtig, als dass man uns einfach Amok laufen lassen konnte. Wenn ich mich nicht bald mit jemandem paaren würde, dann wären die anderen Krieger von Atlan dazu gezwungen, mich zu exekutieren und das war ihr gutes Recht.

All das wusste ich und trotzdem hatte ich wahrhaftig geglaubt, dass ich das Paarungsfieber noch ein paar Wochen lang unterdrücken könnte. Dann würde ich wieder Zuhause sein. Meine Dienstzeit in der Koalitionsarmee wäre beendet. Ich könnte mir eine Frau von meinem Heimatplaneten nehmen. Ich wäre ein siegreicher Heimkehrer und die cleversten, hübschesten und begehrenswertesten Frauen würden sich um mich reißen. Wenn ich es nur bis dahin schaffen könnte.

"Wenn du mir von deinem Paarungsfieber erzählt hättest, dann hätte ich unsere Leute nicht so erschrecken müssen," entgegnete er und ließ dabei meine Schulter los.

"Das hat nichts mit meinem Verhalten beim letzten Angriff zu tun. Ich habe mich unter Kontrolle."

"Du bist direkt in die Schusslinie gestürmt und hast eigenhändig ein ganzes Geschwader der Hive zerstückelt. Die letzten beiden hast du nicht einfach erschossen. Nein, deine Bestie mussten ihnen den Kopf von den Schultern reißen." Er verschränkte die Arme und hielt mir eine Standpauke. "Ich bin kein nichtsahnender Kommandant vom Planeten Trion. Ich bin selber Atlane. Ich kenne die Anzeichen, Dax. Deine Bestie hat dich heute fast das Leben gekostet. Es ist höchste Zeit."

Ich starrte auf meine Handflächen. Ich war genauso gefährlich wie jeder andere Atlane auch, außer dass ich nie zuvor von einer solch todbringenden Rage überkommen wurde. Die Atlaner wurden im Kampf gefürchtet, sie waren kühl und berechnend und sehr mächtig. Kein Atlanischer Krieger—zumindest frei vom Paarungsfieber—würde einen Krieger der Hive—oder drei davon— mit bloßen Händen in Stücke reißen. Diese Vorgehensweise würde man als ineffiziente Energieverschwendung betrachten. Aber heute, als ich meine Feinde erblickte, verspürte ich ein unkontrollierbares Bedürfnis ... diesen primitiven *Trieb*, sie zu zerfetzen. Und das tat ich.

Mir war zwar aufgefallen, wie mein Hass die letzten paar Wochen ständig angewachsen war, aber ich hatte mich geweigert, das als ein Symptom des Paarungsfiebers anzusehen. Ich war bereits zwei Jahre über dem Alter, wenn das Paarungsfieber die meisten Männer heimsucht und hatte einfach versucht, diese ganze Angelegenheit zu verdrängen.

"Du solltest mir zur heutigen Tötungsbilanz gratulieren, statt mich mit einem Alien zu verpartnern."

Er drängte mich in Richtung der Ärztin und einen anderen Mitarbeiter, der bereits einen Testapparat für mich bereit hielt. Kommandant Deek bedankte sich bei ihr und als sie sich entfernte, um sich ihren weiteren Patienten zuzuwenden, schubste er mich auf einen Stuhl. "Sobald du verpartnert wurdest und ich dich wegen deiner Raserei nicht mehr hinrichten lassen muss, werde ich dir auch gratulieren." Sein anschließendes Grinsen hatte ich erwartet. Es war das zufriedene Grinsen nach einem gemeinsamen Sieg. "Ich muss zugeben, es fällt mir nicht leicht dich gehen zu lassen."

Männer mit Paarungsfieber wurden umgehend aus dem Dienst entlassen und zurück nach Atlan geschickt, um sich dort eine Partnerin zu nehmen. Seine Verpflichtung im Kampf gegen die Hive war vorbei. Seine neue Aufgabe bestand jetzt darin, sich fortzupflanzen und seine Partnerin den Gelüsten der Bestie nach zu begatten, bis sie sein Kind in sich trug.

Kam es für mich infrage, mich in den Ruhestand zu begeben und eine Familie groß zu ziehen, solange es noch aktive Außenposten der Hive zu bekriegen gab? Nein. Ich hatte nicht die Absicht. Ich gehörte an die Front, um dem Feind dort den Kopf abzureißen und meine Leute zu beschützen. Ich brauchte keine Partnerin und wünschte mir auch keine Kinder. Ich war mit meinem Leben zufrieden. Hier draußen war ich ein Krieger mit einer Aufgabe. Was sollte ich bloß mit einer Partnerin anfangen? Ihr wie ein liebestrunkener Jüngling hinterher rennen, meinen Schwanz streicheln und wertvolle Zeit damit verschwenden, einer Alien-Frau die Furcht vor meiner Bestie zu nehmen? Wie sollte ich das überhaupt fertigbringen?

Wenn ein Atlane zur Bestie wurde, dann wurden seine Muskeln fast doppelt groß, seine Zähne verlängerten sich zu Raubzähnen und er konnte fast nicht mehr sprechen. Was sollte eine Alien-Frau mit einem durchgedrehten Atlanen anfangen?

Ich musste nach Hause zurückkehren und eine Atlanerin für mich finden, eine Frau, die keine Angst vor mir haben würde. Eine, die keine Angst hatte, dass mein enormer Schwanz sie auseinanderreißen würde, die mein Bedürfnis nach totaler Inbesitznahme ihres Körpers nicht fürchtete, die ich mit meiner Masse bedecken und durchficken konnte, bis sie besinnungslos zusammenbrach.

Jeder Widerstand verärgerte die Bestie in mir. Während der Brunft oder im Paarungsfieber würde ich drastisch auf jede Art weiblicher Rebellion oder Ungehorsam reagieren. Eine Atlanerin würde mit meinem Bedürfnis nach absoluter Kontrolle bestens zurechtkommen, sie würde feucht werden, wenn ich sie anknurrte und würde eifrig ihre Beine auseinanderspreizen, um meinen gierigen Schwanz willkommen zu heißen. Sie wüsste, dass ihr weicher Körper und ihre nasse Muschi mich schließlich besänftigen würden. Vielleicht würde sie mir sogar gestatten, mit dem Kopf auf ihren weichen Oberschenkeln einzuschlafen, mit meinem Gesicht neben ihrer süß duftenden Muschi, während ich davon träumte, sie erneut zu ficken.

Aber eine Alien-Frau? Was würde die nur erwarten? Einen schöngeistigen Mann, der ihr Liebeserklärungen schrieb und ihr funkelnde Geschenke machte? Nein. Auf Atlan *war* es eine Liebeserklärung, wenn man die Hände einer Frau über ihrem Kopf fesselte und sie gegen eine Wand fickte. Ein Atlanischer Krieger machte seiner Braut das größte Geschenk, wenn er sie festband und so lange ihre Muschi leckte, bis sie vor lauter Orgasmen kreischte und darum flehte, endlich gefickt zu werden. Die Fantasien ließen meinen Schwanz anschwellen und ich versuchte, durch Zurechtrücken meinen Zustand vor Kommandant Deek zu verbergen. Ich warf ihm einen kurzen Blick zu, sah seine hochgezogene Augenbraue und gab mich geschlagen. *Paarungsfieber.* Ich konnte es einfach *nicht* lassen, ständig an Sex zu denken.

"Lass mich nach Hause gehen. Ich kann mir selber eine Partnerin suchen," entgegnete ich, als ich mich auf den Untersuchungsstuhl fallen ließ. Es war ein Liegestuhl, also lehnte ich mich zurück, verschränkte die Arme über meiner Taille und starrte mit verbissenem Kiefer an die Metalldecke.

"Dir bleibt nicht genug Zeit, um die formale Brautwerbung auf Atlan zu überstehen. Das kann Monate dauern." Er nahm auf einem Stuhl am Ende des Tisches Platz und blickte mich unverfroren an. "Falls du nicht verpartnert wirst, dann wirst du in einer Woche tot sein. Du hast keine Zeit, um eine vornehme Atlanerin zu umwerben und dich als ein begehrenswerter Partner zu platzieren. Dein Fieber verlangt nach einer besonderen Lösung und Eile."

Ungläubig schaute ich ihn an und zog eine Augenbraue hoch. "Zu umwerben? Und wer hat irgendetwas von einer vornehmen Partie gesagt?" Unter diesen Umständen hätte ich mich auch mit einer Prostituierten in den Randgebieten zufriedengegeben, solange ihre Haut zart und ihre Muschi feucht war.

Er rollte mit den Augen. Kein

Krieger kehrte nach Atlan zurück, um sich mit irgendetwas Geringerem als einer Frau aus der Oberschicht zu begnügen. Krieger waren auf Atlan heiß begehrte Partner, denn sie waren wohlhabend, einflussreich und respektiert. Die verfügbaren Frauen und deren Väter würden von mir das traditionelle Umwerben erwarten, würde ich jetzt heimkehren. Ich war ein Bodenkommandant, ein Kriegsfürst, der für mehrere tausend Infanteristen und Angriffsgeschwader verantwortlich war. Ich war kein einfacher Soldat, der nach einem Jahr mit leeren Händen zurück nach Hause kehrte. Der Senat von Atlan würde mich bei meiner Rückkehr mit Reichtum, einem Grundstück und einem Titel belohnen.

Der Kommandant hatte Recht. Selbst wenn ich noch heute nach Hause transportiert werden würde, ich müsste monatelang auf eine offizielle Verpartnerung warten. Für Formalitäten blieb mir keine Zeit mehr.

Ich hatte keine Zeit, eine zarte Atlanerin zu umwerben. Ich brauchte es schnell und schmutzig. Ich brauchte eine Frau, die ich an Ort und Stelle besteigen, ficken und unterwerfen konnte, eine Frau, die mich vor dem Abgrund rettete. Eine, die genauso zart, gleichmütig, liebenswürdig und fruchtbar war wie die vornehmsten Damen auf Atlan. Eine Frau, die meine Bestie im Zaum halten und meine Wut besänftigen konnte.

Als er bemerkte, dass ich in Gedanken abschweifte, klopfte er mir auf die Schulter. "Hör zu, Dax. Du wirst dir nur einmal eine Partnerin nehmen und du musst es richtig machen. Auch wenn du mit einer Außerirdischen verpartnert wirst."

Die Idee, eine Partnerin tatsächlich zu *mögen*, dazu noch eine *Alien-Partnerin*, erschien mir äußerst unwahrscheinlich. Aber es musste ja nicht gleich Liebe sein. Ich musste sie nur ficken. Also nicht nur ficken. Ich benötigte zudem eine Bindung, um die Bestie in mir zu befriedigen, die sich nach Berührungen sehnte. Mein Körper benötigte die wohltuenden Berührungen einer weiblichen Hand. Das sollte machbar sein.

"In Ordnung. Bringen wir es hinter uns," beschloss ich.

Gekrümmte Fesseln legten sich um meine Handgelenke und fixierten mich an Ort und Stelle. Die Zwangsbehandlung ließ meine innere Bestie toben, aber ich hatte mich unter Kontrolle. Gerade so. Mir war klar, dass das der schnellste Weg war eine Partnerin zu finden und darauf konzentrierte ich mich, bis die Bestie in mir sich wieder beruhigte und wachsam abwartete.

Der Krankenoffizier befestigte ein paar Sonden an meinen Schläfen und drückte auf dem Bildschirm an der Wand hinter mir alle möglichen Knöpfe. Ich ignorierte ihn komplett. Ich wollte keine schrittweise Untersuchung oder Erläuterung. Ich wollte die Angelegenheit schleunigst erledigt wissen.

"Der Testvorgang ist nicht schmerzhaft, Kriegsfürst Dax," erläuterte der Krankenoffizier, er blickte zum Bildschirm und nicht zu mir. "Bei der Verpartnerung werden viele Faktoren berücksichtigt, darunter die physische Kompatibilität, Persönlichkeit, Aussehen, sexuelle Bedürfnisse, unterdrückte Fantasien, Sexualtrieb, die genetische Wahrscheinlichkeit für lebende Nachkommen—"

"Fangen sie an, aber ohne das Gequatsche."

Der Mann hielt die Klappe. Kommandant Deek führte zwar die Kampfgruppe des Planeten Atlan, doch ich war ebenfalls ein rechtmäßiger Anführer und jeder wusste das. Anscheinend auch die Mitarbeiter der Krankenstation.

Der Mann blickte kurz zu

Kommandant Deek, der entschlossen nickte.

"Gut. Schließen Sie ihre Augen …"

---

Als ich die Augen aufmachte, zeichnete sich Kommandant Deeks Silhouette über mir ab. Er runzelte verbissen die Stirn und ich fragte mich, wie lange es bei ihm noch bis zum Paarungsfieber dauern würde. "Vielleicht solltest du auf dem Untersuchungstisch liegen."

"Nein," knurrte er und blickte auf den Krankenoffizier hinter mir. "War die Verpartnerung erfolgreich? Oder muss ich den Kriegsfürsten Dax mit dem nächsten Transport nach Hause schicken?"

Ich blinzelte und versuchte mich zu erinnern, was zum Teufel gerade mit mir geschehen war. An viel konnte ich mich nicht erinnern, außer an die bedürftigen Schreie einer Frau und das

Vergnügen, meinen Schwanz tief in eine warme, feuchte ...

"Fertig. Die Verpartnerung war erfolgreich." Die Stimme ertönte von meiner Seite und ich musste mich nicht umwenden, um zu wissen, dass es derselbe Krankenoffizier von vorhin war, der mich zuvor mit seinem Geschwätz irritiert hatte. Diesmal aber verlangte ich nach einer Erklärung.

"Sind sie sicher, dass der Test abgeschlossen wurde?" raunte ich. "Ich kann mich an überhaupt nichts erinnern."

Nichts war passiert, außer dass ich jetzt ein paar verschwommene Erinnerungen im Hinterkopf hatte und einen schmerzhaft harten Schwanz, der verzweifelt meiner gepanzerten Hose entkommen wollte. Ich war direkt vom Schlachtfeld auf die Krankenstation befördert worden, und die feste Verschalung meines Kampfanzuges machte meine Erektion unglaublich schmerzhaft. Da meine

Hände gefesselt waren, konnte ich meinen Schwanz noch nicht einmal in eine weniger qualvolle Position bringen.

Der Krankenoffizier trat näher und stellte sich neben mich, damit ich ihn sehen konnte. Seine Stimme klang leicht gelangweilt und routiniert. "Sie wurden in eine Art Trance versetzt. Erinnern sie sich an irgendetwas davon?"

"Nicht viel. Nur schemenhaft. Die Erinnerungen sind undeutlich." Ich schloss die Augen. Ich erinnerte mich daran, wie ich eine Frau festhielt, an ihre Lustschreie und meine mächtigen Hüftstöße, als die Bestie sich das nahm, was ihr gehörte.

"Schemenhaft? Deswegen ist dein Schwanz härter als meine Ionenpistole?" wollte der Kommandant wissen.

"Die meisten Männer erinnern sich kaum an die Abfertigung. Ihr höheres Aggressionspotenzial bei einer rituellen

Paarung hat die Tendenz, die Erfahrung zu verschleiern."

Ich wollte das verstehen, was er nicht formuliert hatte. "Und die Frauen? Sie durchlaufen denselben Vorgang?"

Er nickte enthusiastisch und entfernte die Sonden von meinen Schläfen. "Oh, ja. Aber die Bräute können sich meistens an alle Einzelheiten erinnern." Er räusperte sich. "Bis in die kleinsten Empfindungen."

Kommandant Deek lachte. "Soso, die Männer spritzen ab und machen sich davon und die Frauen erinnern sich an alle Einzelheiten, damit sie es uns später vorhalten können." Fest klopfte er mir auf die Schulter. "So sind die Frauen."

"Das ist ein durchgängiges Ergebnis beim Testen," kommentierte der Mann, "und kein allgemeines Urteil über Frauen."

Ich schloss die Augen, seufzte und

ignorierte das lustvolle Pulsieren in meinem Schwanz. Wenn meine Partnerin jetzt hier wäre und ich wüsste, dass sie mir gehörte, dann würde ich vom Untersuchungsstuhl springen, ihr die Kleider vom Leib reißen. Sie aufspießen, während ich sie mit meiner ganzen Wucht auf dem harten Fußboden festnagelte und sie so viele Orgasmen hatte, dass sie mich anflehen würde, endlich von ihr abzulassen.

Ich stellte mir ihren perfekten, runden Arsch vor und ihre von Sperma triefende Muschi, während sie auf allen vieren vor mir davon krabbelte. Ihre weichen, runden Schenkel, die im Vergleich zum beruhigenden, grünen Fußboden der Krankenstation blass aussehen mussten. Ich würde sie ein Stück weit entkommen lassen, sie glauben lassen, dass ich mit ihr fertig sei und dann würde ich sie packen, auf den Rücken drehen und ihre Beine über meine

Schultern werfen und sie erneut durchficken, und zwar mit dem Daumen auf ihren Kitzler gepresst, damit sie meinen Namen sang. Jedem, der nicht von Atlan kam, musste das barbarisch vorkommen. Wir aber gaben unseren Partnerinnen genau das, was sie brauchten, und ihnen musste eingebläut werden, zu wem sie gehörten.

Mein Schwanz pulsierte und ich knurrte. Ich wollte sie finden, sie ficken. Jetzt, als ich wusste, dass sie irgendwo da draußen und für mich bereit war, rumorte die Bestie in mir umso stärker. Sie wollte endlich freikommen und sich nehmen, was ihr gehörte.

Ich stand näher am Abgrund als mir bewusst war. Mit außerordentlicher Willenskraft bezwang ich meine Triebe und konzentrierte mich auf die Unterhaltung zwischen dem Krankenoffizier und Kommandant Deek.

"… es ist oft ein Zeichen der …

Kompatibilität, bevor der Transport der Braut beginnt."

"Dann fangt mit dem Transport an," knurrte ich. "Ich bin soweit."

Der Assistent der Ärztin machte sich an einem Wandbildschirm nahe meines Fußendes an die Arbeit, sein Blick wanderte fieberhaft von einem Objekt zum anderen, während seine Finger über die Steuerung glitten. "Oh, ähm … ja. Nun, also."

Ich neigte den Kopf und blickte zu ihm nach oben. Er war ein hochgewachsener Krieger, zwar nicht so groß wie ein Atlane oder Prillon-Kämpfer, aber auch nicht gerade klein. Er war viel zu geschwätzig, wie es bei den meisten Mitarbeitern der Krankenstation der Fall war, jetzt aber palaverte er nicht, sondern flüsterte aus irgendeinem Grund. Hier saß ich also, an einem Stuhl gefesselt, hin- und hergerissen zwischen meinem Drang, meine Partnerin zu ficken und einen Hive-Soldaten in Stücke zu reißen. Und er tastete auf dem Bedienfeld herum, als hätte er es nie zuvor in den Händen gehabt. Seine Unfähigkeit machte es nicht gerade leichter für mich, die Kontrolle zu behalten.

"Ich hole den Doktor." Der Mann verschwand, ehe einer von uns beiden irgendwelche Fragen stellen konnte. Innerhalb von Sekunden kam er mit der zierlichen Ärztin zurück, ihre dunkelgrüne Uniform hob ihre üppigen Rundungen hervor. Ich aber war zu weit abgedriftet, als dass ich ihr Wissen oder ihre Erfahrung würdigen konnte, oder die Tatsache, dass sie höchstwahrscheinlich einen höheren Dienstgrad innehatte. Alles was ich sah, war eine Frau, die durchgevögelt werden musste.

"Ich bin Doktor Rone. Mir wurde eben mitgeteilt, dass es mit ihrem Match ein kleines Problem gibt."

Meine Hände ballten sich zu Fäusten und ich zerrte an den engen Fesseln. Die Bestie in mir tobte, diese

Neuigkeit gefiel ihr überhaupt nicht. "Was für ein Problem?" Meine Stimme war abgehackt und messerscharf.

Die Ärztin räusperte sich und blickte auf die Datenmengen hinab, die sich über ihr tragbares Tablet ergossen. "Kriegsfürst Dax, ihre ausgewählte Partnerin ist eine Menschenfrau von einem Planeten namens Erde. Ihr Name ist Sarah Mills. Sie ist siebenundzwanzig Jahre alt, fruchtbar und sie erfüllt alle Anforderungen, um als Braut für die Koalition abgefertigt zu werden, außer einer."

*Sarah Mills.* Sarah Mills gehörte mir. Ich schaute auf den kleinen Bildschirm, um einen Blick auf meine Partnerin zu werfen. "Ich möchte sie gerne sehen."

Die Ärztin zuckte mit den Achseln, als wäre es ihr gleichgültig und hielt mir das Tablet vor die Nase, damit ich die dunkelhaarige Schönheit auf dem Bildschirm betrachten konnte. Sie war atemberaubend und elegant, mit feinen Zügen, geschwungenen Augenbrauen und einem kräftigen Kiefer, der raffinierter war als bei einer Frau vom Planeten Atlan. Ihr langes, dunkles Haar war gewellt und ruhte etwa unter ihren Schultern. Ihr rosafarbener Mund schien bereit, geküsst zu werden ... oder gefickt zu werden. Mein steifer Schwanz zuckte, als ich mir vorstellte, wie sie mich in den Mund nahm. Beinahe wäre ich an Ort und Stelle auf dem Untersuchungsstuhl gekommen. Der Anblick ihrer intensiven, dunklen Augen machte es fast unmöglich, mein Paarungsfieber im Griff zu behalten. Sie gehörte mir und ich wollte sie jetzt. Jetzt sofort. "Wo ist sie?"

Die Ärztin wandte den Blick ab und trat zurück, das Tablet hielt sie schützend vor ihre Taille, als sie mit einem fragenden Blick an Kommandant Deek um Erlaubnis gesuchte, sprechen zu dürfen.

*Was zum Teufel war mit meiner Partnerin los?*

"Wo. Ist. Sie?" Ich brüllte die Frage

hervor und alle Augen der Krankenstation blickten neugierig in unsere Richtung. Ich verkrampfte mich, als der Prillon-Doktor zu uns gelaufen kam und ich war bereit, mir den Weg aus der Krankenstation frei zu kämpfen. Meine kleine Ärztin wiegelte ab, anscheinend ging sie davon aus, dass ich keinen Schaden anrichten würde, obwohl ich bereit war, dieses Raumschiff auseinander zu nehmen, sollte sie mir nicht antworten.

Kommandant Deek rieb sich die Augen und schüttelte den Kopf. Wir beide wussten, dass das nichts Gutes bedeuten konnte. "Doktor, sagen sie es uns einfach."

Die kleine Ärztin blieb gefasst, was bemerkenswert war, denn meine Wut und Frustration versetzten eine ganze Wand an Bio-Monitoren und Messgeräten in helle Aufruhr. "Ich fürchte, sie wurde neu zugeteilt—in eine Kampfeinheit."

# 3

"Neu zugeordnet?" Was? Wie konnte aus einer ausgewählten Partnerin plötzlich etwas anderes werden? Die Auswahlprotokolle waren präzise und wurden seit hunderten Jahren verwendet. Sobald ein Treffer erzielt wurde, konnte nichts mehr daran geändert werden, es sei denn die Frau fand ihren Partner nicht akzeptabel und verlangte nach einem anderen Partner. Selbst dann wurde durch das psychologische Profil im Auswahlprozess sichergestellt, dass sie einem Partner vom selben Planeten zugeteilt wurde.

"Wie ist das möglich?" fragte Kommandant Deek.

"Sie wurden einer Frau von der Erde zugeteilt." Die Ärztin prüfte die Fakten auf ihrem Tablet und wischte ein paar Mal mit den Fingern darüber, ehe sie sich wieder mir zuwandte. "Als sie den Abfertigungsprozess durchlief, waren die Daten von Kriegsfürst Dax noch nicht im System. Und da die Erde es den Frauen dort gestattet auch in den Kampfeinheiten zu dienen, hat sie sich dazu entschieden, einer aktiven Kampfeinheit zugewiesen zu werden."

"Was genau soll das heißen?" Ich befürchtete, dass ich die Antwort darauf bereits kannte und spürte, wie meine Wut immer größer wurde.

Welche Vollidioten erlaubten es ihren schwachen, zart besaiteten Frauen in den Kampf einzutreten? "Wo ist sie?"

Die Ärztin blickte mich mitleidig an und die Bestie in mir tobte. "Sie ist im Sektor 437, sie hat das Kommando über ihre eigene Aufklärungseinheit in der Kampftruppe Karter."

"Meine *Partnerin* hat mir einen Korb gegeben, um an der Front gegen die Hive zu kämpfen?"

Mein Getobe ließ den Stuhl unter mir erbeben und ich musste mich beruhigen, sonst würde ich die Krankenstation kurz und klein schlagen und wäre damit der Hinrichtung einen Schritt näher. Sektor 437 war ein bekannter Brennpunkt für Aktivitäten der Hive und das seit mindestens achtzehn Monaten. Das hieß jede Sekunde, die ich hier in diesem Stuhl herumlungerte war meine Braut in Gefahr. Die Fesseln konnten das Monster in mir nicht zur Vernunft bringen. Ich hätte erwartet, dass meine Partnerin zu einer strategischen Einheit gewechselt wäre, oder vielleicht auf eines der Verteidigungsschiffe, die zivile Raumkreuzer durch relativ sichere Flugzonen begleiteten. Niemals aber hätte ich erwartet, dass sie am aktiven Kampf teilnimmt, dem Feind von Angesicht zu Angesicht gegenübertritt! Nicht in einem der gefährlichsten Sektoren der gesamten Koalitionsfront.

Etwas zur Ruhe gekommen wiederholte ich meine Frage mit einem leisen Knurren. "Sie hat mich abgelehnt?"

Wie konnte eine Frau von der Erde es wagen, mich abzulehnen und stattdessen ihr Leben zu riskieren? Wusste sie etwa nicht, dass sie einem Atlanischen Kriegsfürsten zugeteilt wurde? Mir zugeteilt zu werden war eine Ehre, um die sich viele vornehme Atlanerinnen streiten würden. Und doch, diese Frau von der Erde wollte mich nicht?

"Sie hat sie nicht persönlich abgelehnt. Sie wusste nicht, wem sie zugeteilt wurde. Genau genommen wurde sie vor einigen Monaten abgefertigt. Anscheinend gab es im Abfertigungszentrum für Bräute auf der Erde eine Verwechslung. Es hat sich herausgestellt, dass sie niemals eingewilligt hatte, eine Braut zu werden, also durfte sie aus dem Programm ausscheiden und zu den Koalitionskämpfern überwechseln."

Ich sah rot. Heiße Rage und Ärger schossen durch mein Blut. Ein Heulen entwich meinen Lungen, ich verkrampfte mich, zerrte an den Fesseln und durchbrach sie mühelos. Die Ärztin und ihr Assistent schreckten zurück und alle im Raum Anwesenden gerieten in Aufruhr.

"Zum Teufel, Dax. Du musst dich beruhigen. Beruhig dich!" brüllte Kommandant Deek.

Ich stand auf, zog an den Drähten, die immer noch an meinen Schläfen klebten und ballte die Hände zu Fäusten. Ich war vollkommen außer Atem, als hätte ich eine ganze Brigade der Hive bekämpft.

"Finden Sie eine andere Partnerin." Der Kommandant Deek streckte eine Hand in meine Richtung aus, seine Größe und mein Respekt für ihn waren das Einzige, was mich beisammen hielt, als die Ärztin mit dem Kopf schüttelte.

"Das kann ich nicht. So funktioniert das nicht. Ich weiß nicht, warum sie nicht aus dem System gelöscht wurde, nachdem sie der Kampftruppe zugeteilt wurde. Ich arbeite nicht für die Einheit, welche die Bräute abfertigt. Ich verfüge weder über die Befugnis noch die Fähigkeit, um eine Verpartnerung zu annullieren oder eine neue Braut auszuwählen. Wir nehmen die Bräute hier nur in Empfang; wir fertigen sie aber nicht ab. Ich werde aufgrund dieses Problems bei ihrer Abfertigung auf der Erde eine offizielle Untersuchung einleiten müssen."

Die Ärztin verschränkte die Arme und funkelte mich an, als wäre ein tobender Atlane nichts Ungewöhnliches auf ihrer Krankenstation. Entweder das, oder die Frau war zu übermütig. Als ich sie genauer betrachtete fiel mir auf, dass sie meiner Partnerin gar nicht so unähnlich sah.

"Sie sehen genau wie meine Partnerin aus."

Die Ärztin reichte mir ihre Hand. "Melissa Rone, aus New York." Als ich bloß auf ihre ausgestreckte Hand starrte, ließ sie sie wieder fallen. "Ich komme auch von der Erde. Mein Primärpartner ist ein Prillon-Captain."

Ich wollte jeder lebenden Person im Raum den Kopf abreißen und sie reichte mir ihre Hand? War sie leichtsinnig oder einfältig, diese Erdenfrau mit langen, dunklen Haaren und dunklen Augen, genau wie meine Partnerin? "Kennen sie meine Partnerin?"

"Nein. Ich komme aus New York, sie stammt aus Miami. Mein Vater stammte aus Korea und sie sieht aus, als hätte sie griechische oder vielleicht italienische Wurzeln. Wir sind allerdings auf demselben Kontinent aufgewachsen."

"Damit kann ich nichts anfangen."

"Finden sie ihm eine andere Frau. Er kann nicht zwei Jahre lang warten, bis ihre Dienstzeit vorüber ist."

Ich hatte Kommandant Deek vollkommen vergessen, während ich die Frau musterte. Aber jetzt stand er an meiner Seite, zwei Atlanische Krieger, die sich über einer kleinen, kurvigen Frau auftürmten. Sie spitze ihre Lippen und ich wusste, dass mir nicht gefallen würde, was sie zu sagen hatte.

"Es gibt keine andere Partnerin. Sie ist die Einzige für ihn. Das System wird keine passenden Alternativen bereitstellen, dazu muss sie erst das Match akzeptieren, die Probezeit von dreißig Tagen durchlaufen und danach einen anderen Partner anfordern. Oder sie wird aus dem System gelöscht."

Gelöscht hieß soviel wie tot. Im Kampf getötet.

Die Ärztin lächelte und schenkte mir einen wissenden Blick. "Wenn Sie sie allerdings zu fassen bekommen, dann kann ich mir vorstellen, dass sie Ihnen nach den dreißig Tagen nicht den Laufpass geben wird."

Ich stellte mir vor, wie sie von ihren beiden Prillon-Kriegern geteilt wurde, wie sie darum bettelte, genommen zu werden und lächelte zurück. Vielleicht könnte eine Frau von der Erde ja mit mir zurechtkommen, sollte meine Partnerin genauso unerschrocken wie diese Alien-Frau sein. Ich musste meine Partnerin ausfindig machen. Ich musste sie ficken. Ich wollte sie jetzt gleich, mit einem unverschämten Lächeln auf dem

Gesicht und einer feuchten Muschi, die auf mich wartete.

Die Ärztin war noch nicht fertig; "Ich könnte sie tausendmal testen, aber das Ergebnis würde identisch ausfallen. Das System würde exakt dasselbe Resultat hergeben. Sie ist ihre einzige Partnerin."

Die Hand meines Kommandanten hielt mich davon ab, die Einrichtung zu zertrümmern. "Doktor Rone, dieser Atlane ist offensichtlich dem Paarungsfieber erlegen und ihm bleibt keine Zeit, um auf seinen Heimatplaneten zu reisen und einen Ersatz zu finden."

Mein Körper vibrierte mit dem Drang, etwas zu zerstören, auf etwas einzuprügeln und die Ärztin beobachtete mich mit einer Intensität in ihren Augen, die mich verstörte. Es war. als könne sie direkt in meine Seele blicken. Der Kommandant redete weiter, während sie schwieg.

"Er braucht seine Partnerin, um das

Fieber zu besänftigen, um seine kaum übersehbare ... Intensität zu lindern. Transportieren Sie ihn sofort zu ihrer Stellung. Er muss sie beanspruchen oder er *wird* sterben."

Die Ärztin schaute zu mir und dann zum Kommandanten. "Es ist gegen die Vorschriften, einen Atlanenkrieger mit Paarungsfieber in eine andere Kampftruppe zu transportieren. Sie könnten ein ganzes Geschwader auslöschen, bevor Sie getötet werden."

Meiner Brust entwich ein bedrohliches Knurren und ich trat einen Schritt an sie heran. "Schicken Sie mich zu ihr. Sie gehört *mir*."

Die Ärztin fing tatsächlich an zu kichern. "Nein, tut sie nicht. Sie gehört zur Kampftruppe Karter, und zwar für die nächsten ..." sie warf einen kurzen Blick auf ihr Tablet und blickte dann wieder zu mir, "... zweiundzwanzig Monate."

Kommandant Deek trat an mich

heran und schob mich zurück, einmal, dann ein zweites Mal. Er war genauso groß wie ich und ein Schwergewicht im Vergleich zur Ärztin. Er war auch einer der Wenigen denen ich es gestattete, mich herum zu schubsen ohne ihn zu töten. Insbesondere jetzt, als ich gegen meine tödliche Wut ankämpfte und wusste, dass meine Partnerin in Gefahr war.

"Es gibt noch einen anderen Weg, einen Trick, um sie zur Braut zu nehmen."

Er schnauzte die Frau hinter seinem Rücken an. "Hören Sie auf damit ihn zu quälen und sagen Sie ihm, was er tun soll."

Sie nickte. "Kommandant Deek, ich habe keine Angst vor ein paar großen, mürrischen Männern." Mitleidig zog sie eine Augenbraue hoch, bevor sie mich aus meiner Misere befreite. "Den Vorgaben der Koalition nach kann sie sofort wieder ins Bräute-Programm transferiert werden, sollte sie einwilligen, Ihre Partnerin zu werden. Sie würde umgehend von ihrer militärischen Verpflichtung entbunden werden."

Endlich hatte die Frau etwas Sinnvolles zu sagen. Würde ich der Tradition des Planeten Atlan folgen, dann würde mein Paarungsfieber meinen Militärdienst beenden. Meine Partnerin könnte dasselbe erreichen, wenn sie sich für das Bräute-Programm melden würde.

"Gut. Schicken Sie mich zu ihr. Sofort."

Ich war nicht froh darüber, wie sich die Dinge entwickelt hatten, aber ich konnte meine Partnerin immer noch für mich beanspruchen. Es würde mir nicht schwerfallen, in ihren Sektor zu reisen und nebenbei ein paar Hive auszulöschen, während ich meine Partnerin dort abholte. Anschließend würde ich sie für ihre Waghalsigkeit bestrafen.

"Haben sie ihre exakte Position?", wollte ich wissen und starrte die Ärztin quer über die Schulter meines Kommandanten an. Ich fragte mich, ob sie mich anlügen würde und war erleichtert, als es nicht so war.

"Ja."

Alle Bürger der Koalition wurden zu jeder Zeit überwacht.

"Transportieren Sie mich zu ihr. Sofort."

"Sie werden Ihre Handschellen benötigen." Der Assistent kam herbei und reichte mir die Handschellen. Dann überlegte er es sich anders und reichte sie der Ärztin, bevor er sich wieder davonmachte. Es waren Paarungshandschellen, das Letzte, was ich jetzt umlegen wollte. Abgesehen davon, dass es ein äußerliches—und unverkennbares—Zeichen dafür war, dass ein Atlane eine Partnerin hatte, halfen die Handschellen dabei, sich eng an die neue Partnerin zu binden, denn sie gewährleisteten einen engen

Kontakt mit der Auserwählten. Sobald ich ihr die Handschellen angelegt hatte, würde sie sich nicht weiter als hundert Schritte von mir entfernen können bis das Fieber abgeklungen war.

Bis vor einer Stunde fürchtete ich diese dämlichen Handfesseln. Ich war nie interessiert daran, selber eine Partnerin zu nehmen oder in irgendeiner Weise von dieser Technologie kontrolliert zu werden. Jetzt war alles anders geworden. Hatten sie irgendetwas mit mir angestellt, als ich geschlafen hatte? Warum wollte ich jetzt verzweifelt diese eine Frau ausfindig machen, sie außer Gefahr bringen und ihren Arsch glutrot anlaufen lassen, damit sie verstand, wer für ihre Sicherheit zuständig war ... und so vieles mehr?

Ich griff nach den Handschellen und legte sie an. Sie bestanden aus einem dicken, goldenen Band aus den tiefsten Minen von Atlan und hatten an der Innenseite ein dünnes Sensorenband, das meinen Körper berührte. Sie überwachten ununterbrochen meinen körperlichen Zustand und gestatteten es, mit den Atlanischen Institutionen für den Transport, Wareneinkauf, Titeltransfer und allen anderen für das Leben mit einer Partnerin relevanten Systemen zu kommunizieren, sollte ich mich dazu entscheiden, sie nach dem Abklingen des Paarungsfiebers weiterhin zu tragen. Wichtiger noch, sie verschafften dem Paarungsfieber eine gewisse Linderung, denn die Handschellen anzulegen war ein Beweis dafür, dass ich eine Braut hatte. Wahrscheinlich war ich der einzige Atlane in der Geschichte des Planeten, der seine Partnerin an der Front ausfindig machen musste, wo sie gegen die Hive kämpfte.

Schon vor ihrer Ankunft auf Atlan würde sie zur Legende werden. Unsere Frauen zogen nicht in den Krieg. Niemals.

Dieser Gedanke machte mich

stutzig. Mit was für einer Art von Frau würde ich mich einlassen? Der Gedanke an eine Kriegerbraut hätte mich verschrecken müssen; stattdessen aber stellte ich sie mir in der Hitze des Gefechts und mit feurigen Augen vor, mit einem wütenden Angriffsschrei, der dem Geräusch sehr nahe kam, das sie von sich geben würde, wenn sie auf meinem Schwanz reitend vor Lust nur so schreien würde. Ich wollte ihre unerschrockene Leidenschaft und ihre Wut auf mich gerichtet wissen, damit ich sie niederdrücken konnte und sie sich um Erlösung bettelnd in meinen Händen wandte und aufbäumte.

*Verdammt.* Mein Schwanz war steinhart und es gefiel ihm überhaupt nicht, in meiner Kampfmontur eingesperrt zu bleiben.

Ich befestigte eine Handschelle an meinem linken Handgelenk, dann legte ich sie auf der rechten Seite an, damit sie sicher verschlossen waren. Die Verpartnerung war vollzogen, meine

Braut war identifiziert worden. Es gab kein Zurück mehr. Ich würde so lange wie möglich kämpfen und dann meine Partnerin nach Hause schaffen. Auf Atlan würde ich alt und fett werden, mit einer hübschen und gut gefickten Frau an meiner Seite. Ich spürte die Behaglichkeit der Bänder, spürte die Schwere und Endgültigkeit meiner Entscheidung und ließ das Gewicht wie einen Mantel auf meine Schultern sinken. Ich atmete tief durch, dann ein zweites Mal und grunzte, als die Handschellen sich schlossen.

Die Ärztin reichte mir das passende, kleinere Paar Handschellen für meine Braut und ich schnallte sie an meinem Gürtel fest. Sie musste die Handschellen nur anlegen und wäre sofort vom Militärdienst befreit. Die Fesseln waren für ihren Kommandanten ein offensichtliches Zeichen, dass sie verpartnert wurde, ein Symbol dafür, dass sie zu mir gehörte. Sie einfach nur zu nehmen, würde keine dauerhafte Bindung formen—nur, wenn ich sie mit losgelassener Bestie ficken würde und wir beide dabei unsere Handschellen trugen, könnte das geschehen—und das Wissen, dass sie auf mich wartete, mich brauchte und in exakt diesem Augenblick unter Beschuss stehen könnte, ließ mich darauf brennen, sie für mich zu beanspruchen.

"Entsenden Sie mich jetzt, bevor ich dieses Schiff auseinander nehme."

Als Soldatin war meine Partnerin ständig in Gefahr. Ich stolzierte zum Transporter auf der anderen Seite der Krankenstation hinüber und ließ mein Genick von Seite zu Seite krachen, während ich darauf wartete, dass ein Transportoffizier die Koordinaten ins Haupttransportsystem eingab. Normalerweise konnte nur organische Masse im Transportsystem befördert werden, wenn es aber an die Front ging, kam die Sicherheit an erster Stelle. Panzerung und Waffen waren erlaubt.

Ich tätschelte meine Ionenpistole und prüfte das Messer an der anderen Seite. Alles klar.

"Mach's gut, Dax."

"Ich komme wieder." Kommandant Deek schaute mich überrascht an, dann blickte er in Richtung der Ärztin. "Es gibt keinen Grund, nach Hause zu gehen. Sobald meine Braut in Sicherheit ist und das Fieber abklingt, werde ich mich mit ihr auf dem Schlachtschiff Brekk einrichten und weiter kämpfen, so wie die Prillon-Krieger es machen."

Eine Frau vom Planeten Atlan würde einem solchen Leben niemals zustimmen, einem Dasein mitten im Krieg, aber ich war nicht bereit, den Kampf gegen die Hive aufzugeben und meiner Partnerin würde ich keine andere Wahl lassen. Sie würde sich dann um die Kinder kümmern oder zusammen mit den anderen Frauen der Kampfgruppe irgendeine andere, ungefährliche Aufgabe übernehmen.

Und ich? Nachts würde ich sie ficken und tagsüber würde ich die Hive zusammenballern. Es würde einfach perfekt werden, sobald ich sie gefunden und in die Unterwürfigkeit gefickt hätte, sobald ich das brodelnde Paarungsfieber in meinen Adern weggefickt hätte.

---

*SARAH MILLS, Sektor 437, Aufklärungseinheit 7—Rückeroberung von Frachter 927-4 aus den Fängen der Hive*

ICH STARRTE durch das Zielfernrohr meines Ionengewehrs und beobachtete, wie neun Späher der Hive mit maschinenartiger Präzision durch den Waffenraum schlichen. Die Hive hatten den Koalitionsfrachter vor zwei Stunden angegriffen und übernommen. Der Notruf der Crew spielte sich unaufhörlich in meinem

Kopf ab, wie eine kaputte Schallplatte. Während der Einsatzbesprechung konnten wir die Todesschreie des Piloten hören. Die acht Koalitionssoldaten, die zu diesem kleinen Frachter gehörten waren entweder tot oder wurden zu einer Integrationseinheit auf einem Außenposten der Hive transportiert. Wir konnten sie nicht retten, aber wir konnten die Hive davon abhalten, an die Waffenvorräte und Rohstoffe zu gelangen.

Ich hob meinen Blick vom Zielfernrohr der Ionenpistole, die auf das obere Deck des Waffenraumes zielte. Ich machte meinen Leuten mit zwei Fingern ein Zeichen, damit das zwölf Mann starke Team drei Gruppen bildete, sich leise verteilte und den Feind von oben umzingeln konnte, um die Cyborgs schließlich wie Fliegen auszulöschen. Zwölf Mal hatten wir das im vergangenen Monat so gemacht und mein Team verteilte sich geräuschlos und mit entsicherten Waffen auf dem oberen Deck des Raumes.

Ein Monat der Einarbeitung war nötig, um auf den Kampf gegen die Hive vorbereitet zu sein. Alle Rekruten von der Erde, die zu den Kampfeinheiten entsendet wurden, mussten ihre vorherige Militärerfahrung nachweisen—im Militär auf der Erde. Es war egal, für welches Land sie vorher gekämpft hatten, aber sie benötigten umfangreiches taktisches und physisches Training, um im Kampf gegen die Hive bestehen zu können. In der Koalitionsflotte gab es keine Hausfrauen oder Autowaschgehilfen. Das beruhigte mich, denn ich war seit acht Jahren in der Armee. Ich wollte nicht von einem Neuling in den Arsch geschossen werden. Und ich wollte auch nicht ums Leben kommen, weil irgendein unerfahrener Frischling beim Anblick der silbernen Cyborg-Soldaten in Panik geriet.

Die Hive ließen die alten *Terminator* Filme wie schlechte Science-Fiction aus den 1950ern aussehen. Diese Roboter reagierten langsam und waren mehr Maschine als Mensch.

Die Hive waren sehr viel gefährlicher; sie waren schnittig und schnell, sie trugen keine klobigen Metallteile und stapften auch nicht in eisernen Moonboots herum. Nein, sie waren flink, hochintelligent und würden, wenn sie denn normale Kleider anhätten, als biologische Kreaturen durchgehen – sofern man den silbrigen Glanz in ihren Augen und auf ihrer Haut nicht bemerken würde.

Hive-Cyborgs, die aus gefangenen Prillon-Kriegern fabriziert wurden, waren die schlimmsten, die ich je gesehen hatte. Sie waren groß, bösartig und fast unbezwingbar; mehrere Schüsse waren notwendig, um sie zu erledigen.

Aber diese riesigen Mistkerle vom

Planeten Prillon kämpften auch an unserer Seite. Gott sei Dank.

Still sah ich zu wie die Aufklärungseinheit Nummer 4, die Einheit meines Bruders Seth, auf dem unteren Deck in Stellung ging und unsere Position spiegelte, damit keiner der Hive-Soldaten in den unteren Korridoren verschwinden konnte, sobald wir sie oben auseinander nehmen würden. Trotz der schweren Panzerung konnte ich meinen Bruder mühelos an seinen Bewegungen erkennen. Seit wir das Laufen gelernt hatten, waren wir gemeinsam in den Wäldern umhergeschlichen und ich beobachtete voller Beklemmung, wie er einem Hive-Soldaten, der den Lagerbestand zu scannen schien, gefährlich nahe kam.

Seth hielt inne, er verschwand zwischen den Schatten hinter dem Späher und ich atmete zum ersten Mal seit einigen Momenten wieder aus.

Ich hatte acht Wochen benötigt, um

meinen Bruder ausfindig zu machen. Einen Monat davon hatte ich im Training zugebracht, unsere Posten wurden aufgrund vorheriger militärischer Erfahrung vergeben. Soldaten von der Erde wurden auf Raumschiffe in der gesamten Galaxie entsendet, um gegen die Hive zu kämpfen. Es hatte mir nicht geschadet, dass ich zusätzlich zu meinem Militärdienst achtzehn Jahre lang mit meinen Brüdern und mit meinem Vater in den Sümpfen Floridas *trainiert* hatte. Sie hatten mir Selbstverteidigung und andere Fertigkeiten beigebracht, die ich nie für nützlich gehalten hatte—bis ich es mit den Hive zu tun bekam. Ich konnte besser schießen als die Meisten. Im Kampf war ich gemeiner als die Anderen. Verdammt, selbst als Pilotin war ich besser als andere. Sowohl von den Koalitionstruppen als auch den Hive wurde ich routinemäßig unterschätzt. Da ich die einzige Frau in meiner Aufklärungseinheit war, hatten die Männer geglaubt, ich würde vor Angst weinend zusammenbrechen, aber ich hatte mein Können mehr als unter Beweis gestellt.

Zum Teufel, als wir schließlich zur Front kamen—also vor vier Wochen?—hatten drei meiner Mitstreiter bereits einen Nervenzusammenbruch und mussten noch vor unserem allerersten Kampfeinsatz nach Hause geschickt werden. Es mit den Hive aufzunehmen war mit *nichts* zu vergleichen, was irgendeiner von uns auf der Erde erlebt hatte und sechs Rekruten meiner ersten Einheit wurden bei ihrem ersten Gefecht getötet. Das halbe Team. Tot.

Keiner meiner Männer stellte mich jetzt infrage, denn nicht nur hatte ich die anderen fünf allein mit meiner Treffsicherheit gerettet, wir hatten außerdem den Frachter von zwölf Hive-Spähern zurückerobert, das Schiff gerettet und ich hatte das Team nach Hause geflogen. Jedenfalls das, was vom Team übrig war. Meine

Analyse- und Kampfstrategien waren den befehlshabenden Offizieren nicht entgangen. An meinem zweiten Tag wurde ich befördert und jetzt führte ich mein eigenes Team, genau wie mein Bruder. Einheit 7 und Einheit 4. Sarah und Seth. Wenn möglich, absolvierten wir unsere Einsätze zusammen, denn Seth und ich wollten immer ein Auge aufeinander behalten.

Ich hielt meine dunkle, handschuhbedeckte Faust nach oben, meine Hand blieb geschlossen, bis der letzte meiner Männer in Stellung ging. Als ich die Faust öffnete, fing ich an, von fünf zu zählen und das Ende des Countdowns signalisierte den Beginn unseres Angriffs. Wenn alles gut ging, dann würde es in weniger als einer Minute vorbei sein.

Falls nicht—nun, darüber wollte ich lieber nicht nachdenken.

Seth hob ebenfalls eine Hand hoch, er machte seinem Team dasselbe Signal, aber seine Leute befanden sich außer meiner Sichtweite.

Wir waren bereit.

Kleine Geschwader wie dieses bestanden fast ausschließlich aus Menschen von der Erde. Wir waren klein, hinterhältig und konnten uns in enge Räumlichkeiten zwängen, die für die massigen Prillonen, Atlanen und andere Krieger nicht zugänglich waren. Wir Menschen waren auch zerbrechlicher und nicht so gut in der Lage, den Bodenkampf auf einem der unwirtlicheren Planeten zu überstehen. Mir war es bei weitem lieber, herumzuschleichen und die Hive auf einem übersichtlichen Frachter zu töten, anstatt zwei-Meter-fünfzig großen Hünen auf dem Boden gegenüber zu stehen.

Nein, Menschen wurden überwiegend zu den Aufklärungseinheiten geschickt; kleine, strategische Truppen, die in die Hochrisikozonen am Rande von

Kampfhandlungen geschleust wurden. Dort konnten wir uns entweder mit anderen Einheiten zusammenschließen, um eine größere Kampftruppe zu bilden, die sich gewöhnlich hinter feindlichen Linien befand, oder wir absolvierten Missionen wie diese, wo wir uns anpirschten und uns das zurücknahmen, was uns gehörte.

Mein Bruder blickte zu mir nach oben und schenkte mir ein breites Lächeln. Mein Herz versetzte mir einen schmerzhaften Stich in meiner Brust. Ich hatte ihn vermisst. Sein dunkles Haar hatte die gleiche Farbe wie mein Haar und er trug einen militärischen Kurzhaarschnitt. Ich hatte die Größe unseres Vaters geerbt, Seth aber war einen halben Kopf größer als ich. Er sah fit und erholt aus. Abgesehen von der Anspannung auf seinem Gesicht, der ständigen Wachsamkeit, die einem beim Militär eingeschärft wurde, sah er genauso aus wie jenem Tag, an dem er sich zusammen mit Chris und John freiwillig für das Kampfbataillon gemeldet hatte.

Ich hatte ihn gefunden. Ich hatte es geschafft. Ich hatte mein Versprechen an meinen Vater erfüllt und Seth gefunden. Ich konnte ihn zwar nicht zur Erde zurückbringen—wir beide hatten immer noch unsere Dienstzeit zu absolvieren—aber ich konnte in seiner Nähe bleiben und sogar an seiner Seite kämpfen, so wie ich es heute tat.

Ich ging zu Boden, als plötzlich ein lauter Knall über unseren Köpfen ertönte und schaute zu den drei Soldaten in meinem Versteck herüber um herauszufinden, ob einer von ihnen wusste, was los war. Alle drei starrten mich mit verschreckter Mine an und keiner von ihnen sagte etwas.

Was zur Hölle war das?

Die Hive stürmten in alle Richtungen davon und auf dem unteren Deck fielen Schüsse. Das Stillschweigen endete, als Seth den Schießbefehl gab. "Feuer frei! Feuer frei!"

Das Gezisch der Ionengewehre erfüllte den Raum, zusammen mit Schmerzensschreien, als einige unserer Männer nieder gingen. Der Bildschirm in meinem Helm listete zwei meiner Leute als Verluste auf.

*Scheiße. Scheiße. Scheiße!* Plötzlich war die Hölle los.

"Mitchell und Banks hat es erwischt. Ihr zwei, geht auf die linke Flanke." Ich deutete in die Richtung, in die zwei meiner Soldaten gehen sollten. "Holt sie da raus."

Sie brachen auf und ich wendete mich Richards, meinem Adjutanten zu. "Geh nach rechts, warte aber mit dem Feuer, bis ich dir Deckung gebe. Du musst herausfinden, was zum Teufel gerade auf uns hereingeplatzt ist."

"Jawohl."

Richards machte sich langsam und geduckt davon und ich blickte über das Geländer um herauszufinden, was hier los war.

"Berichtet. An alle. Redet mit mir.

Was zum Teufel ist passiert?" Ich prüfte meine Waffen, als mein Team sich bei mir meldete. Ein unautorisierter Transport hatte stattgefunden.

"Seth?"

Ich hörte die Stimme meines Bruders. "Irgendein riesiger Mistkerl ist ohne Vorwarnung einfach hier hereingeplatzt. Er gehört wohl zu uns, aber er hat die Hive aufgeschreckt und jetzt haben wir sechs weitere Späher hier unten. Drei meiner Männer hat's erwischt, auf drei Uhr."

Ich linste über das Geländer, mehr als erzürnt, dass die Koalition jemanden herein transportiert hatte, ohne uns zu warnen. Mein Bruder hatte Recht, er war *riesig*. Und komplett durchgeknallt. Als ich ihn beobachtete, riss er mit bloßen Händen einem Hive-Späher den Kopf ab, das Ionenfeuer der kleineren Hive-Waffen nahm er überhaupt nicht wahr.

*Heilige Scheiße.* Nie zuvor hatte ich etwas *Derartiges* gesehen.

Das Gebrüll des Giganten hallte wie ein Kanonenfeuer durch den kleinen Raum und ich zuckte zusammen.

"Zumindest scheint er auf unserer Seite zu sein." Gehörte diese sarkastische Stimme wirklich mir? Eben war ich Zeuge geworden, wie ein riesiger Alien einem anderen Alien mit bloßen Händen den Kopf abriss, und ich machte Witze darüber? Mein Vater wäre so verdammt stolz auf mich.

"Verstanden." Seth klang auch amüsiert über die Situation. "Er ist ein Atlane."

Wow. Ich hatte von ihnen gehört, sie aber nie in Aktion gesehen. Meistens kämpften sie in den Bodentruppen, sie waren riesig, stark, schnell und äußerst brutale und effiziente Killer. Mit Gigantor in unseren Reihen wurde es Zeit, unsere Taktik zu ändern. "Aufklärer Sieben, erledigt sie, versucht aber, nicht auf den Riesen zu feuern. Lasst uns die Sache zu Ende bringen."

"Jawohl."

Das Feuer der Ionengewehre war so dicht, ich konnte kaum ausmachen, was vor sich ging, als ich mich aus meinem Versteck erhob und das Feuer eröffnete. Ich erwischte zwei Späher, der Riese erledigte drei weitere und der Rest unseres Teams kümmerte sich um die übrigen. Wir alle trugen unseren Kampfanzug—eine leichte, schwarzbraune Panzerung, die einem schwachen Ionenbeschuss standhalten würde. Der Anzug war nicht schön anzusehen, aber ich stellte ihn mir als Weltraum-Tarnanzug vor. Unsere Helme filterten die Luft, sie versorgten uns mit gleichbleibenden Sauerstoffwerten und dem unserer Spezies entsprechendem Luftdruck. Unsere Ionenpistolen waren leichtgewichtig und computergesteuert, aber eine Metallpanzerung konnte das Feuer abwenden. Zwei Dinge waren an unsere Schenkel geschnallt, ohne die wir nie den Stützpunkt verließen: ein

Messer—für den Nahkampf, wenn es eng und persönlich wurde—und eine äußerst kleine Injektionsnadel, die mit einer tödlichen Dosis Gift gefüllt war.

Die Spritze blieb eine persönliche Option, die allen freiwilligen Kämpfern von der Erde angeboten wurde. Die tödliche Injektion war eine Alternative, die Seth und ich nur allzu gerne entgegennahmen. Ich hatte gesehen, was mit den Soldaten geschah, die von den Hive gefangen genommen wurden und würde lieber sterben, als meinen Verstand in ihrem Schwarmbewusstsein zu verlieren und mich in eine Kreatur zu verwandeln, die nichts mehr mit einem Menschen gemein hatte. Ich wusste nicht, ob andere Planeten ihren Kriegern dieselbe Option mit auf den Weg gaben und es war mir auch egal. Niemand wollte lebendig in die Fänge der Hive geraten. Die Spritze war mit dem tödlichsten Gift in der gesamten Koalition gefüllt. Es gab keinerlei

Gegenmittel und innerhalb von Sekunden führte es zum sicheren Tod.

Alles war besser, als wie einer dieser silberäugigen Automaten zu enden. Eine Sache, die wir sehr schnell gelernt hatten war, dass die Hive keinerlei Ehrgefühl hatten. Selten töteten sie, sondern zogen es vor, die Gefangenen in ihre Integrationseinheiten zu bringen, wo sie den biologischen Kriegern ihre Hive-Technologie implantierten, bis diese die Kontrolle über ihren eigenen Körper verloren. Sie verschmolzen mit den Hive. Sie wurden zu einer Art Drohne. Ein wandelnder Computer, der unter allen Umständen die Befehle des Kollektivbewusstseins ausführte.

Die Hive waren erbarmungslose Kämpfer, darauf mussten wir uns konzentrieren. Wir hatten einen Job zu erledigen—nämlich die Hive aus diesem Frachter zu verjagen, uns schleunigst davon zu machen, zurück zum Stützpunkt zu transportieren, ein warmes Abendessen zu verspeisen und uns vor dem nächsten Einsatz zur Ruhe zu legen. Wir lebten, um einen weiteren Tag kämpfen zu können. *Das* war unser Ziel.

Ich musste nicht nur meine Männer am Leben behalten, sondern auch meinen Bruder.

Das Geballer der Ionengewehre verstummte, die grellen Blitze des Waffenfeuers verblassten. Glücklicherweise war der Frachter mit Vorräten beladen, Reihen mit Lattenkisten füllten den höhlenartigen Lagerraum und boten uns guten Schutz. Leider bedeutete das auch, dass die Hive Deckung hatten.

Wir hatten geplant, sie zu überrumpeln, die Hive in die Mitte zu drängen und sie auf kleiner Fläche zu umzingeln, wie eine Anakonda, die die Lebenskraft aus ihrer Beute herausquetschte. Aber der Atlan-Krieger hatte unsere Pläne zunichtegemacht, er hatte unsere

Überraschungsparty ruiniert und nicht auf eine gute Art und Weise. Wütend zog ich meine Bilanz. Zwei meiner Männer hatte es erwischt, aber die Hive schienen besiegt zu sein.

"Aufklärer Sieben, berichten Sie."

Ich lauschte meinen Männern, als sie sich bei mir meldeten.

"Nummer sechs ist geräumt."

"Drei ist geräumt. Zwei Männer sind am Boden."

Ich seufzte, ließ mich aber nicht zermürben. So etwas kam vor. Soldaten starben. Ich würde später darüber nachdenken, wenn ich Briefe an ihre Familien schreiben und mir dabei die Augen ausweinen würde. *Später.* "Richards?"

"Neun ist geräumt."

Ich wartete darauf, dass Seth mir antwortete, er befand sich auf der Zwölf-Uhr-Position auf dem Unterdeck.

"Aufklärer Vier?"

Ich hörte Seths Stimme laut und

deutlich. "Besser, du kommst hier runter."

Ich befahl meinen Männern oben zu bleiben und rannte die Rampe herunter. Nicht nur die Hive machten große Augen, als ich herantrat.

"Heilige Scheiße," flüsterte ich.

Es war dieser … Krieger, der unangemeldet hereintransportiert worden war. Er hatte die Koalitionsuniform an, aber er trug sie in einer Art und Weise, die mir die Kinnlade herunterklappen ließ. Er hatte keinen Helm auf, sein Gesicht war schroff, aber nicht so wie ich es bei einem Alien erwartet hätte. Er sah fast wie ein Mensch aus, nur sehr viel größer. In diesem Moment hätten Ionengewehrschüsse über meinen Kopf hinwegzischen können, ich hätte es nicht bemerkt. Er war auf jeden Fall groß—locker um die zwei Meter zehn, dunkel und gutaussehend, aber so groß wie ein Holzfäller. Ein blutrünstiger Holzfäller, denn er war von Kopf bis

Fuß mit Hive-Blut beschmiert und um ihn herum lag ein Haufen toter, kopfloser Körper wie Müll verteilt. Er hatte sich noch nicht einmal die Mühe gemacht, seine Waffe aus dem Halfter zu ziehen. Seine Arme waren in etwa so dick wie meine Oberschenkel und ich war nicht abgemagert. Er ließ mein Herz einen Schlag aussetzen und ich geriet stärker außer Atem als bei einem Gefecht gegen die Hive.

Er hielt sich aufrecht und souverän, vielleicht war er zu selbstsicher, denn er ignorierte das Chaos um sich herum und suchte … nach irgendetwas. Oder irgendjemanden. Selbst aus der Entfernung hörte ich sein gedämpftes Knurren. Sein Körper war gespannt wie ein Flitzebogen und bereit, jedem Idioten, der dumm genug war, seine Aufmerksamkeit auf sich zu lenken den Kopf abzureißen. Seine dunklen Augen hatten eine Tiefe, die ich nie zuvor gesehen hatte. Ich schluckte, als sie in meine Richtung wanderten. Ich ignorierte ihn und dachte, ich tat so, weil ich nicht enthauptet werden wollte. In Wirklichkeit aber wollte ich nicht dieser Intensität ausgesetzt werden.

# 4

## *S*arah

Mit all den Ionenschüssen, die während des Gefechts kreuz und quer durch den Raum gefeuert wurden, hätte er in Deckung gehen und seine eigene Waffe zur Hand nehmen müssen, aber das hatte er nicht. Er schaute erst nach links, dann nach rechts, als ich plötzlich ein allzu vertrautes Summen vernahm.

Drei weitere Hive-Soldaten transportierten sich wenige Schritte von mir entfernt in den Raum und griffen an. Als einer der neuen Hive auf mich feuern wollte, zögerte der Atlane keinen Augenblick lang. Ich schwöre, er machte sich größer, als wäre er ein aufblasbarer Luftballon. Er war aufgebracht. Nein, er tobte, denn die Sehnen in seinem Nacken quollen hervor und sein Kiefer verkrampfte sich. Sein Blick verengte sich und er packte den Hive-Soldaten und riss ihm buchstäblich den Kopf ab, ohne auch nur seine Ionenpistole zu zücken. Das Blut spritze in alle Richtungen, als er die Leiche auf dessen Kameraden warf, bevor er sie angriff.

Ich hätte ihm behilflich sein sollen, rollte mich stattdessen aber auf die Seite und stellte mich mit gezogener Waffe auf mein Knie.

Zu spät, die drei waren schon erledigt. Wie Opfergaben an einen blutrünstigen Gott lagen die Körper zu seinen Füßen.

Schockiert starrte ich auf das

Blutbad. Zwei von Seths Männern eilten an meine Flanken, sie starrten fassungslos, genau wie ich. Ich war ziemlich sicher, dass keiner von uns je etwas derartig Brutales gesehen hatte, auf der Erde oder sonst wo. Ich hatte keine Ahnung, wozu der Alien überhaupt eine Waffe mit sich trug. Diese Hände, diese riesigen Hände waren Waffen an sich. Auf der Erde gab es ein Sprichwort, das besagte, dass man jemandem vor Wut den Kopf abreißen würde, hier aber … war es kein Sprichwort mehr.

Ich hörte Seths Kichern in meinem Ohr, als er hinter einem Frachtcontainer hervorkam. Ich blieb auf einem Knie gestützt stehen, meine Pistole zielte auf den Alien, der wie ein Bär brummte.

"Willkommen in unserem kleinen Überfallkommando, Atlane. Ich bin Captain Mills." Seth zielte nicht mit seiner Waffe auf ihn, steckte sie aber auch nicht weg. Ich hielt meine Pistole weiterhin auf ihn gerichtet und zielte auf den Kopf des Kriegers.

Der Riese grunzte und richtete sich auf, woraufhin ich blinzeln musste, und zwar feste. Seine Schultern waren enorm, seine Brust war groß genug, damit ein kräftiges Mädchen wie ich sich daran anschmiegen konnte. Ich wollte ihn *anfassen* und dieser Drang verstörte mich. Als der Riese zu sprechen anfing, wanderte seine tiefe, grollende Stimme direkt in meine Mitte und meine Nippel wurden steif. Sex am Stiel. Gütiger Gott, er war der heißeste Mann, den ich je gesehen hatte. Jemals.

"Sie sind nicht Captain Sarah Mills."

Seth lachte und mein Herz geriet ins Stolpern. *Captain Sarah Mills?* Dieser Krieger kannte meinen Namen?

Ich sagte nichts, sondern blickte eine Sekunde lang zu meinem Bruder und nickte ihm zu, er sollte weiter reden. Falls dieser große Kerl nach mir suchte, war ich mir nicht so sicher, ob ich gefunden werden wollte.

Seth nahm seinen Helm ab und klemmte ihn unter seinen linken Arm, in der rechten Hand hielt er weiterhin seine Ionenpistole. "Nein, das bin ich nicht. Das ist meine Schwester, sie hatte Glück beim Auswahltest und ist Pilotin geworden. Was wollen sie von Captain Mills?"

Statt zu antworten ballte der Krieger die Hände zu Fäusten, als ob er darum kämpfen musste, nicht die Beherrschung zu verlieren. Um mich herum waren alle Pistolen schussbereit und wir warteten auf die Reaktion des Atlanen. "Sie ist nicht hier?"

"Wer will das wissen?" Seth hob seine Ionenpistole, um sicherzustellen, dass der Atlane sich anständig benahm. "Soldat, ich kenne sie nicht. Sie sind in einen aktiven Kampfeinsatz hereingeplatzt und haben zwei Einheiten in Gefahr gebracht. Fünf meiner Männer sind gestorben, weil sie unsere Überraschung zunichte gemacht haben. Von meinem Standpunkt aus sollte ich sie in den Arsch schießen und sie anschließend diese Sauerei aufräumen lassen."

Der Atlane sackte zusammen, als bestürzten ihn die Worte meines Bruders. "Ich entschuldige mich für ihren Verlust. Uns war nicht bewusst, dass ich in eine aktive Kampfzone hineintransportieren würde. Es war ein schrecklicher Fehler."

"Warum sind sie hier?"

Ich verengte den Griff um meine Pistole, als ich auf seine Antwort wartete.

"Ich suche Captain Sarah Mills."

"Warum?"

"Sie gehört mir."

Mein Kopf schüttelte sich *energisch*, und zwar noch bevor ich seine Worte verarbeiten konnte. Augenbrauen zogen sich nach oben, ich stand auf und senkte meine Waffe. "Sieben, behaltet ihn im Blick."

Ein Chor der Zustimmung ertönte, als ich meine Waffe senkte und überlegte, was ich tun sollte. Als er meine Stimme vernahm, wandte der Riese sich mir zu und ich nahm meinen Helm ab und ließ ihn zu Boden fallen. Er sah so aus, als wollte er auf mich zukommen und ich zückte meine Waffe, um ihn zu stoppen. "Stopp."

"Sie sind Sarah Mills."

"Woher kennen sie mich? Ich kenne keine Atlanen." Ihm in die Augen zu blicken war ein riesiger Fehler, denn die unmittelbare Lust, die ich verspürt hatte, als ich ihn zuvor beobachtete kehrte mit voller Wucht zurück. Ich wollte mir die Lippen lecken und ihn näher an mich heranlocken, was vollkommen idiotisch war. Als ich ihn so neutral wie möglich anstarrte, spürte ich, wie ein eigenartiges Kribbeln über mein Gesicht und meinen Nacken huschte. Ich verkrampfte mich und blickte zu Seth. Der spürte die wachsende Anspannung und machte große Augen.

"Wir bekommen Besuch!" schrie ich

und warf mich zu Boden, als ein Energiestoß die Mitte des Raumes vibrieren ließ.

Als die Erschütterung endete, standen drei Hive-Soldaten an genau der Stelle, von der wir geflüchtet waren.

Der Atlane brüllte und stürzte sich auf sie. Meine Männer eröffneten vom Oberdeck aus das Feuer, was die Hive überraschte. Die Soldaten gingen nicht wie befürchtet zum Angriff über, sondern nickten sich gegenseitig zu und verschwanden einer nach dem anderen—sie lösten sich in Luft auf.

Der Letzte jedoch war nur wenige Schritte von Seth entfernt. Er packte meinen Bruder und machte kehrt, er hob Seth in die Luft und benutze ihn als menschlichen Schutzschild, während die Ionenpistole meines Bruders vor seinen Füßen auf den Boden fiel.

*Seth!*

Ich zückte meine Waffe, konnte aber keinen Schuss abfeuern, ohne dabei meinen Bruder zu treffen. Der Atlane hielt inne und blickte die beiden an. Ich verdankte es meinem Training, dass ich meine Position hielt und zielte weiterhin auf den Feind. Wir warteten auf den nächsten Schritt des Hive-Soldaten.

"Lass ihn los." Ich schrie den Hive-Soldaten an, aber er ignorierte mich, sein Blick war auf die wahre Bedrohung, nämlich den Atlan-Riesen, der wenige Schritte entfernt von ihm stand gerichtet.

Seth trat um sich, er griff nach der Injektionsnadel an seiner Seite und brüllte in unsere Richtung. "Macht schon! Knallt ihn ab."

"Nein!" Ich schrie meinen Bruder an, während der Hive-Soldat zurückwich und dabei meinen Bruder wie ein Schutzschild gegen seinen Oberkörper presste.

Richards Stimme klang in meinen Ohren wie die Versuchung des Teufels. "Ich hab' ihn im Visier, Captain." Er befand sich über mir und konnte ihm einen ordentlichen Schuss verpassen. Sollte der Schuss aber nicht perfekt abgefeuert, nicht von einem Präzisionsschützen stammen, dann wäre das Schicksal meines Bruders besiegelt. Richards musste auf zehn Zentimeter genau treffen, um den Hive-Soldaten zu töten und meinen Bruder am Leben zu lassen.

"Nein. Noch nicht."

Der Hive-Soldat zückte seine Waffe und zielte auf den Atlanen. Wir starrten regungslos, als die gefühllosen Silberaugen des Hive-Soldaten den Raum scannten. Bevor wir irgendetwas ausrichten konnten, drückte er einen Knopf an seiner Uniform und … war verschwunden. Zusammen mit Seth.

Weg. In Luft aufgelöst. Auf der Erde gab es so etwas wie das Transportieren nicht. Man kannte es aus alten TV-Serien, aber in der Realität gab es diese Technik nicht. Nur die Koalitionskämpfer erlebten es tatsächlich. *Beam mich rauf, Scotty.* Als ich das erste Mal transportiert wurde, hatte ich Todesangst. Die Technologie sollte cool und praktisch sein und das war sie auch, bis jetzt. Jetzt war mein Bruder irgendwo hin transportiert worden, irgendwo ins Territorium der Hive. An einen Ort, wo sie aus Koalitionskämpfern stumpfsinnige Maschinen machten, Körperteile mit künstlichen Implantaten ersetzten, bis vom dem Individuum nichts mehr übrig war. In einem Moment war er da, im nächsten verschwunden.

Es sei denn, mein Bruder hatte sich für die Notlösung entschieden. Auf einmal spielte sich das Bild von seiner Hand, die nach dem Injektor an seinem Oberschenkel griff wie eine kaputte Schallplatte in meinem Kopf ab. "Seth!" schrie ich.

Der durchgeknallte Atlane—der unseren Einsatz ruiniert hatte und Schuld daran war, dass die Hive meinen Bruder geschnappt hatten—wandte sich um und starrte mich an. Seine dunklen

Augen verengten sich, seine vollen Lippen wurden schmaler. Er würde den Blick nicht abwenden, selbst, als alle Ionengewehre im Raum auf ihn gerichtet waren. Ich spürte etwas, etwas Urhaftes und Explosives erwachte in mir zum Leben, als wir uns anstarrten.

Heilige Scheiße. Er war ... und ich fühlte ... und ... verdammt! In meinem Kopf gingen die Sicherungen durch. Ich missachtete alle Sicherheitsbedenken und lief auf den Mann zu. Ich war bereit, ihn mit allen verbleibenden Kräften anzugreifen. Ich zückte meine Ionenpistole und ging auf ihn zu, bis ich meine Waffe gegen seine Panzerung hielt, genau über seinem Herzen. Ich blickte hoch in seine Augen und mir wurde klar, dass er nicht einmal versucht hatte, mich zu stoppen. Er hatte mich nicht angerührt, stattdessen blickten seine dunklen Pupillen voller Schmerz auf mich herunter.

Wir sahen uns in die Augen und ich konnte es nicht, ich konnte nicht abdrücken. Ich musterte seinen kantigen Kiefer und seine vollen Lippen, seine dunklen Augen und sein schwarzes, seidiges Haar, das ihm bis zum Kinn reichte. Er war wirklich atemberaubend, seine Stärke war erstaunlich und überwältigend. Ich kochte vor Wut, konnte aber den Auslöser nicht betätigen. Die Gefangennahme meines Bruders war nicht wirklich seine Schuld. Niemand war schuld daran. Wir waren im Krieg. Und der Krieg war gnadenlos.

"Captain!" Richards Stimme ließ mich aus meiner Trance aufschrecken und ich senkte meine Waffe, wich aber nicht von dem Krieger zurück.

"Du wirst mir helfen, meinen Bruder zu retten."

Seine Augen weiteten sich überrascht, aber er nickte. "Du hast mein Wort." Diese Stimme, diese vier Worte waren wie ein Felssturz. Schroff, rau und tief.

Für den Moment war ich besänftigt und trat einen Schritt zurück.

"Der Frachter ist geräumt!" brüllte ich und gab damit zu verstehen, dass die Kämpfer aus der Deckung kommen konnten. Es war Zeit, von hier zu verschwinden.

Der Atlane beobachtete mich aufmerksam, aber er rührte sich nicht. Aufgrund seiner Uniform wussten wir alle, dass er zur Koalition gehörte; sein Verhalten aber, das Blut an seinen Händen? Er war eine Gefahr und sein Schweigen half uns dabei, uns wieder einzukriegen und ihn nicht zu erschießen.

"Vier von euch bleiben hier und halten uns den Rücken frei. Drei Hive-Soldaten wurden hereintransportiert und sie haben Captain Mills entführt," erklärte ich, erzürnt darüber, dass sie hier auftauchen konnten und Seth geschnappt hatten. *Er* hatte es zugelassen. "Und du."

Ich deutete auf den abtrünnigen Kämpfer.

Seine Augen streiften durch den Raum, dann trafen sich unsere Blicke. Sein Antlitz war voller Hitze, voller Verlangen. Und das brachte mich auf die Palme. Wir befanden uns inmitten einer Kampfzone. Weder hatte ich es nötig—noch wollte ich—von irgendjemanden mitten auf dem Schlachtfeld angetörnt werden. Ich war nicht gerade zierlich, aber unter seinem Blick fühlte ich mich klein und fraulich. Fraulich? Das war verrückt, denn ich trug nicht anderes als meinen Kampfanzug. Die Rundung meiner Brüste wurde hinter dem Brustpanzer gut versteckt. Meine Hüften waren unter den schwarz gepanzerten Hosen verborgen. Niemand sonst betrachtete mich als eine Frau. Ich war ihr Boss und das war alles.

Die Tatsache, dass er mich in diesem Augenblick an Sex denken ließ machte mich wild vor Wut.

"Wer zum Teufel bist du und warum suchst du mich?" fragte ich ihn.

"Ich bin Kriegsfürst Dax vom Planeten Atlan und ich bin dein rechtmäßiger Partner. Du gehörst mir."

"Soll das ein Scherz sein? Ist das etwa eine Idee der Maus? Kriegsfürst Dax von Atlan, ich bin keine Braut. Tut mir leid. Du solltest dich einfach verpissen." Ich warf meine Hände in die Luft und nickte in Richtung von Seths Team. Da Seth nicht mehr da war, gehörten sie jetzt zu mir. Sie standen unter meiner Verantwortung. "Vier von euch bleiben hier, passt gut auf. Und errichtet eine Transportsperre, damit wir keine weiteren Überraschungen mehr bekommen."

"Jawohl."

"Sanitäter, kümmert euch um die Verletzten, tut, was ihr könnt und dann schafft sie hier raus." Ich ging zur Tür. "Drei von euch kommen mit mir auf die Brücke. Richards, du überprüfst die Systeme. Meine Männer, schnappt euch jemanden aus der vierten und überprüft die anderen Decks. Ihr wisst, was ihr zu tun habt."

Beide Teams machten sich hastig an die Arbeit und ich ignorierte den großen Alien, als er neben mir marschierte. Ich kam mir vor wie ein Cockerspaniel neben einem Rottweiler. Immerhin, drei bewaffnete Mitglieder meiner Einheit liefen hinter uns und ich hatte immer noch meine Ionenpistole.

"Diesen Begriff den ihr verwendet, verfickt? Der wird nur verwendet, wenn ein Mann eine Frau fickt, ihr Vergnügen bereitet und nicht im … Kampf."

Die Männer um mich herum entspannten sich ein bisschen bei diesen Worten, sie glaubten Dax würde scherzen. Das tat er aber nicht. Meine Wangen wurden heiß, und zwar nicht aus Scham. Nein, es war die unmittelbare Vorstellung, wie dieser Kriegsfürst mich gegen die nächstgelegene Wand presste, meine Hosen aufriss und in mich hineinstieß.

Sollte ich je zur Erde zurückkehren, dann würde ich eine gewisse Maus umbringen.

"Was ist dein Problem?" Es fühlte sich viel besser an, als ich mein Interesse für ihn in Frustration umlenkte. "Haben sie dir denn nicht gesagt, dass ich aus dem Bräute-Programm ausgeschieden bin?"

"Doch."

Sein Eingeständnis brachte mich abrupt zum Stehen und er trat näher an mich heran, sodass ich hoch schauen musste, um in seine dunklen Augen zu blicken. Ich würde mich nicht einschüchtern lassen. Sein Blick wanderte über mein Gesicht, dann nach unten über meinen Körper. Das war nicht der Blick eines Kriegers, so wie ich ihn gewohnt war. Das hier war aufdringlich und sexuell, voller besitzergreifender Hitze wie ich es noch nie erlebt hatte und … heilige

Scheiße, soeben wurden meine Nippel steif. Gott sei Dank, ich trug meinen Brustpanzer.

"Glaubst du, das ist für mich von Bedeutung?" Er zog eine Augenbraue hoch, als ginge er davon aus, ich würde mich wie eine Märchenprinzessin von ihm davon geleiten lassen. So würde es aber nicht laufen. Nichts würde laufen, bis ich meine Männer zurück auf die Karter gebracht hatte und meinen Bruder aus den Fängen der Hive befreit hatte.

Er wollte meinen Arm packen, ich aber zückte meine Ionenpistole und stoppte ihn, der Lauf stieß gegen seine harte Panzeruniform. Meine Männer nahmen ihn ebenfalls ins Visier. Er hielt inne, schien sich aber kein bisschen daran zu stören … noch hatte er Angst zu sterben, sollte er eine falsche Bewegung machen.

"Legt die Waffen nieder," befahl er.

Keiner befolgte seine Anweisung und ich zog insgeheim amüsiert darüber die Augenbraue hoch; ich wusste, dass meine Männer hinter mir standen.

"Falls mein Titel als Kriegsfürst nicht ausreicht, dann sollten die Streifen auf meiner Uniform darauf hinweisen, dass ich einen höheren Rang innehabe als sie alle," sagte er und deutete dabei mit seinem blutigen Finger auf das Abzeichen an seiner Schulter. "Es freut mich, dass sie meine Partnerin schützen und verteidigen, aber sie werden die Waffen niederlegen oder eine militärische Sanktion in Kauf nehmen."

Er hatte Recht. Obwohl er von einem anderen Planeten kam, einem Planeten, auf dem die Männer mächtig viel Spinat aßen, um stärker als Popeye zu werden, so trug er doch eine Koalitionsuniform, die uns allen bekannt war. Er *hatte* einen höheren Rang inne und wir waren genaugenommen dazu verpflichtet, seinen Befehlen Folge zu leisten.

Meine Männer hielten weiterhin ihre Waffen gezückt und mir wurde klar, dass sie auf mich warteten. Sie würden sich mit dem großen, bösen Alien anlegen, wenn ich es ihnen befehlen würde. Sehr wahrscheinlich jedoch würden sie in einem Militärgefängnis landen, könnte ich mich nicht im Zaum halten. Es war nicht meine Art, von meinen Männern zu verlangen, dass sie sich für mich aufopferten, vor allem nicht für etwas dermaßen lächerliches.

Ich drehte mich um und nickte ihnen zu, damit sie die Waffen niederlegten. Kommandant Karter musste sich um diese Streiterei kümmern. Die Angelegenheit würde warten müssen, bis wir zurück auf unserem Schlachtschiff waren.

Er blickte mich an und diesmal zog er die Augenbraue hoch, schließlich befand sich meine Waffe immer noch an seinem Bauch. Er hatte jetzt das Kommando über die Gruppe auf dem

Frachter, das hieß aber nicht, dass ich nicht weiter wütend auf ihn sein würde. Widerwillig zog ich meine Pistole beiseite.

"Was zum Teufel—hast du irgendeine Ahnung, was du angerichtet hast?" Ich ballte die Hände zu Fäusten, damit ich nicht auf ihn einprügeln würde. "Ich habe gute Männer verloren. Und die Hive haben meinen Bruder!"

"Es tut mir leid, dass deine Krieger tot sind. Aber dein Bruder hätte dich auf der Erde lassen sollen, wo du hingehörst, in Sicherheit. Eine Frau hat hier draußen nichts zu suchen, mitten im Kampf gegen den Feind," entgegnete er.

"Mein *Bruder* hat mir nicht zu sagen, was ich zu tun habe."

"Natürlich. *Ich* aber schon."

Ich blickte überrascht und musste lachen. "Du magst einen höheren Dienstrang innehaben als ich, *Herr Kriegsfürst*," ich betonte das letzte Wort besonders, "aber du bist nicht mein Partner."

"Bei allem Respekt, Kriegsfürst," Shepard, mein zweiter Mann, gesellte sich neben mich. Er schien diesem ... Dax mehr Hochachtung entgegenzubringen als ich. Aber er wurde auch nicht als *Partnerin* des großen Kerls bezeichnet. "Ich muss die ... Genauigkeit ihrer Behauptung infrage stellen. Captain Mills ist seit zwei Monaten bei uns. Die Gesetze der Erde erlauben es den Soldaten nicht in das Kampfbataillon einzutreten, wenn sie verheiratet sind. Oder verpartnert."

Shepard war diplomatisch, offensichtlich hütete er sich davor, diesen Kriegsfürsten als Volltrottel zu bezeichnen. Aber Dax musste sich irren, durch und durch irren, denn es war unmöglich, dass ich mit diesem anmaßenden Grobian verpartnert war. Selbst mein Unterbewusstsein konnte nicht so grausam zu mir sein.

Anstatt Shepard den Kopf

abzureißen, antwortete Dax, "Diese Frau von der Erde wurde mir über das Programm für interstellare Bräute zugeteilt und ich werde sie für mich beanspruchen."

Ach du meine Scheiße. Er *war* vom Planeten Atlan. Die Aufseherin Egara hatte mir gesagt, dass ich diesem Planeten zugeteilt worden war. Ich schüttelte mit dem Kopf. "Ich habe das Programm verlassen, weil das alles ein Fehler war. Die Aufseherin hat mir erklärt, dass ich ohne meine Zustimmung nicht verpartnert werden könnte. Ich bin jetzt eine Soldatin und ich bin mir ziemlich sicher, dass du nichts daran ändern kannst."

"Du wirst dem Kommandanten Karter sagen, dass du meine Partnerin bist und die Verpflichtung für die Koalitionsflotte beenden." Offensichtlich hatte er mir überhaupt nicht zugehört.

Ich legte die Hände auf meine

Hüften. "Das werde ich nicht tun, du dummer Ochse."

Er runzelte die Stirn. "Diesen Begriff kenne ich nicht, aber du kannst mich einfach als deinen Partner bezeichnen."

Ich machte einen Schritt zurück, nicht, weil ich mich vor ihm fürchtete, sondern weil er mit diesem Schwachsinn eventuell sogar Recht hatte. Ich erinnerte mich an diese Vollidiotin von einer Assistentin, Aufseherin Morda und wie sie von Anfang an alles durcheinander gebracht hatte. Konnte sie noch etwas anderes vermasseln, nachdem ich in die Koalitionsflotte gewechselt war? Wie etwa mein Profil nicht zu löschen, mich nicht aus dem System zu entfernen?

Verdammt.

"Wir wurden verpartnert." Er beugte sich nach vorne und blickte mir ununterbrochen in die Augen. "Du gehörst mir."

Ich zuckte zusammen. Ich konnte

keine Braut werden. Sicherlich konnte ich mich nicht mehr um Seth kümmern, wenn ich aus dem Militär gedrängte wurde, um jemandes Braut zu werden. Ich bezweifelte, dass dieser riesige Koloss von einem Alien irgendetwas anderes für mich vorgesehen hatte, als Babys zu gebären. Dass Frauen nicht in den Kampf gehörten, hatte er schon verlauten lassen. Ich konnte nicht davon ausgehen, dass er mich mit einem Team in ein Integrationszentrum der Hive eindringen lassen würde, um Seth zu retten.

Allerdings hatte er mir bereits versprochen, dass er mir helfen würde, meinen Bruder wieder zu finden.

Sehr viel wahrscheinlicher aber würde er mich wie ein braves, kleines Mädchen auf den Kopf tätscheln und mich zurücklassen, während er auszog, um Drachen zu töten. Offensichtlich war er viel zu überbehütend. Und das war nicht mein Stil.

Konnte er mich zwingen, meine Verpflichtung mit der Flotte aufzukündigen? Ich kannte ihre Regeln nicht. Konnte er mich aus dem Militär drängen, da ich in ihrem System verpartnert wurde? Konnte dieser riesiger Atlane sich über meinen Willen hinwegsetzen?

Abgesehen davon *wollte* ich keinen Partner. Ich hatte mein Leben lang mit mehr als genug Männer zu tun gehabt —einem nervigen Vater, drei Brüdern, Vorgesetzten bei der Armee, Kameraden—ich brauchte nicht auch noch einen Mann. Und er? *Er!* Gütiger Gott, dieser Mann war mir zugeteilt worden? Bis jetzt hatte er mir nichts als Ärger eingebracht. Er war wie Sex am Stiel, und zwar Sex mit einem *sehr großen* Stiel. Na und? In meinem Verstand wurden Bilder heraufbeschworen, in denen er mich gegen eine Wand fickte und immer wieder fest in mich hineinstieß, bis ich auf seinem enormen Schwanz kam. Na und? Und ich wusste, dass er groß war. Er musste groß sein.

Ich weigerte mich zu glauben, dass meine Gefühle irgendetwas mit einer Verpartnerung zu tun hatten. Sehr viel wahrscheinlicher rief er diese Gefühle mir hervor, weil ich sexuell total ausgehungert war. Zweieinhalb Jahre ohne Sex würden jede normale Frau beim Anblick dieses Hünen aufhorchen lassen. Ich wünschte mir nur ein oder zwei Orgasmen und den Gedanken, dass er sie mir verschaffen könnte, lehnte ich nicht ab. Nur, weil ich eine Frau war, musste das nicht heißen, dass ich nicht ficken und mich dann verabschieden konnte. Ein *One-Night-Stand* wäre schließlich vollkommen in Ordnung, nicht wahr?

Diese Anziehung war rein biologisch. Er ließ meine Nippel hart werden, na und? Kaltes Wetter hatte denselben Effekt und da ich aus Florida kam, hasste ich auch Schnee. Dax war offensichtlich herrschsüchtig, ein unverblümter Chauvinist und dominierend und erdrückend ... und so weiter und weiter. Zum Glück hatte ich mich für die Koalition entschieden und nicht für ihn. Verpartnert ... mit ihm! Ha!

"Ich werde nicht mit dir gehen, aber du kannst gerne mit uns kommen," sagte ich zu ihm und stupste ihn dabei mit meiner Pistole an. "Shepard, sind wir wieder im Gebiet der Koalition?"

Shepard prüfte die Daten und nickte. "Jawohl."

"Hervorragend." Meine Männer waren jetzt in Sicherheit, das Raumschiff wurde von den Koalitionspatrouillen beschützt und zurück zur Kampfgruppe geleitet, um dort durchgecheckt und mit einer neuen Mission bedacht zu werden. "Shep, du kümmerst dich um die Check-ups. Ich bringe meinen *Partner* —" ich formulierte dieses Wort mit Verachtung und Sarkasmus, "—zurück auf die Karter. Wir haben ein paar Dinge zu klären."

Dax blickte mich stirnrunzelnd an und ich weigerte mich, den Blick abzuwenden. "*Du* kommst mit mir, auf die Brekk."

Ich zückte meine Pistole und verengte meinen Blick. "Nein. Das werde ich nicht. *Wir* werden Kommandant Karter finden, eine Rettungsmission auf die Beine stellen und dann werden wir uns scheiden lassen."

Ich glaube, er fing tatsächlich an zu knurren. Was zur Hölle? Steckte in ihm etwa eine Art Biest oder sowas?

# 5

ax

Meine Partnerin benötigte etwa eine Stunde, um den Kampfeinsatz in den ich hineingeplatzt war mit ihrem befehlshabenden Offizier zu besprechen. Danach wurden wir angewiesen, im Besprechungsraum des Kommandanten Karter auf der Kommandobrücke anzutreten. Wir befanden uns vor Kommandant Karters Schreibtisch, meine Partnerin stand soldatisch stramm, ich stand an ihrer Seite. Wie alle Krieger vom Planeten Prillon war er fast so groß wie ich, mit goldenen Haaren und goldenen Augen, die uns wie ein Raubtier anstarrten. Sein Ausdruck war ohne jede Milde, seine Augen versprühten keinerlei Empathie. Steif und in Habachtstellung saß er hinter seinem Schreibtisch, trotz der wachsenden Ungeduld meiner Partnerin blieb er kalkulierend und ruhig.

"Ich will ihn suchen," sagte sie ihrem Kommandanten und hob dabei selbstbewusst ihr Kinn nach oben. Ich stand daneben und hörte einfach nur zu. Ich wartete ab, denn bald würde ich zum Zuge kommen und vorsprechen dürfen. "Ich werde Freiwillige mitnehmen."

Ihr Kommandant seufzte und ignorierte mich weiter. "Für einen einzelnen Koalitionskämpfer kann ich keine Rettungsmission in ein Integrationszentrum bewilligen. Es ist schon gefährlich genug hier draußen, Captain. Ich kann keine Krieger für eine Mission aufs Spiel setzen, die höchstwahrscheinlich sowieso zum Scheitern verdammt ist. Nur mit purer Willenskraft gelingt es uns, diesen Sektor zu halten. Ich kann das Leben von guten, fähigen Kriegern nicht für eine Selbstmordaktion aufs Spiel setzen, für einen Mann, der wahrscheinlich nicht mehr zu retten ist."

Und da war sie, die Wahrheit, von der meine Partnerin nichts wissen wollte. Ich erblickte auf ihrem Gesicht einen Anflug von Zorn und Trauer, aber sie wusste ihre Gefühle gut zu verbergen. "Ich muss es versuchen. Er ist mein Bruder."

Ihr Schmerz bewirkte in mir, dass ich sie an mich ziehen und in meine Arme schließen wollte. Das starke Bedürfnis, eine Alien-Frau zu umarmen und sie zu trösten bestätigte nur, dass ich der Verpartnerung erlegen war. Ich musterte sie jetzt, ganz zu meinem Vergnügen. Sie stand ihrem Kommandanten gegenüber und versuchte, ihren Schmerz hinter einem unbändigen Stolz zu verhüllen und ich bewunderte sie dafür. Sie war so viel lebhafter und hübscher als auf dem Bild, das ich auf dem Tablet der Ärztin gesehen hatte. Dieses Bild von ihr war eindimensional, ohne ihre Glut oder das stur hochgereckte Kinn. In Wirklichkeit sah sie so viel…komplexer aus.

Sie trug die vertraute Uniform eines Koalitionskämpfers, die Körperpanzerung camouflierte mühelos jede einzelne ihrer Kurven. Vielleicht war es, weil sie meine Partnerin war oder vielleicht war es, weil sie so verdammt attraktiv war, aber ich wollte sie mit einer Inbrunst, wie ich es nie zuvor gekannt hatte. Visionen, in denen ich ihren Panzeranzug in Fetzen riss und ihre Rundungen mit der Zunge erkundete überwältigten mich beinahe und ich musste mich zusammenreißen, um ihrer Unterhaltung mit dem Kommandanten zu folgen. Sie war *durch und durch* Frau und sie gehörte mir. Ihr dunkles Haar war zu einem engen Knoten an ihrem Hinterkopf zurückgebunden. Ich fragte mich, wie es sich anfühlen würde, wenn meine Finger durch ihr Haar glitten und ich ihren Kopf nach hinten zog, um sie zu küssen. Ihre Haut war blass, sie war so viel heller als meine oder die Haut von irgendwem sonst auf Atlan. Sie reichte mir kaum bis zum Kinn, aber für eine Frau war sie groß gewachsen. Sie war nicht feingliedrig oder zierlich, sondern offensichtlich ungestüm und mutig und verdammt forsch. Die Bestie in mir liebte diese Leidenschaftlichkeit und mein Schwanz wollte sie kosten. Die Bestie in mir wollte sich befreien, sie über meine Schulter werfen und davontragen.

Jeder Mann, der sie sah, würde sich

augenblicklich zu ihr hingezogen fühlen und ich kämpfte gegen den primitiven Drang, sie mit meinem Geruch zu markieren, meine Haut und meinen Samen über ihren gesamten Leib zu reiben, damit jedem Typen in ihrer Nähe sofort bewusst wurde, zu wem sie gehörte. Sie gehörte mir und jeder musste das wissen, die starrköpfige Frau, die noch immer einen Weg suchte, mich loszuwerden, eingeschlossen. Ich konnte nur noch daran denken, wie ich meinen Schwanz in ihr vergraben würde, und sie wollte mich mit allen Mitteln dazu zwingen, von ihrer Seite zu weichen.

Diese Provokation verärgerte meine innere Bestie auf eine Weise, die ich nicht vorhergesehen hatte und ich war erpicht darauf, im Schlafzimmer die Schärfe ihrer Zähne und Krallen zu testen. Ich konnte nicht nachvollziehen, wie sie bis jetzt Single sein konnte. Wie konnte es sein, dass kein Mann auf der Erde sie haben wollte oder sie für sich beansprucht hatte? Ich musste annehmen, dass mit dieser Rasse Männer etwas nicht in Ordnung war. Die Männer auf der Erde mussten Vollidioten sein.

"Mir ist bekannt, dass sie mit ihm verwandt sind." Kommandant Karter hielt seine Hand hoch, als sie wieder zur Diskussion ansetzte. "Mir ist ebenfalls bekannt, dass zwei Ihrer Brüder bereits von den Hive getötet wurden. Es tut mir furchtbar leid für Sie, aber es gibt nichts, was ich für Sie tun kann."

Zwei ihrer Brüder waren von den Hive getötet worden? Das erklärte so Einiges. Wie viele Brüder hatte sie? Waren die Familienbande auf der Erde so stark wie auf Atlan? War da so etwas wie eine Sippschaft, eine Liebe zwischen Geschwistern, die sie dazu trieb, ihn retten zu wollen? Falls ja, dann konnte ich das nachvollziehen, denn auch ich hatte einen Bruder. Wäre er gefangen genommen worden, dann würde ich ebenfalls versuchen, ihn zu retten. Aber sie war eine Frau und dazu noch meine Partnerin. Falls sie Gewissheit über das Schicksal ihres Bruders erlangen musste, dann würde ich mich an ihrer Stelle darum kümmern.

Ich brummte und die beiden wendeten sich schließlich mir zu.

"Ich werde ihren Bruder suchen. Er wurde gefangen, weil ich mich eingemischt habe."

Ich durfte mich von ihren kriegerischen Fähigkeiten, ihrem taktischen Können, das ich auf dem Frachter beobachtet hatte, nicht beeindrucken lassen. Frauen zogen nicht in den Krieg. Sie waren da, um zu beschwichtigen, zu beruhigen, zu umsorgen. Frauen waren nicht blöd; ganz im Gegenteil. Nur eine Frau war in der Lage, die Bestie in einem Mann zu zähmen und das verlangte einiges an Intelligenz. Das anfängliche Paarungsfieber wurde durch die

Verbindung abgeschwächt, aber die unvorhersehbare Raserei der Bestie verschwand nie komplett. Unsere Partnerinnen wussten, wie sie unsere innere Unruhe besänftigen konnten und das oft ohne Worte. Nie zuvor hatte ich eine solche Wut verspürt, als in dem Moment, als sie in ernster Gefahr war.

Ich wollte sie beschützen, sie ficken, für sie sorgen. Sarah Mills jedoch wollte keinen Partner und wirkte nicht als besonders Trost spendend auf mich. Also blieb mir nur eine Möglichkeit, ihr Herz für mich zugewinnen, und das war, indem ich ihren Bruder zurückholte. Der Kommandant lehnte sich zurück und verschränkte seine riesigen Arme vor seiner Brust. Wäre ich ein Mensch, hätte er mich damit eingeschüchtert. Aber ich war Atlane und sogar noch größer als der Prillon-Krieger, der mich jetzt anfunkelte. Seinen Zorn nahm ich gerne auf mich. Ich freute mich, dass er seine Wut auf mich und nicht auf meine Partnerin richtete. "Sie sind ein vollkommen anderes Problem, Kriegsfürst Dax. Was zur Hölle machen Sie ohne Genehmigung in meinem Sektor?"

"Ich bin wegen meiner Partnerin hierhergekommen."

"Ich bin Soldatin und keine Braut. Das habe ich dem Bräute-Programm bereits gesagt. Tut mir leid, dass du die Info nicht bekommen hast." Sie blickte den Kommandanten an. "Können Sie mich einem Geschwader zuteilen, dass wenigstens in der Nähe Ihrer nächsten Integrationseinheit stationiert ist?"

"Willst du etwa, dass man dich fängt und in einen Cyborg verwandelt?" fragte ich, meine Stimme ließ den kleinen Raum fast erbeben. Sie weigerte sich, nachzugeben, und ich weigerte mich ohne sie zurückzugehen. Ich konnte es nicht. Obwohl sie die Handschellen noch nicht umgelegt hatte—noch nicht—, würde ich meine Partnerin nicht verlassen. Sie gehörte zu mir und ich würde sie beschützen—auch vor sich selbst—, und zwar mit meinem Leben.

Sie verdrehte die Augen. "Nein, aber ich muss meinen Bruder befreien."

"Nein, musst du nicht. Ich kann ihn für dich zurückholen."

Sie öffnete den Mund, ihr Blick wollte mich töten, aber der Kommandant erhob sich aus seinem Sessel und schlug mit einer Hand auf den Tisch. "Keiner von ihnen beiden wird sich ins Hive-Territorium begeben, um einen toten Mann zu retten. Captain Mills, ihr Bruder ist tot. Falls sie ihn nicht gleich umgebracht haben, dann wurde er ins Schwarmbewusstsein integriert, sein Körper mit synthetischer Technologie verändert, die wir nicht entfernen können. Er ist tot. Ich bedaure. Die Antwort lautet nein."

Der Kommandant wandte sich mir zu. "Und sie, Kriegsfürst Dax, sie begeben sich in den

Transportationsraum und verlassen umgehend mein Schiff. Nach dem, was ich von ihnen gehört habe, brauche ich hier keinen übergeschnappten Atlanen, den ich am Ende exekutieren lassen muss. Gehen sie nach Atlan und suchen sie sich eine neue Partnerin."

"Meine Partnerin ist hier. Wenn ich das Schiff verlasse, dann wird sie mit mir kommen."

Das war zwar die Wahrheit, aber es war mir doch lieber, wenn meine Braut der Verpartnerung zustimmen würde. Eine erzwungene Verbindung *wäre* aber auch möglich. Manchmal war das der einzige Weg, um das Leben eines Kriegers zu retten. Ich würde sie nicht zwingen, unsere Verpartnerung zu akzeptieren, aber schon in ihrer Nähe zu sein besänftigte die Bestie in mir. Ich würde sie verführen, sie wieder und wieder zum Höhepunkt bringen bis sie an nichts anderes dachte, als mich zu verwöhnen, mich zu ficken, mich zu beruhigen.

Ich verschränkte die Arme vor meiner Brust. Dass sie es nicht mochte, herumkommandiert zu werden war mir klar, aber falls nötig würde ich sie auch von den Füßen reißen.

Ich brauchte jetzt keine volle Verpartnerung, um die Bestie in mir zu bändigen, ich brauchte sie einfach in meiner Nähe. Die Verpartnerung zu erzwingen war unehrenhaft. Es war die verzweifelte Tat eines verzweifelten Mannes und etwas, zu dem ich nicht bereit war. Die Verbindung zu erzwingen stellte das langfristige Bestehen der Partnerschaft infrage. Wenn ich mit dieser Erdenfrau für den Rest meines Lebens verpartnert werden sollte, dann wollte ich zumindest, dass sie mich sympathisch fand. Ich wollte sie ficken, sie verhätscheln, sie umsorgen—und sie ein bisschen mehr durchficken, nicht aber, wenn sie sich dagegen sträubte.

Eher würde ich sterben.

Allerdings hatte ich nichts dagegen, sie zu verführen.

"Sie hat der Verpartnerung nicht zugestimmt, Kriegsfürst, sie wird nicht mit ihnen gehen. Sie ist keine Koalitionsbraut, sondern Captain Mills von der Aufklärungseinheit Sieben."

Der Kommandant blieb gleichermaßen unnachgiebig. "Zu diesem Zeitpunkt gehört sie mir. *Prillon-Krieger* drängen Frauen nicht in eine Partnerschaft, die sie nicht wollen."

Daraufhin grinste Sarah und mein Schwanz wurde dick. Ohne Zweifel war sie noch liebreizender, wenn sie nicht ordentlich und sauber war und dabei stramm stand. Der Kommandant gab ihr Recht und sie fühlte sich siegreich und stark. Aber so würde sie nicht das bekommen, was sie zum glücklich sein brauchte und es war an der Zeit, sie daran zu erinnern.

Ich deutete auf den Kommandanten, blickte aber zu ihr. "Er wird dir nicht erlauben, deinen Bruder zu retten."

Ihr Blick sprang von meinem Gesicht zu ihrem Kommandanten. "Was *kann* ich tun?"

"Gehen Sie zu Ihrer Einheit zurück und befolgen sie die Befehle bis ihre zwei Jahre Dienstzeit um sind." Als sich bei dieser klaren Ansage ihre Schultern verkrampften, fügte er hinzu: "Sie sind einer der besten Captains, die wir haben. Sie sind clever, schnell und geraten unter Beschuss nicht in Panik. Die Männer vertrauen Ihnen. Sie könnten hier viel Gutes tun, Captain. Offiziere wie Sie brauchen wir hier."

Ich knurrte; der Gedanke, dass meine Partnerin ohne mich an ihrer Seite in den Kampf zurückkehren könnte, war für die Bestie in mir nicht auszuhalten. Der reine Gedanke an das Gefecht, das ich eben miterlebt hatte, an Ionenfeuer, das über ihrem Kopf umherflackerte ließ meine Bestie nervös werden. Der Kommandant würde mitbekommen, wie sehr seine Worte mir missfielen. Für einen

Prillonen war er groß, aber ich war größer. "Sie wird *nicht* zurück in den Kampf ziehen."

"Gehen Sie nach Hause, Kriegsfürst," entgegnete er. "Suchen Sie sich eine Andere."

"Ich will keine Andere."

Sarahs Schultern verkrampften sich und sie blickte mich an, als würde sie meinen Worten keinen Glauben schenken.

"Dann warten Sie, bis Ihre zweijährige Dienstzeit vorüber ist," forderte der Kommandant.

"Zum Teufel," knurrte ich. "Bis dahin werde ich tot sein."

Sie runzelte die Stirn.

Der Kommandant musterte mich. "Paarungsfieber? Wie viel Zeit bleibt Ihnen?"

"Nicht viel." Ich gab ihm eine knappe Antwort, während ich Sarah anstarrte.

"Was meinst du damit, du wirst tot sein? Bist du krank?" wollte sie wissen.

Ich sah, wie sich eine leichte Sorge um mich in ihrem Herzen ausbreiten wollte, direkt neben ihrer Wut. Vielleicht gab es ja doch noch Hoffnung für uns.

"Herr Kommandant, kann ich bitte mit meinem Partner sprechen ... unter vier Augen?"

Der Prillone schaute uns beide an. Als Sarah nickte, verließ er ohne ein Wort zu sagen den Raum und schloss die Schiebetür hinter sich.

Dass sie beunruhigt war, machte mir etwas Hoffnung.

"Paarungsfieber," erklärte ich ihr. "Die Männer vom Planeten Atlan bekommen es, aber bei jedem verläuft es anders. Es dauert mehrere Wochen, langsam wird es immer stärker, bis es die Männer total vereinnahmt. Ich bin älter als die meisten, wenn bei ihnen das Fieber ausbricht, aber das ist unwichtig. Wenn es übermächtig wird, dann vermindert es die Fähigkeit, klar denken zu können und verwandelt den

Mann—also mich—in ein Ungetüm, das wir als Berserker bezeichnen." Ich hielt meine verschmutzten Hände hoch. "Mein Körper ähnelt mehr einer Bestie als einem Mann. Blanke Wut überkommt mich, bis ich den Verstand verliere und nur noch animalischer Instinkt übrig bleibt. Ohne mit der Wimper zu zucken kann ich den Hive den Kopf abreißen, aber ich werde nicht mehr aufhören können. Das Einzige, was einen Atlanen im Berserkermodus Einhalt gebieten kann, ist seine Partnerin. Der einzige Weg, die Bestie zu beruhigen, ist, wenn wir von unseren Partnerinnen besänftigt und angenommen werden, wenn wir ficken."

Sie machte große Augen.

"Und wenn du nicht … fickst, dann stirbst du? Das ergibt keinen Sinn." sagte sie verwundert. Allein das Wort *ficken* aus ihrem Mund zu vernehmen ließ mich aufstöhnen.

"Es heißt nicht ohne Grund

*Paarungs*fieber. Dadurch wird sichergestellt, dass alle männlichen Atlanen angemessen verpartnert werden, für das Fortbestehen der Spezies. Wenn ein Mann sich nicht paart, stirbt er."

"So wie das Überleben des Stärkeren," entgegnete sie.

"Diesen Ausdruck kenne ich nicht."

Sie hielt ihre Hand hoch. "Das ist egal, aber ich verstehe ... das Konzept. Wenn du jemanden ficken musst, dann zieh los und such dir eine Space-Prostituierte oder so etwas in der Art," entgegnete sie und fuchtelte dabei mit der Hand herum. "Du brauchst mich nicht. Irgendeine Vagina wird es auch tun."

Ihre letzten Worte brachten mich zum Kochen. "Nein, so funktioniert das nicht," raunte ich, dann atmete ich tief durch. Natürlich, vor einer Weile noch hatte ich anders darüber gedacht, jetzt aber hatte ich sie vor mir stehen. Jetzt wusste ich, tief in meiner Seele, dass diese Erdenfrau mir gehörte. Ich brauchte kein Verpartnerungsprogramm, um es mir zu bestätigen. "Es heißt *Paarungs*fieber. Das bedeutet, es kann nur beendet werden, indem man eine *Partnerin* fickt. In meinem Fall heißt das dich."

Als sie nichts darauf entgegnete, legte ich nach. Ich trat näher an sie heran und sprach: "Weißt du, was ich in dir sehe, wenn ich dich anschaue?"

Sie schüttelte den Kopf.

"Die hellste Haut, die ich je gesehen habe. Ich frage mich, wie zart sie ist. Fühlst du dich überall weich an? Deine Brüste, die du unter dem Brustpanzer versteckst, aber sie sind rund und voll. Locker eine Handvoll. Ich möchte sie umfassen und ihr Gewicht spüren. Ich möchte sehen, wie deine Nippel steif werden, wenn ich sie mit meinen Daumen streichle. Diese volle Unterlippe, ich frage mich, wie es sich anfühlt, wenn ich daran knabbere. Und deine Muschi—"

Sie erhob die Hand, höchstwahrscheinlich, um mich wegzudrücken, aber sie landete auf meiner Brust. Ich legte meine Hand auf ihre und drängte sie zurück, bis sie gegen die Wand stieß. Ich ließ ihr keinen Raum—denn das war nicht, was sie brauchte—und presste ein Bein zwischen ihre Beine. Aufgrund des Größenunterschieds war sie praktisch dabei, auf meinem Schenkel zu reiten.

Ich beobachtete, wie ihre Pupillen sich weiteten, wie ihr Mund offen stand. Gut, sie war nicht dabei, nachzudenken. Wenn es eine Frau gab, die weniger nachdenken musste, dann war es diese hier. Sie brauchte jemanden, der auf sie aufpasste, der sich für eine Gegenleistung um sie kümmerte. Und zwar von jetzt an.

"Du gehörst mir, Sarah und ich werde dich nicht aufgeben."

"Ich muss mit dir ficken und dann bist du geheilt? Du wirst nicht sterben?" Aufgeheizt wanderte ihr Blick über mich und ich ließ sie schauen, ich ließ sie das Verlangen in meinen Augen sehen, die Hitze meines Körpers spüren. "Gut. Einmal werde ich dich ficken—ein One-Night-Stand—und dann können wir unsere eigenen Wege gehen. Bei mir ist es schon eine Weile her und ich bin mir sicher, du bist … bestimmt … ein interessanter Liebhaber."

Ihr Angebot klang zwar verlockend, trotzdem schüttelte ich den Kopf, denn sie verstand es immer noch nicht. "Es gibt keine *eigenen, getrennten Wege*. Wenn wir uns paaren, dann ist es für immer. Und, was das Paarungsfieber angeht, so ist es mit einem Mal nicht getan. Wir werden immer wieder miteinander ficken müssen …" Ich beugte mich näher an sie heran, meine Nase stupste gegen ihre Wange und ich sog ihren süßen Duft ein, "… bis das Fieber abklingt, bis es vorbei sein wird."

Sie legte beide Hände an meine Brust und ich packte ihre Handgelenke und zog sie über ihren Kopf, während ich weiter ihren Hals erkundete und anschließend meine Nase hinter ihrem Ohr vergrub, um ihre Haare zu riechen. Sie atmete schwer und flüsterte in mein Ohr: "Und wenn ich nicht wieder und wieder mit dir ficke, bis dein Fieber nachlässt?"

"Dann sterbe ich."

"Du willst mich zur Partnerin nehmen, damit du nicht sterben musst?" fragte sie. Ich hob den Kopf hoch und blickte ihr in die Augen, unsere Lippen berührten sich fast. Mein Respekt für sie wuchs, als sie meinem Blick stand hielt, sich nicht abwandte. Das war ein gutes Indiz dafür, dass ihre Abneigung mir gegenüber nachgelassen hatte. Als sie sich die Lippen leckte wusste ich, dass sie mir gehörte.

"Sarah, wenn du dich mir verweigerst, dann verlasse ich dieses Schiff als ehrenwerter Mann. Wenn du dich weigerst, werde ich sterben." Ich beugte mein Knie und hob sie nach oben, sodass sie mein Bein ritt, ihr Kitzler und ihre Muschi rieben durch ihre Uniform hindurch an meinem Schenkel. "Aber der Tod bedeutet mir nichts. Frau, ich habe zehn Jahre lang gegen die Hive gekämpft. Ich habe keine Angst vorm Sterben."

Sie schüttelte leicht den Kopf, als wollte sie einen lusterfüllten Dunstschleier loswerden. "Ich verstehe nicht, warum du hier bist. Kannst du nicht nach Atlan gehen und dir dort eine Frau suchen, eine, die tatsächlich auch einen Partner haben will?" Mit ihren Armen über dem Kopf und ihrer heißen Mitte gegen meinen Schenkel gepresst hing sie wie ein Geschenk ausgebreitet für mich da, aber ich würde sie nicht nehmen, noch nicht.

"*Du* bist meine Partnerin. Ich will *dich*. Ich will dich, du bist die *Richtige* für mich. Ich fühle es. Vom ersten Augenblick an wollte ich dich über meine Schulter legen und davontragen."

"Weil eine Frau nicht kämpfen kann," kläffte sie.

"Natürlich *kann* eine Frau kämpfen. Ich glaube aber nicht, dass sie es *sollte*. Darum geht es nicht. Ich wollte dich, weil ich dich gegen die nächstgelegene Wand halten und durchficken wollte. So etwas in der Art." Ich presste meinen Schenkel gegen ihre Mitte. "Und am besten ohne Kleider oder ohne, dass dein Team dabei zusieht."

Ihr Mund stand offen und ihre Pupillen wurden immer größer. Das Heben und Senken ihrer Brüste beschleunigte sich, während sie gegen die Gelüste ihres Körpers kämpfte. Sie bekämpfte ihr Verlangen für mich, den Ruf zwischen ausgewählten Partnern.

"Du kannst dein Verlangen nach mir nicht abstreiten."

Sie schnaufte, sie blickte auf meine Brust, dann zu Boden. Sie schaute überall hin, außer zu mir. "Ich kenne dich überhaupt nicht."

"Dein Körper *kennt* mich. Deine

Seele kennt mich ebenfalls. Dein Herz und Verstand werden mit der Zeit nachziehen. Das ist das Besondere an ausgewählten Partnern. Unsere Verbindung, sie ist instinktiv. Sie ist dermaßen tief, so beständig, dass sie jeder Logik widerspricht. Es gibt keinen Zweifel, denn wir beide *wissen*, dass wir füreinander bestimmt sind."

Sie schüttelte den Kopf und schloss die Augen, als ich meine Oberschenkelmuskulatur anspannte und ihre Mitte mit meiner Hitze und Stärke bearbeitete.

"Zweifelst du an der … Verbindung?" fragte ich sie.

Sie schüttelte den Kopf, ihr Haar scheuerte gegen die Wand. "Du weißt, ich kann nicht."

"Was kannst du nicht?" fragte ich, meine Lippen glitten über die delikate Wölbung ihres Kiefers, den Wirbel ihrer Ohrmuschel, den schnellen Pulsschlag an ihrem Hals. Ich konnte sie riechen. Sie roch definitiv nach

Schweiß, aber da war auch ein moschusartiger, femininer Duft, der die Bestie in mir beruhigte und gleichzeitig erregte.

"Dich ablehnen." Ihre Worte ließen mein Herz höher schlagen, es waren Worte, von denen ich befürchtet hatte, sie würden nie über ihre Lippen kommen.

"Ah, Sarah. So ein Eingeständnis ist schwierig für dich. Ich werde gut damit umgehen, es beschützen, so wie ich dich beschützen werde. Hab keine Angst vor unserer … Verbindung. Um weiterzuleben muss ich dich zwar ficken, aber das hat Zeit. Ich werde dir Zeit geben, zumindest für den Moment. Ich werde dich nicht nehmen, bis du es zulässt, bis du darum flehst von meinem Schwanz gefüllt zu werden."

Sie stöhnte und ich packte die Gelegenheit beim Schopf.

"Aber ich möchte dich jetzt küssen, Sarah. Ich muss dich schmecken."

Sie öffnete die Augen und der Ärger,

der Widerstand waren verschwunden. Die Bestie in mir wollte aufheulen, als ich die Unterwürfigkeit in ihrem weichen Blick sah. Meine Sarah, sie bemühte sich so sehr darum, stark zu sein, ein Krieger zu sein, ja. Aber das musste sie nicht, nicht die ganze Zeit über. Ich war jetzt für sie da, um ihre Lasten mit ihr zu teilen, mich um ihre Probleme zu kümmern. Sie vor Gefahr zu beschützen. Sie gehörte mir, ich würde sie ficken, sie bändigen, sie beschützen … sie verstand es nur noch nicht.

# 6

ax

ICH WARTETE AB, unsere Atemzüge vermischten sich, ihre üppigen Schenkel pressten gegen mein Bein.

Anstatt zu antworten, hob sie ihr Kinn an und ihr Mund traf auf meinen.

In diesem Augenblick kam die Bestie hervor. Sie übernahm den Kuss, eine Hand fuhr in ihr Haar, umfasste ihren Kopf und neigte ihn gerade so weit, um sie tief und inbrünstig küssen zu können. Meine Zunge füllte ihren Mund aus, sie fand ihre Zunge und umspielte sie, sie kostete und leckte. Ihr Geschmack steigerte mein Verlangen immer mehr und ich presste meinen Schenkel stärker in sie hinein. Ich hoffte, sie würde davon Gebrauch machen und auf meinem Bein reiten und sich daran ergötzen. Sie lehnte mich nicht ab, denn sie wandte sich hin und her und stieß sich mit den Zehenspitzen vom Boden ab, um sich an mich zu schmiegen, während ich sie küsste und küsste.

Ihre untere Lippe war genauso weich und hinreißend wie ich es vermutet hatte. Ihr Körper fühlte sich selbst unter der Panzerung weich an und passte perfekt zu meiner Statur. Meine Bestie verlangte nach mehr und wollte sich mit einem wilden Kuss nicht begnügen. Obwohl mein Körper nach mehr lechzte, war das hier nicht der richtige Zeitpunkt oder Ort und ich hielt die Bestie zurück. Ich hob den

Kopf und betrachtete Sarahs geschlossene Augenlider, ihre geröteten Wangen, ihre geschwollenen, roten Lippen. Ein Knurren entwich meiner Brust und sie öffnete ihre lustdurchdrungenen Augen.

"Ich will dich. Ich will meinen Schwanz tief in deiner feuchten Muschi vergraben und dich durchficken, bis du nicht mehr laufen kannst. Ich möchte meinen Namen von deinen Lippen hören, während du meinen Samen aus mir herauspresst." Mit den Zähnen zupfte ich an ihrer Unterlippe; wegen der Bestie waren sie jetzt etwas schärfer, dann linderte ich das leichte Stechen mit meiner Zunge. "Ich möchte dich schmecken, Sarah, überall. Ich möchte dich niederpressen und deine Muschi lecken, bis du vor Lust schreist."

Daraufhin lachte sie und ich wollte sie erneut von oben bis unten abküssen. "Wir können uns noch nicht einmal ausstehen."

"Ich glaube, wir können uns ganz

gut ausstehen." Ich wischte mit dem Daumen über ihre Wange und trat zurück. Ich wollte nicht wirklich von ihr ablassen, aber sie war eine heftige Versuchung, der meine Bestie nicht länger widerstehen wollte, selbst als ihre Ionenpistole nicht auf mich zielte.

"Wir stecken in einem Dilemma und das ist es, was uns nicht gefällt," fügte ich hinzu. "Du bist die einzige Frau, die mich vor dem Tod bewahren kann und ich bin wohl der Einzige, der dir helfen kann, deinen Bruder zu retten."

Sie biss sich auf ihre pralle Unterlippe und runzelte die Stirn. "Wie? Der Kommandant hat uns beiden bereits verboten, nach ihm zu suchen."

"Dafür gibt es allerdings eine Lösung," antwortete ich und ignorierte dabei den Drang, an ihrer Lippe mit meinem Mund zu saugen. Ich schnallte die Handschellen von meinem Gürtel los und hielt sie hoch. "Das sind Paarungshandschellen. Wie du siehst habe ich meine bereits angelegt. Sie signalisieren, dass ich an meine Partnerin gebunden bin—also an dich—und dich allein. Wer sie zu Gesicht bekommt, wird meinen Anspruch auf dich nicht bezweifeln." Sie blickte auf die Goldarmbänder, die von meinen Fäusten baumelten, aber ihre Hand legte sich um die Metallbänder, die meine eigenen Handgelenke umschlangen. Ihre zarte Erkundungstour ließ mich zusammenzucken. Ich wollte ihre Hand noch an anderen Stellen spüren.

"Was ist der Sinn dieser Armbänder?"

"Die Handschellen sind eine Art Bekenntnis, ein äußeres Zeichen der Verpartnerung. Sie stellen sicher, dass wir uns nicht voneinander entfernen bis das Paarungsfieber vorbei ist und wir uns ordentlich und wahrhaftig miteinander verbunden haben. Die Paarungshandschellen vom Planeten Atlan werden in der gesamten Koalition anerkannt. Keiner wird je bezweifeln, zu wem du gehörst. Und alle, die mich sehen, werden wissen, dass ich dir gehöre."

"Du kannst sie nicht ablegen?"

Ich schüttelte den Kopf, ich wollte, dass sie es versteht. "Sie signalisieren, dass ich dir gehöre, Liebes. Bis das Fieber vorbei ist. Danach können sie abgenommen werden, aber wir bleiben miteinander verpartnert. Das wird sich *niemals* ändern. Sie zeigen, dass ich vergeben bin. Verpartnert. Weg vom Markt. Ich habe eine Frau gewählt. Dich." Ich rasselte mit dem kleineren Paar Handschellen, das von meiner Hand baumelte. "Sie sind für dich. Wenn du meine Partnerin wirst, können wir deinen Bruder zusammen immer noch retten."

Ihr Mund stand offen und ich konnte praktisch zusehen, wie sie nachdachte.

Sie verschränkte die Arme vor der Brust, nicht aus Trotz, sondern weil sie sich schützen wollte. Sie war verärgert und unsicher und war praktisch dabei, sich selbst zu umarmen. Hatte sie nie jemanden gehabt, um *sie* zu halten? Um sie zu beschützen? Sie vor dem Bösen im Universum zu bewahren? War sie so stark, weil sie es wollte, oder weil die Männer in ihrem Leben sie verletzlich und schutzlos zurückgelassen hatten?

"Der Kommandant wird nicht zulassen, dass wir aufbrechen."

"Stimmt, solange wir als Offiziere in der Koalitionsflotte verbleiben. Eine Rettungsmission für einen einzigen Soldaten ist unvernünftig, Liebes, das stimmt ebenfalls. Wenn du aber meine Handschellen anlegst, dann bedeutet das, dass du eine Braut bist und ich bin ein verpartnerter Atlane. Wir beide werden aus dem Militär entlassen."

"Nur, wenn ich die Armbänder umlege?"

"Wenn du sie anlegst, dann verpflichtest du dich, mein Fieber zu lindern, es zu beenden. Denk daran, es heißt *Paarungs*fieber und daher wirst du dich dazu bereiterklären, meine Partnerin zu werden."

"Die Handschellen würden unsere Verpflichtung bei der Armee beenden?"

Ich nickte. "Wir werden nicht länger der Flotte angehören, Sarah, sondern wir werden uns gegenseitig gehören. Die Regeln und Befehle der Koalitionskommandanten würden uns nicht länger betreffen."

Sie schaute auf die Handschellen, weigerte sich aber, sie anzurühren. Aber sie hörte mir zu und das war alles, was ich jetzt wollte.

"Ich habe versprochen, dir dabei zu helfen, deinen Bruder zurückzuholen. Bei meiner Ehre, ich werde dich unterstützen, egal, ob du die Handschellen anlegst oder nicht. Wenn du dich allerdings nicht zu meiner Braut erklärst und mit mir kommst, dann widersetzt du dich einem direkten Befehl des Kommandanten Karter. Wenn wir Erfolg haben, wirst du vielleicht deinen Bruder zurückholen, aber du könntest sehr wohl für mehrere Jahre in einem Koalitionsgefängnis landen."

"Warum tust du das?" Sie blickte mir in die Augen und wollte die Wahrheit wissen. "Warum machst du mir dieses Angebot? Warum willst du für meinen Bruder dein Leben aufs Spiel setzen? Du kennst uns noch nicht einmal."

"Außer dir ist mir alles egal." Ich sprach diese Worte mit Nachdruck und war schockiert, dass es die Wahrheit war. Mein Wunsch, weiter gegen die Hive zu kämpfen, war in dem Moment, als ich sie zum ersten Mal sah gestorben. Nichts war mir mehr wichtig als sie zu erobern, sie für mich zu gewinnen. Nie hätte ich mir in einer solch kurzen Zeit einen so heftigen Gefühlswandel vorstellen können. Vor ein paar Stunden noch hatte ich selber gesagt, dass ich keine Partnerin wollte. Jetzt wollte ich sie nie mehr loslassen. Ich nahm die Handschellen nicht herunter, sondern hielt sie genau vor ihre Nase.

"Ich ... ich bin anders als die Frauen auf deinem Planeten, oder? Wieso willst du mich?"

"Nein," versicherte ich. "Die Frauen auf Atlan sind sanftmütig, Sarah. Sie umsorgen und pflegen, sie ziehen nicht in den Krieg. Sie haben nicht deine Leidenschaft."

"Ist es das, was du willst? Einen Fußabtreter?"

Ich runzelte die Stirn. "Ich weiß nicht, was ein Fußabtreter ist."

"Eine Frau, die keine Widerworte gibt, die alles tut, was du ihr sagst. Eine kleinlaute Frau."

Die Frauen auf Atlan *waren* kleinlaut. Sie waren zurückhaltend, und zwar nicht, weil sie dazu gezwungen wurden, sondern weil sie so erzogen wurden. Sie waren mit ihren Rollen zufrieden und verließen sich darauf, dass ihre Partner für sie aufkamen und sorgten. Aber Sarah? Sie war definitiv keine Atlanerin und ich bezweifelte, dass sie je kleinlaut und bescheiden sein würde.

Ich grinste. "Kleinlaut? Du? Ich kenne dich erst seit zwei Stunden und ich kann mit Gewissheit sagen, dass du alles andere als unterwürfig bist."

Darauf spitze sie die Lippen und ich sah, wie ihre Wangen anliefen.

"Ich habe nie gesagt, dass ich eine unterwürfige Atlanerin haben wollte."

Sie erwiderte nichts, blickte mich aber offensichtlich zweifelnd an.

"Ich lüge nicht, Sarah. Falls du mir nicht vertraust, dann solltest du dem Verpartnerungsprotokoll vertrauen. *Das* kann nicht lügen. Wenn ich wirklich eine Atlanerin gewollt hätte, dann wäre ich mit einer verpartnert worden. Ich will *dich*. Ich will, dass dein Feuer mich von innen heraus verbrennt."

Der Kuss reichte nicht aus. Er war nur eine Andeutung dessen, was zwischen uns abgehen würde. Hitzig, explosiv, leidenschaftlich. Ich wollte diese Frau unter mir spüren. Ich wollte spüren, wie sich ihre Wut, ihre Frustration, ihre Intensität in pure Leidenschaft verwandelten. Ich wollte diese Leidenschaft auf mich gerichtet wissen. Es gab keinen Zweifel daran, dass sie ein feuriges Temperament hatte und im Bett eine eifrige, aggressive Liebhabern abgeben würde. Ich würde mich dieser Wildheit bedienen, um ihr Vergnügen zu schenken. Es würde keine sanfte Eroberung geben. Es würde rau und heftig zugehen und ich würde jeden Moment darum kämpfen müssen, die Oberhand zu behalten, aber das Kämpfen würde ihre Unterordnung um so liebreizender machen. Sie würde sich selbst bekriegen, versuchen, dem was sie brauchte zu widerstehen. Soviel stand fest. Nicht, weil ich sie unterwerfen würde, sondern weil ich ihre Grenzen austesten würde, bis sie sich genüsslich hin und her winden würde und ich ihre tiefsten Wünsche entdecken würde.

Ich legte nach, ich lehnte mich vorwärts und nahm erneut ihren Mund, damit sie verstand, wie sehr ich sie wollte. Ich lockerte meinen Griff, glitt mit den Händen hinter ihren Rücken und zog ihren Körper nach vorne, weiter hoch auf meinem Schenkel, bis wir eng aneinander gepresst waren und ihr Bauch an meiner steinharten Erektion rieb. Ihre Hände landeten auf meinen Bizeps, sie erwiderte den Kuss und stieß mich nicht weg.

Als es an der Tür klopfte, ließ ich widerwillig von ihr ab. Ich wollte den intimen Kontakt zu meiner Partnerin nicht verlieren. Ich hielt sie fest, ihre sehr viel kleinere Statur ruhte sicher in meinen Armen. Ich wollte behutsam vorgehen, obwohl die Bestie in mir danach gierte, sie auf den Boden zu werfen, ihr den Panzeranzug vom Leib zu reißen und mir das zu nehmen, was mir gehörte. "Sag ja, Sarah. Überlass dich mir."

"Wenn ich einwillige, versprichst du mir dann, mir bei der Suche nach meinem Bruder zu helfen?" Sie schnippte mit dem Finger an einer der Handschellen und sie baumelten in meiner Hand hin und her.

"Ich lüge dich nicht an. Ich würde *niemals* meine Partnerin belügen. Da du das nicht wissen kannst, mich nicht kennst, gebe ich dir mein Wort." Ich legte meine rechte Hand auf mein Herz, die Handschellen schwangen zwischen uns hin und her. "Ich werde dir helfen, egal, ob du meinen Anspruch auf dich akzeptierst oder nicht."

Sie blickte mich prüfend an und suchte nach irgendeinem Anzeichen einer Täuschung. Sie konnte nichts ausmachen, denn ich würde sie unterstützen, egal, wie sie sich entscheiden würde. Falls sie sich mir verweigerte, dann würde ich einfach auf eigene Faust nach ihrem Bruder suchen, damit ihr ein Aufenthalt im Militärgefängnis erspart blieb. Kurze Zeit später würde ich zugrunde gehen. Die Bestie in mir war spürbar erstarkt. Ohne eine Partnerin war ich zur Hinrichtung verdammt, aber ich würde sie zu nichts zwingen. Sollte ich sterben, dann würde ich nach meinem Ermessen in die ewige Ruhe eintreten, mit unversehrter Ehre.

Sollte sie zustimmen und die Handschellen anlegen, dann blieb mir keine andere Wahl, als mich mit ihr zusammen auf die Suche nach ihrem Bruder zu begeben, denn ich hatte ihr nicht nur mein Wort gegeben, sondern sobald sie die Handschellen anlegte, würden wir uns nicht mehr voneinander trennen können, nicht, bis wir einander wahrhaftig nahe standen.

Schlimmer noch, sollte ich ihr Vertrauen missbrauchen, dann würde sie mir niemals erlauben, sie zu ficken und sich schon gar nicht an mich binden. Ohne die Verbindung zu ihr würde ich sterben.

Sie hatte also die gesamte Macht. Wir befanden uns beide in einem Dilemma. Wir brauchten uns gegenseitig. Wir beide waren bereit, Zugeständnisse zu machen. Ich würde meine Partnerin in Gefahr bringen, um ihren Bruder zu finden. Sie würde meine Braut werden. Für immer. Dem Kuss nach zu urteilen, würde das nicht allzu hart werden.

"Gut, ich willige ein."

Daraufhin knurrte ich laut und tief. Diese Worte aus ihrem Mund zu hören beschwichtigte die Bestie auf eine Art, wie es nicht einmal der Kuss getan hatte. Sie rumorte und drängte darauf, zu entkommen. Als sie aber zustimmte, meine Partnerin zu werden beruhigte sich das Ungetüm. Alles an mir beruhigte sich.

Ich ging zur Tür und öffnete dem Kommandanten. Ich wusste, dass er nicht weit gekommen war. Schließlich war ich nicht nur ein schurkenhafter Ex-Krieger, der mitten in einen Kampf transportiert wurde und die Hive in Stücke gerissen hatte, sondern ich war außerdem ein Atlane, der eine seiner Spitzenoffiziere zur Braut machen wollte.

Er trat ein und blickte uns abwechselnd an.

"Sie können das Angebot des Kriegsfürsten nicht akzeptieren," sprach er. Er war ein scharfsinniger Mann und wusste genau, was ich ihr vorgeschlagen hatte und was er dabei zu verlieren hatte.

"Das habe ich bereits."

"Captain, ich muss die Klugheit ihrer Entscheidung infrage stellen," entgegnete der Kommandant. "Bleiben Sie logisch. Benutzen Sie ihren Verstand, Sarah. Ihr Bruder ist verloren. Sie sollten sich nicht aufopfern, wenn keine Hoffnung mehr besteht, Seth lebend zurückzubekommen."

"Seth lebt. Ich spüre es. Ich habe

meinem Vater sein Wort gegeben. Ich kann ihn nicht auch noch verlieren. Er ist alles, was mir bleibt. Kommandant Karter, es tut mir leid, aber ich muss ihn finden." Die letzte Zeile klang wie ein Mantra auf ihren Lippen. Sie zerrte die Armschienen von ihren Armen und ließ sie zu Boden fallen. Sie griff nach den Handschellen und krempelte ihr Shirt nach oben, sodass ihre Unterarme frei lagen. Sie öffnete eine nach der anderen und ließ die Handschellen um ihre Handgelenke schlüpfen. Sie verschlossen sich automatisch und legten sich sicher um ihre zarte Haut.

Sie funkelte mich kurz an, dann hob sie ihr Kinn hoch und wandte sich Kommandant Karter zu. "Und jetzt?"

Der Kommandant seufzte. "Captain Mills, Sie haben die Paarungshandschellen eines Atlanen umgelegt, daher werden Sie mit sofortiger Wirkung ins Programm für interstellare Bräute versetzt. Sie verfügen über keinerlei Befehlsmacht mehr. Sie sind nicht länger ein Mitglied der Koalitionsflotte. Sie werden Ihre Ionenpistole abgeben."

Mit Präzision zog sie die Waffe aus ihrem Hüfthalfter und überreichte sie dem Prillonen. Sie schien an ihrer Entscheidung nicht zu zweifeln. Im Gegenteil, die Endgültigkeit dieses Schrittes schien sie umso entschlossener zu machen.

Kommandant Karter wandte sich mir zu: "Ich schätze sie haben bekommen, wofür sie gekommen sind." Mit einem lauten Seufzer fuhr er sich durchs Haar. "Melden sie sich bei Silva auf dem Zivilistendeck. Sie wird ihnen ein vorübergehendes Quartier zuteilen."

Sarah stemmte die Hände auf die Hüften. "Wir werden nicht hierbleiben. Wir werden umgehend uns hinaustransportieren."

Der Kommandant schüttelte den Kopf. "Ich fürchte, das ist unmöglich."

"Was? Ich verspreche Ihnen, sobald wir uns an den Ort transportieren, an dem die Hive Seth entführt haben, sind Sie uns los."

"Bis morgen um 13 Uhr wird es keine Transporte geben, frühestens." Als ihre Kinnlade schockiert herunterklappte fügte er hinzu: "Ein magnetisches Trümmerfeld zieht gerade durch. Es ist zu gefährlich. Der gesamte Sektor wurde gesperrt. Keine Transporte, keine Flüge."

"Nein!" Sechzehn Stunden lang würde es keine Transporte, keine Einsätze, keine Truppenbewegungen geben. Normalerweise freute sich jeder in der Kampfgruppe über diese unheimlichen Magnetfeldstürme, denn man war sozusagen gezwungen sich zu entspannen. Sarah warf mir einen Blick zu und ich verstand sie umgehend. Sie sorgte sich um ihren Bruder, die Hive hatten einen Zeitvorsprung, um ihn zu quälen und zu modifizieren. Aber sie fragte sich auch, was genau ich in den nächsten sechzehn Stunden, in denen wir warten würden, von ihr verlangen würde.

Ich konnte sie zwar nicht zu ihrem Bruder bringen, aber ich konnte ihr eine denkwürdige Ablenkung verschaffen. Vielleicht würde eine gute, ordentlich durchfickte Nacht uns beiden wieder zu einem klaren Kopf verhelfen.

# 7

# *S*arah

Ich hob meine Armschienen vom Boden, machte kehrt und verließ ohne meinen neuen *Partner* das Besprechungszimmer des Kommandanten.

Ich war also mit einem Atlanischen Kriegsfürsten verbandelt, der wie ein Gott küsste? Meinetwegen. Sobald ich das Büro des Kommandanten verlassen hatte, zerrte ich an den Handschellen, ich versuchte, sie loszuwerden. Ich mochte Daxs Partnerin sein, ich mochte auf seinem festen Schenkel herumgerutscht sein, aber diese verdammten Teile musste ich nicht tragen. Sie anzulegen war ein Teil der Show für den Kommandanten, aber das hieß nicht, dass ich es mir anders überlegen würde. Das würde ich nicht. Sobald Dax mir bei der Rettung meines Bruders geholfen hatte, würde ich mich darin versuchen, eine biedere kleine Ehefrau zu sein. So wie er mich geküsst hatte, musste ein One-Night-Stand mit ihm verdammt heiß sein. Und bis dahin? Ich brauchte diese … ich zog und zerrte … sichtbaren Zeichen für meine Verbindung mit dem Kriegsfürsten nicht. Dass ich ihm gehörte. *Zu* ihm gehörte. Mein Wort sollte mehr als ausreichend sein.

Ich versuchte sie aufzuhebeln. Unmöglich. Verdammt. Sie waren eng, aber wenigstens konnte ich meine Finger unter das goldene Armband schieben. Trotzdem, sie gaben nicht nach. Wo zur Hölle war der Verschluss?

Ich nickte den beiden Kriegern zu, die auf dem Korridor vor mir salutierten. Wahrscheinlich waren das die letzten Militärgrüße, die ich je bekommen würde, denn ich war nicht länger in der Koalitionsflotte. Zwei Monate hatte ich durchgehalten und nicht zwei Jahre. Zumindest war ich noch am Leben. Obwohl, mit … *ihm* verpartnert zu sein war möglicherweise schlimmer als der Tod.

Er war aufdringlich und dreist und dieses sündhafte Grinsen deutete nur auf einen Übermut hin, der mich schon jetzt in den Wahnsinn trieb. Er musste nur atmen und schon war ich wütend. Und angetörnt. Was hatte er nur? Was hatte es mit diesem Kuss auf sich, dass ich fast durchdrehte? Und *wuschig* wurde. Himmel, er *war* Sex am Stiel. Irgendwie hatte er es fertiggebracht, dass ich *wollte*, dass er mich berührte. Er hatte mir erzählt, was er alles mit mir anstellen wollte, auf Höhlenmensch-Niveau, sexuelle Dinge—und ich war froh, dass er es unter vier Augen getan hatte—denn ich war nur so dahingeschmolzen.

Nicht nur das, ich hatte ihn auch wie eine aufgestachelte Frau geküsst. Ich hatte seinen Kuss erwidert, warum zur Hölle nicht? Warum sollte ich nicht kosten, was er mir anbot? Als seine Lippen meinen Mund berührten, wurde daraus allerdings *mehr. Ich wollte mehr.* Sein steinharter Oberschenkel hatte sich zwischen meine Beine geschoben und mich nach oben gehoben, sodass er perfekt gegen meine Mitte drückte. Meine Muschi wollte gefüllt werden und mein geschwollener Kitzler wurde durch das Gereibe zum Leben erweckt. Mit seiner Zunge in meinem Mund und der Art, wie ich sein Bein ritt, war ich geradewegs auf dem Weg zum Orgasmus gewesen. Wie schamlos. Als ich feucht wurde, hatte er sogar geknurrt, als ob er mich riechen konnte oder so.

Kein Mann hatte mich je derartig erregt. Er hatte mich an die Wand genagelt und ich war ihm komplett ausgeliefert. Es hatte mir nie gefallen, *irgendjemandem* ausgeliefert zu sein, aber mit Dax und seiner Kussfertigkeit, seinen Berührungen und seinem Ohrgeflüster und seinem … Himmel, die Sensation, als sein harter Schwanz gegen meinen Unterbauch drückte, an der Stelle, wo die Panzerung mich nicht bedeckte … ich wollte es alles.

Meine Entscheidung, seine Partnerin zu werden hatte ich trotzdem nicht im Sexrausch getroffen. Ich hatte seinem Vorschlag zugestimmt, weil ich Seth finden wollte. Er würde mir dabei helfen und ich müsste nicht für den Rest meines Lebens in einer Gefängniszelle dahinvegetieren. Mit seiner Größe, seinem Mut und seiner Muskelkraft war er meine beste Option, um meinen Bruder zurückzubekommen.

Ich atmete tief durch, dann marschierte ich durch die Flure zum Aufzug des Raumschiffs. Dax war immer noch im Besprechungsraum des Kommandanten und ich hatte keine Ahnung, warum. Irgendwann würde er schon nachkommen, schließlich hatten wir eine Abmachung. Ohne mich würde er sterben, was bedeutete, dass seine Spezies ziemlich verkorkst war. Zum Teufel, ich hatte siebenundzwanzig Jahre ohne Ehemann gelebt und es lief hervorragend.

Sicher, meine Vagina war praktisch zugewachsen, weil sie nicht gebraucht wurde, aber wer brauchte schon einen Mann und das ganze Theater, wenn ein starker Vibrator verfügbar war? Ein Vibrator konnte mich nie auf die Palme bringen. Natürlich, der Vibrator hatte kein gewaltiges Paar Hände, einen gestählten, muskelbepackten Körper und er trat auch nicht sehr bestimmend auf. Er küsste auch nicht, als gäbe es kein morgen.

Okay, einverstanden. Dax war besser als ein Vibrator. Immerhin. Ohne Zweifel würde ich das erste Mal, wenn ich mich weigerte wie ein schwaches, zartes Mauerblümchen zu agieren mir den zuverlässigen, schweigsamen Dildo zurückwünschen.

"Ah!" Ich schrie, denn meine Handschellen strahlten plötzlich einen stechenden Schmerz in meine Handgelenke aus. "Verdammt!" Ich stoppte und umfasste eine Handschelle mit der Hand. Der Schmerz wollte nicht nachlassen, sondern breitete sich in meinen Armen aus. Es war wie ein Stromschlag, bei dem man die Hand nicht vom Draht nehmen konnte. Ich hätte mich nicht gewundert, wenn mein Haar zu schmoren angefangen hätte. Was zur Hölle hatte der Kriegsfürst mit mir angestellt?

Die Flitterwochen waren vorbei, ich

machte kehrt und stürmte den Flur zurück. Gerade als ich vor der Schiebetür des Kommandanten ankam, ließ der Schmerz nach, ich spürte aber weiterhin ein starkes Kribbeln. Ich schüttelte meine Hände, damit das Blut besser zirkulieren konnte. Vielleicht war einer der Drähte in den Handschellen locker, ein defekter Anschluss oder irgendetwas in der Art? Ich atmete tief durch und der Schmerz war vollständig weg. Ich drehte wieder um und lief erneut den Flur hinunter. Als ich am selben Punkt wie zuvor angekommen war, tat es wieder weh. Diesmal wusste ich bereits, was mich erwartete und fauchte vor Wut, nicht vor Schmerz.

Dieses Dreckstück. Was zur Hölle machte er? Hatte er eine Fernsteuerung? Sah er mir grade zu und lachte sich dabei kaputt?

Ich lief zurück zur Tür, sie öffnete sich automatisch und ich trat ein. Die beiden Männer standen genau dort, wo ich sie zuletzt gesehen hatte. Der Kommandant musterte mich und der Kriegsfürst lächelte selbstgefällig.

"Du bist zurück," brummte Dax.

Ich hielt meine Hände hoch. "Ja, ich glaube deine Handschellen spielen verrückt."

"Oh?"

"Als ob das neu für dich sei," murrte ich.

Der Kommandant lachte in sich hinein und klopfte mir auf den Rücken, als er den Raum verließ. "Wie gut, dass dieser Liebeszoff nicht mehr meine Angelegenheit ist," sagte er. Ganz im Gegenteil zu Dax machte mich seine Bemerkung richtig sauer.

Mit geschürzten Lippen stürmte ich aus dem Raum, diesmal aber stellte ich sicher, dass Dax mit mir kam.

Wir waren im Flur, alleine. Nur das matte Summen der Techniksysteme war zu hören, als ich ihn zur Rede stellte; ich war zum Angriff bereit.

Dax hielt seine Hände hoch und fiel

mir ins Wort, bevor ich ihn zusammenschreien konnte. "Ich habe nichts mit deinen Handschellen gemacht," erklärt er mir. "Sie funktionieren ganz normal."

"Sie fühlen sich an wie eine Elektroschocktherapie! Das ist nicht normal." Wieder zerrte ich an den Fesseln.

"Wenn ein frisches Paar die Handschellen anlegt, dann können sich die Partner nicht weiter als hundert Schritte voneinander entfernen, ansonsten verursachen die Handschellen eine Reaktion, die sie daran erinnert, sich wieder zusammenzufinden."

"Sich zusammenzufinden?" brüllte ich. Ich wusste, dass ich es übertrieb, aber wie ein Hund an eine Leine gelegt zu werden, machte mich stinksauer.

"Schreist du immer so rum?" entgegnete er.

"Tust du deiner Partnerin immer weh?"

Auf meine Frage hin änderte sich sein Ausdruck und seine ganze Haltung. Er trat an mich heran, bis mein Rücken wieder einmal an eine Wand stieß. Ich konnte mich verflixt nochmal nicht davon abhalten auf seine Lippen zu starren und fragte mich, ob er mich wieder küssen würde. "Sarah Mills, Erdenfrau, du bist meine *einzige* Partnerin. Dir in irgendeiner Weise Schaden zuzufügen ist das Letzte, was ich will. Es ist meine Aufgabe dich zu beschützen und es ist mein Privileg, dir nichts als Vergnügen zu bereiten."

Ich errötete, sein Mund verweilte auf meinen Lippen, sein fester Schenkel reizte meinen Kitzler und ließ ihn anschwellen, diesmal aber ließ ich mich nicht überwältigen.

"Trotzdem, diese … Dinger," ich wedelte mit den Armen, "sie tun mir weh."

"Denkst du, mir hat es nicht weh getan?"

Ich blickte auf seine Handgelenke,

auf die goldenen Handschellen dort. "Deine haben dir auch weh getan?"

Er nickte, eine dunkle Locke fiel über seine Stirn. "Wir sind miteinander verpartnert und was dich verletzt, tut auch mir weh. Was dir gefällt, gefällt auch mir. Du kannst dich nicht weiter als hundert Schritte von mir entfernen, ohne dass es schmerzt, aber diese Beeinträchtigung gilt für uns beide. Bis das Fieber vorüber ist, kann ich mich ebenfalls nicht von dir entfernen."

Das bedeutete also, wir müssen ficken. Jede Menge wilder, tierischer Sex.

Ich inspizierte ihn. "Du siehst wieder in Ordnung aus."

"Das Fieber schlägt willkürlich zu. Wie während des Gefechts. Ich versichere dir, du wirst es merken, wenn es wieder soweit ist."

"Wenn diese Handschellen so furchtbar weh tun, warum bist du mir dann nicht nachgekommen?"

"Du hattest zwar bei deiner Einheit

das Sagen, aber ich habe zwischen uns das Sagen und unsere Mission ist es, deinen Bruder zurückzuholen."

Ich riß mich von ihm und lief den Gang entlang. "*Darum* wollte ich keinen Partner. *Genau darum* wollte ich der Verpartnerung nicht zustimmen. Männer und ihre Vorschriften. Ihr alle seid total irrational."

"Du bist erst seit zwei Monaten im Weltraum. Ich habe seit über zehn Jahren Koalitionstruppen angeführt. Ich kenne die Hive besser als du. Ich weiß *mehr* darüber, was nötig sein wird, um deinen Bruder zurückzubekommen. Zudem bin ich ein Atlane und du nicht."

Ich drehte mich nicht um, wollte ihn nicht ansehen. Ich war wütend, ausgeflippt und definitiv dabei, durchzudrehen. Ich konnte mich nicht weiter als einhundert Schritte von diesem Typen entfernen, ohne dabei furchtbare Schmerzen zu erleiden. Warum hatte er das nicht erwähnt, *bevor* ich die Handschellen anlegte?

"Sobald wir deinen Bruder gefunden haben, werden wir uns auf Atlan niederlassen. Ich werde dir meine Welt zeigen. Es gibt viele Dinge, die du erst noch erfahren, erst noch genießen musst. Mir wäre es lieber, wenn wir beide überleben, um diese Dinge zu erleben."

"Du willst also, dass ich dir gehorche, weil ich … neu im Weltraum bin."

"Das auch, aber ich bin ein Atlane, ich übernehme die Verantwortung. Falls das nicht ausreicht, um deinen Stolz zu besänftigen und deine Kapitulation akzeptabel zu machen, bin ich außerdem dein übergeordneter Offizier."

"Nicht mehr. Ich bin jetzt wieder Zivilistin oder hast du das schon vergessen?" Ich spitzte meine Lippen. Kapitulation? Himmel, ich steckte in Schwierigkeiten, denn ich kapitulierte vor *niemanden*.

"Der Mann übernimmt die

Verantwortung, Sarah. So ist es auf Atlan Brauch."

"Ja, du hast mir gesagt, wie es mit den Frauen auf Atlan aussieht."

"Ja, aber du *möchtest*, dass ich die Führung übernehme. Du willst, dass dein Partner dich anführt." Er legte die Hand an meine Wange und hob mein Gesicht an, damit ich nach oben, ganz nach oben, in seine Augen blickte. "Du brauchst nicht zu kämpfen, Sarah. Nicht mehr. Ich bin jetzt für dich da. Ich werde mich um dich kümmern, so, wie du es wirklich willst."

Ungläubig starrte ich ihn an. "Ich *brauche* keinen Mann, um auf mich aufzupassen und ich *will* auch keinen!" konterte ich.

"Doch, sonst wären wir nicht einander zugeteilt worden."

"Sehe ich aus wie eine Frau, die die ganze Zeit über herumkommandiert werden will?"

Er hob den Kopf hoch, um mich zu erforschen. "Nein, aber als ich dich geküsst habe, hat es dir gefallen. Du hattest dabei keinerlei Kontrolle."

Ich zuckte zusammen, meine Reaktion auf den Kuss konnte ich nicht bestreiten, zumindest nicht, wenn ich ehrlich war. Er hatte Recht. Es hatte mir gefallen, wie er mich gegen die Wand genagelt und sich geholt hatte, was er wollte. Welche Frau wollte nicht gegen eine Wand gepresst und durchgefickt werden? Welche Frau wollte nicht im Schlafzimmer einen dominanten Partner haben? Was war so lustig daran, einen Typen immer an den Eiern herumzuführen? Es war überhaupt nicht lustig. Aber das bedeutete nicht, dass er über mich bestimmen konnte. Ich hatte in meinem Leben genug Vorgesetzte gehabt. Kommandant Karter war nun der letzte in einer endlosen Reihe von befehlshabenden Offizieren und er war ein einziges Ärgernis gewesen.

Ich wollte nicht rechtskräftig mit einem davon verpartnert werden!

Was den Kuss anbelangte, so musste ich zugeben, dass ich mehr davon wollte und er sollte beim nächsten Mal nicht aufhören, bis wir beide nackt und verbraucht waren. Nicht weil ich wollte, dass er die Führung übernahm—bei allem—, sondern weil ich auch nur ein Mensch war und weibliche Organe hatte, die sich nach einem echten Schwanz sehnten.

"Also, was jetzt?" Ich tätschelte die Metallwand an meiner Seite und konnte es nicht lassen, das Biest weiter anzustacheln. "Legen wir los, damit ich dein Paarungsfieber lindern kann?"

Seine Augen wurden schmal und sein Kiefer verkrampfte. "Mir gefällt zwar die Vorstellung, dich gegen eine Wand zu ficken, aber ich werde dich nicht gegen deinen Willen nehmen, oder in der Öffentlichkeit."

"Warum nicht?" Seine Worte beruhigten mich, jedoch konnte ich nicht anders, als mich gegen die Wand zu pressen und die Arme über den Kopf zu heben. Ich drückte meinen Rücken gegen die Wand und blickte ihm herausfordernd in die Augen. Ich wollte seine Beherrschung testen und dieser Drang erfasste mich wie ein Dämon. Ich musste wissen, wie weit ich mit ihm gehen konnte, mit was für einer Sorte von Mann ich es zu tun hatte.

Er pirschte sich an mich heran, bis nur noch eine Haaresbreite Luft zwischen uns Platz hatte. Sein Geruch stieg mir zu Kopf und ich wollte mich ihn ihm ertränken. Er roch so gut, wie dunkle Schokolade und Zedernholz, zwei meiner liebsten Dinge überhaupt. Ich leckte mir die Lippen, während ich ihm in die Augen blickte, ich forderte ihn auf, etwas Verrücktes zu tun, mein Vertrauen zu brechen.

Seine Stimme flüsterte mir zu. "Weil du mir gehörst und niemand außer mir dein nacktes Fleisch zu sehen bekommt. Niemand wird deine Lustschreie hören, wenn ich dich nehme. Deine Haut gehört mir. Dein

Atem gehört mir. Deine heiße, feuchte Muschi gehört mir. Das wimmernde Bitten, das ich aus deiner Kehle hervorzwingen werde, gehört mir. Ich werde dich nicht teilen."

Ich bekam keine Luft mehr, ich verlor mich in der erotischen Vorankündigung seiner Worte und in ihm.

"Aber eines musst du wissen, Liebes, solltest du mich weiter herausfordern und mich dazu bringen wollen, dich zu entehren, dann werde ich diesen Panzer von deinem zarten Körper reißen und dich übers Knie legen. Du wirst mich auch nicht anlügen. Sarah Mills, du wirst mir Respekt zollen oder dein Arsch wird hellrot glühen, bevor ich dich mit meinem Schwanz ausfülle."

Was zum Teufel? Ich versuchte seine Worte zu verarbeiten, als er den Kopf neigte und mich genau beobachtete. Mein Puls trommelte in meinen Ohren, als ich darum kämpfte, angesichts seiner düsteren Absichten nicht die

Fassung zu verlieren. Angesichts aller seiner Absichten, den plötzlich wandte ich mich hin und her bei dem Gedanken, seine feste Hand auf meinem Arsch zu spüren, und zwar nicht vor Wut. Verdammt, er hatte es mitbekommen.

"Erregt es dich, wenn dir der Arsch verhauen wird?"

"Was? Nein!" antwortete ich. Seine Worte waren wie ein Eimer Eiswasser, der über meinen Kopf gegossen wurde. "Wage es nicht einmal daran zu denken, Kriegsfürst Dax von Atlan."

Daraufhin grinste er und wirkte verführerischer denn je. Mir blieb die Luft weg. "Du willst mich, Frau. Du willst von meinem harten Schwanz gefüllt werden. Du willst überall angefasst werden, beansprucht und von mir markiert werden. Gib es zu."

"Nein. Ich will keinen Partner. Ich will Seth befreien." Ich schüttelte den Kopf, aber mein Herz hämmerte so heftig, ich war sicher, er konnte es selbst durch die Panzerung hören. Ich wollte seine Worte nicht wahrhaben, aber das waren sie. Heilige Scheiße, ich wollte es. Ich wollte es alles. Aber nicht, bevor mein Bruder zurück und in Sicherheit war.

"Ich werde dir dabei helfen, deinen Bruder wiederzufinden. Ich habe dir mein Wort gegeben." Er beugte sich vor und raubte mir die Atemluft. "Du willst, dass ich mich auch um dich kümmere, dich beschütze."

"Nein, will ich nicht. Ich kann auf mich alleine aufpassen."

"Nicht mehr länger."

"Das ist Schwachsinn, Dax." Ich rempelte gegen seine Brust. "Wir müssen los. Wir müssen einen Plan ausarbeiten."

"Du bist die schwierigste Frau, die ich je getroffen habe."

Ich presste mit dem Finger gegen seine Brust. "Du bist der sturköpfigste, chauvinistischste, arroganteste—" Die dunkelgraue Plakette an der leuchtend goldenen Handschelle verhöhnte mich, als ich auf seine Brust eintrommelte. Es war ein Zeichen des Besitztums, wie ein Hundehalsband. Ich schlang meine Hand um mein Handgelenk und zerrte an der blöden Fessel. "Mach diese Dinger ab. Ich habe meine Meinung geändert."

Aus seiner Brust ertönte ein Knurren. Er packte mein Handgelenk und zog mich über den Flur. Er suchte nach etwas. Als er einen Knopf drückte, öffnete sich eine beliebige Schiebetür und er schubste mich hinein. Der Bewegungsmelder im Raum schaltete das Licht an und ich konnte erkennen, dass er mich in eine enge Kammer voller Elektroschalttafeln gedrängt hatte. Ich hatte keine Ahnung, wozu die da waren, eine Wand aber war mit Kabeln und blinkenden Lichtern übersät. Der Boden und die Wände waren blau, was ein Indiz dafür war, dass diese Kammer von der Ingenieursabteilung genutzt wurde.

"Dax, was zum Teufel?" sprach ich, gefolgt von einer langen Schimpftirade.

"Leg die Hände an die Wand." Er blickte über seine Schulter und presste auf einen Knopf neben der geschlossenen Tür, wodurch diese verriegelt wurde.

Mein Mund stand offen. Obwohl die Idee ziemlich aufregend war—zumindest mit Hinblick auf die perversen Gedanken, die seine Aufforderung hervorbrachte—war ich jetzt sauer.

"Keine Ahnung, was dir durch den Kopf geht, aber ich werde nicht in einer Abstellkammer mit dir ficken."

"Wer hat hier was von ficken gesagt?" entgegnete er seelenruhig.

"Was willst du dann?"

"Ich werde dir natürlich den Arsch versohlen."

Ich presse meinen Rücken an die Wand gegenüber von den Schaltkästen, meine Hände pressten flach auf das

Metall. "Was?" Er war wirklich übergeschnappt.

"Du brauchst es." Dax trat einen Schritt näher. Verflucht nochmal, er war so verdammt groß und dieser Raum war winzig klein.

"Ich brauche was? Den Arsch versohlt?" lachte ich. "Ja, alles klar."

"Du hast mich angelogen, mehrmals. Ich habe dich gewarnt, Liebes. Du gehörst jetzt mir und ich werde alles Nötige tun, damit du das auch ganz sicher weißt."

"Du bist verrückt. Sind alle Männer auf Atlan so schwierig, oder bist du ein Einzelfall?"

"Du lügst immer noch und du belügst dich selbst. Mit der Zeit wirst du zu mir kommen und mir sagen, wenn du dich fürchtest, wenn du meine tröstenden Berührungen brauchst, wenn ich deine Panik lindern soll. Bis dahin ist meine Aufgabe zu wissen, wann du eine straffe Hand brauchst."

"Auf meinem Hintern? Das bezweifle ich."

"Du willst es nicht zugeben, aber du hast Angst. Was heute alles passiert ist, hat dich überwältigt. Du bist stark, das weiß ich. Aber ich bin stärker. Vertrau mir, Sarah, ich werde mich um dich kümmern. Du gehst zum Angriff über, anstatt die Wahrheit zuzugeben. Du hast keinen Respekt, du beschimpfst meinen Charakter und meine Ehre und forderst mich auf, dich zu bestrafen. Ich glaube, es ist an der Zeit, dass ich die Kontrolle übernehme. Du weißt nur nicht, wie du mich darum bitten sollst. Und deswegen werde ich nicht länger auf dein Eingeständnis warten, Sarah. Ich werde dir einfach geben, was du brauchst."

Seine Ankündigung drehte mir den Magen um. Er war so groß, nein riesig. Er war ein Alien, ein Atlanischer Kriegsfürst, der für hunderte Soldaten verantwortlich war, tausende Soldaten. Und so sehr ich auch eine gute Miene machen wollte, ich *hatte* Angst. Mein Bruder war wie der Kommandant gesagt hatte höchstwahrscheinlich tot oder dabei, zu einem Cyborg zu werden. Ich konnte ihn nicht hängen lassen. Und jetzt war ich mit Dax verpartnert und ich war keine *normale*, unterwürfige Atlanerin. Sicherlich würde ich ihn auch enttäuschen. Sobald er realisieren würde, dass ich nicht das war, was er sich vorgestellt hatte, würde er mir die Handschellen von den Armen reißen und meine Sachen packen. Alleine und geschlagen würde ich nach Hause gehen. Verloren. Meine gesamte Familie würde tot sein.

Eine erste Träne lief feurig meine Wange hinunter, ich sträubte mich und schüttelte ungläubig den Kopf, ich wandte mich ab, damit Dax meine Schwäche nicht mit ansehen würde, damit er nicht wusste, dass er Recht hatte. Er *musste* die Kontrolle übernehmen. Die Belastung zerknirschte mich, ich war am

Erstickten und der Gedanke, einfach loszulassen, aufzugeben … alles an jemand anderes abzugeben wirkte auf mich so verführerisch wie eine Droge. Mein Verstand sträubte sich entsetzt, aber in meinem Herzen wohnten Angst und Sehnsucht zugleich und der innere Krieg drohte, mich zu zerreißen.

"Leg deine Hände an die Wand, Sarah."

Ich schüttelte nur den Kopf. Obwohl ich danach gierte würde ich ihn es nicht wissen lassen. Ich musste stark bleiben. Ich hörte die Stimme meines Vaters in meinem Kopf, er sagte, dass ich niemals weinen durfte, keine Angst oder Schmerzen zeigen durfte. *Du musst stark sein, Sarah, die Welt toleriert keine Schwächen.*

Dax kam einen Schritt näher, er umfasste meine Taille und drehte mich mühelos um. Mir blieb nichts anderes übrig, als meine Hände gegen die Wand zu legen. Ich hatte Angst zu fallen. Er packte meine Hüften und zog sie nach hinten, sodass ich mich nach vorne beugen musste. Ich wollte aufstehen, aber eine große Hand landete auf meinem Hosenboden.

"Dax!" ich kreischte, schockiert über das unerwartete Brennen seiner Handfläche auf meinem Arsch.

"Behalt deine Hände, wo sie sind. Streck den Arsch raus."

"Ich werde nicht zulassen—"

*Klatsch!*

"Wenn es nach dir geht, darf ich gar nichts tun. Ich gebe dir die Hiebe, die du brauchst und du hast keine Wahl."

Seine Hände wanderten zur Vorderseite meiner Hose und öffneten sie, dann zog er sie zusammen mit meinem Slip über meine Hüften und ließ sie auf meinen Oberschenkeln ruhen. Ich spürte die kühle Luft auf meinem nackten Arsch und ich wusste, dass er beste Sicht auf mein Hinterteil hatte.

"Dax!" ich kreischte erneut und fühlte mich so verwundbar wie nie.

Er ließ mich nicht lange ausharren, sondern machte sich daran, mir den Arsch zu versohlen. Er versohlte eine Arschbacke, dann die andere und niemals setzte er zweimal auf derselben Stelle auf. Die Schläge waren nicht allzu heftig, denn ich konnte mir nur denken, wie fest er zuschlagen konnte, wenn er es wollte. Trotzdem tat es tierisch weh und meine Haut brannte wie Feuer.

"Ich bin für dich da. Ich werde dich nicht verlassen. Ich werde deinen Bruder finden. Ich werde mich um dich kümmern. Ich weiß, was du brauchst. Du wirst mich nicht anlügen. Du wirst nicht respektlos mit mir umgehen. Du wirst die Bedürfnisse deines Körpers oder unsere Verpartnerung nicht mehr leugnen." Immer wieder schlug er mich, Tränen kullerten wie ein Sturzbach der Angst, der sich jahrelang in mir aufgestaut hatte über mein Gesicht. Jeder Hieb seiner Pranke war eine emotionale Handgranate und ich verlor die Kontrolle.

Ich presste meine Finger gegen die Wand, konnte aber keinen Halt finden. "Dax!" ich kreischte erneut, doch jetzt war meine Stimme nicht mit Wut erfüllt, sondern mit purer Emotion.

"Niemand wird hier hereinkommen, niemand kann uns sehen. Niemand wird denken, dass du schwach bist. Hör auf zu leugnen, was du brauchst. Hör auf dich vor mir zu verstecken. Lass los."

Daraufhin schüttelte ich den Kopf. "Nein."

Seine Hand hielt inne, sie strich über mein aufgeheiztes Fleisch. "Ah, Sarah Mills, sag diese Worte: Ich muss nicht immer stark sein."

Eine Minute verging, seine Hand liebkoste geduldig meine gereizte Haut. Schließlich flüsterte ich: "Ich muss nicht immer stark sein."

"Gutes Mädchen." Er versohlte mich wieder und ich erschrak. "Ich werde ehrlich zu mir und zu meinem Partner sein."

Ich wiederholte diesen Satz.

"Mein Partner wird sich um mich kümmern, darauf kann ich vertrauen."

Auch das verkündete ich und die Hiebe wandelten sich, in meiner Auffassung, zu etwas anderem. Er versohlte mir nicht den Arsch, weil er mich bestrafen wollte, er tat es, weil er in mir etwas gesehen hatte, das mir vollkommen unbewusst war. Ich hatte keine Ahnung, warum ich eine Runde Arsch versohlen nötig hatte. Aber die bloße Tatsache, dass ich in dieser Position lag und Dax mir keine andere Wahl ließ, dass er mich alles andere vergessen ließ, wirkte befreiend. Die stechenden Hiebe machten mir wunderbar den Kopf frei und ich konnte mich darauf verlassen, dass er sich um mich kümmerte. Mir konnte nichts zustoßen, während er sich meiner annahm. Niemand würde meinen nackten Arsch sehen, der jetzt wahrscheinlich hellrot glühte. Niemand würde die Tränen auf meinen Wangen zu Gesicht bekommen. Niemand würde mich sehen, niemand außer Dax.

Er lachte mich nicht aus. Er dachte nicht, dass ich schwach sei. Er verschaffte mir einen Moment der Sicherheit und ich konnte alles andere vergessen. Er half mir, den angestauten Stress und die Gefühle loszulassen, von denen mir nicht einmal bewusst war, dass sie mich erstickten. Trauer. Angst. Wut. Schuldgefühle. Wie ein Gewitter donnerten sie in meiner Brust und entleerten sich in den Tränen, die über mein Gesicht liefen, bis ich mich entladen hatte, wie das Meer nach einem Sturm.

"Ich gehöre zu Dax und er gehört zu mir," fügte Dax hinzu.

Ich wiederholte die Worte, ich war zu erschöpft, um gegen ihn oder die Wünsche meines Körpers anzukämpfen. Seine nächsten Worte aber ließen die Stimmung im Raum innerhalb einer Millisekunde von gedämpft zu glühend heiß umschlagen.

"Dax gehört mir. Sein Schwanz gehört mir."

Der düstere Unterton seiner Worte ließ mich fast aufstöhnen, meine Gedanken wandelten sich zu Bildern, in denen er mich von hinten nahm, hier und jetzt, in dieser dämlichen kleinen Kammer. Ich wiederholte die Worte und die Schläge hörten auf. Ich dachte er sei fertig, aber seine Hand umfasste mein heißes Fleisch, dann rutschte sie zwischen meine Beine, über meine Falten und erkundeten die Hitze, die er dort vorfinden würde. Er knurrte, als seine Finger meinen feuchten Begrüßungssaft fanden.

"Meine Muschi gehört Dax."

Er führte zwei Finger in mich ein und ich keuchte, dann sprach ich ihm nach. Er lehnte sich auf meinen Rücken, sodass sein massiver Körper mich niederdrückte.

"Du bist klatschnass, Liebes. Ich könnte dich sofort ficken. Sofort."

Seine Finger glitten in meiner leeren

Mitte aus und ein und ich krümmte mich nach hinten. Seine sinnlichen Worte hatten mich gründlich auf ihn vorbereitet. Dieser Kuss, seine Hände auf meinem Körper, sogar die Hiebe steigerten mein Verlangen nach ihm. Er würde sich um mich kümmern, das wusste ich. In diesem Augenblick brauchte ich an nichts anderes als an seine Finger tief in meinem Inneren zu denken.

"Du warst ein gutes Mädchen, du hast deine Bestrafung sehr gut hingenommen. Jetzt darfst du kommen."

Ich stöhnte und schluchzte gleichzeitig, während er mich mit den Fingern fickte, mit zweien dehnte er mich und ein dritter Finger rieb meinen Kitzler. Als meine Tränen trockneten und mein Geist zum ersten Mal seit Monaten wunderbar leer war, übernahm mein Körper die Führung, er musste sich entladen. Er musste von Dax gefickt werden. Ich schrie, als ich vom ersten Orgasmus überrollt wurde, Daxs Stöße waren so fest und tief, dass meine Füße fast vom Boden abhoben. Es war unmöglich, die Ruhe zu bewahren, als die Wände meiner Muschi sich um seine Finger herum komplett verkrampften und nach mehr gierten. Meine schweißnassen Finger rutschen von der Wand ab und Dax wickelte seinen freien Arm um meine Taille. Er hob mich hoch, bis ich in der Luft hing, mein Rücken presste gegen seine Brust und seine Finger verweilten tief in mir drin.

Er war noch nicht fertig und innerhalb von Sekunden gipfelte ich erneut. Meine Muschi verkrampfte sich um seine Finger herum und ich kam. Selbst nachdem die Nachzuckungen erloschen waren, verweilten seine Finger regungslos tief in meinem Inneren. Die Lust und der stechende Schmerz verschmolzen miteinander und ich musste wieder weinen. Tränen, die ich jahrelang unterdrückt hatte entleerten sich aus meinem Körper wie saurer Regen. Ich ließ alles raus: die Trauer um den Verlust meiner Brüder und dann meines Vaters, die Angst um Seth, den Stress der Befehlsmacht, die Schuld wegen der Männer, die ich im Kampf verloren hatte. Es war, als ob eine Lebenszeit voller unterdrücktem Kummer aus mir herausexplodierte.

Er ließ seine Finger aus mir herausgleiten, zog mich in seine Arme und umarmte mich fest. Ich konnte mich nicht entsinnen, wann ich das letzte Mal umarmt worden war, wann ich das letzte Mal wirklich gehalten worden war. Sicher, ich hatte Sex gehabt, aber der lief ziemlich emotionslos ab. Es war mehr sexueller Druckabbau als eine echte, intime Verbindung. Mein Vater hatte mich immer auf Abstand gehalten, denn er war kein Typ zum Kuscheln. Mit drei älteren Brüdern und ohne Mutter gab es in unserem Haushalt keine Gefühle, keine Wärme. Es war mehr eine

Existenz wie im Buch *Herr der Fliegen*, wo nur die Stärksten überlebten. Ich hatte mein Leben oder meine Entscheidungen nie bereut. Hier aber, in Daxs Armen, war ich müde. Ich war mental und emotional erschöpft und das in einer Art, die ich vorher nie zugelassen hätte. Nie zuvor war es sicher gewesen, sich so zu fühlen.

Wie konnte ein riesiger, brutaler Space-Alien durch meine Fassade blicken—und damit meinte ich nicht meinen Panzeranzug—und wissen, was ich brauchte. Ich war stark, möglicherweise zu stark und es hatte keine zehn Minuten gedauert, bis er mich wie eine Nuss aufgeknackt hatte.

Selbst durch die dicke Brustpanzerung hindurch konnte ich seinen Herzschlag hören. Ausnahmsweise fühlte ich mich ruhig und bemerkenswert friedlich. *Nichts* würde mir in diesem Moment zustoßen. Ich war in Sicherheit und mein Geist entspannte sich.

"Besser?" fragte er, als mein Weinen nachließ.

"Besser," antwortete ich. Mein Körper war weich und biegsam, mein Hintern war feurig rot und wund. Aber ich spürte, dass jemand sich um mich sorgte, *für* mich sorgte. Ich wusste nicht warum, aber hatte diese Runde Arsch versohlen gebraucht. Meine Reaktionen darauf zu hinterfragen würde mich nur in den Wahnsinn treiben, also fand ich mich damit ab und beschloss, mir später den Kopf darüber zu zerbrechen.

Ich spannte meine Muskeln an und bemerkte, dass mein Arsch herausragte. Ich zog meine Hose hoch, schloss sie und richtete mich wieder her. Ich wollte mich entfernen und als ich mich von ihm löste, verjagte ein Anflug von Schamgefühl das zufriedene Gefühl aus meinem Verstand. Er aber hielt mich zurück und hob meinen Kopf nach oben, damit ich ihn anblickte.

"Dir beim Kommen zuzusehen ist das Schönste, was ich je gesehen habe."

Sein Daumen fuhr über meine Wange und ich konnte nicht anders, als mich an ihn anzuschmiegen. "Du bist mein. Du wirst nie mehr alleine sein, alleine schlafen, nie mehr alleine kämpfen. Du bist mein und ich werde dich niemals verlassen."

"Dax. Darüber kann ich jetzt nicht nachdenken. Ich kann es einfach nicht. Ich muss Seth retten."

"Wir werden Seth retten."

"Okay. Wir werden Seth retten." So sehr ich es hasste, es einzugestehen, aber dass er mir helfen würde, war eine enorme Erleichterung.

"Und dann wirst du mit mir nach Hause kommen und wir werden ein neues Leben beginnen."

Ich nickte, in diesem Moment konnte ich ihn nicht abweisen. Alle meine sorgsam errichteten Schutzmauern waren eingestürzt. Mein neuer Partner hatte sie mit seiner Stärke und seinem eisernen Willen niedergerissen.

"Gut, denn ich will deine kehligen kleinen Lustseufzer nur für mich alleine haben. Die Wände deiner Muschi haben meine Finger zerquetscht, ich will dich aber spüren, wie du unter meiner Zunge kommst. Ich will deinen Mund, deine Muschi schmecken. Ich will dich niederdrücken und mit meinem Schwanz ausfüllen, bis du um Erlösung bettelst. Ich möchte dich immer wieder kommen lassen, bis du mich anflehst, aufzuhören."

Heilige Scheiße, war das scharf. Dax erklärte mir unverhohlen und vollkommen schamlos, wie sehr er mich begehrte. Ich hatte nie etwas Realeres, Intensiveres gespürt.

Ich spürte seinen Schwanz, der hart und fest gegen meinen Bauch drückte. "Was ... ähm, was denkst du?"

Er nahm meine Hand und fuhr damit über eine getrocknete Blutspur auf meiner Haut, eine Erinnerung an das, was wir heute alles erlebt hatten. "Das Paarungsfieber kann mich jederzeit in Besitz nehmen. Wenn es aufflammt, verliere ich eventuell die Kontrolle über mein Verhalten. Du musst wissen, dass du die Einzige bist, die es mildern kann. Ich werde darum kämpfen, dich nicht zu nehmen, wenn du es nicht willst, aber mein Überleben wird ganz von dir abhängen. Eventuell wirst *du mich* nehmen müssen."

Ich stellte mir vor, wie er flach auf dem Rücken lag und ich ihn wie eine mannstolle Amazone ritt, wie sein dicker Schwanz tief in mir steckte, während ich meine Hüften gegen seine scheuerte und mir holte, was ich von ihm wollte. Der Gedanke, wie dieser mächtige Kriegsfürst auf dem Rücken zwischen meinen Schenkeln lag, mir ausgeliefert war, ließ mich nicht mehr los. Als er am Ende seiner Erklärung verschlagen grinste, verstand ich, dass er es zwar ernst meinte, aber gleichzeitig mit mir flirtete. Dieser riesige, blutverschmierte Space-Alien war tatsächlich dabei, mit mir zu flirten. Ausnahmsweise hatte ich nichts darauf zu entgegnen.

---

*Sarah*

Ich wurde von einem Geräusch aufgeweckt. Ich starrte in die Dunkelheit und versuchte herauszufinden, was es war und wo ich war. Ich trug mein gewöhnliches Tanktop und Shorts, meine üblichen Klamotten für die Nacht. Das Bett war bequem und das konstante Summen der Techniksysteme erinnerte mich daran, dass ich nicht länger auf der Erde war.

Wieder ein Geräusch. Jemand war im Zimmer.

"Licht, halbe Stärke."

Der Raum erhellte sich.

Plötzlich fiel mir alles wieder ein. Ich befand mich mit meinem neuen

Partner in einem vorübergehenden Quartier, wir warteten auf das Ende des Magnetsturms, um uns transportieren zu können. Der Raum hatte nur ein Bett, kein Sofa oder Möbelstück und wir mussten das Bett miteinander teilen. Ich war es nicht gewohnt, mit einem Mann zu schlafen —One-Night-Stands liefen normalerweise ohne Übernachtung ab. Aber das hier war kein heißer Quickie. Das hier war mein Partner und ich war mit seinem riesigen, beschützenden Körper um mich geschlungen eingeschlafen. Das Bett war zwar groß, Dax aber war ebenfalls groß und ich hatte meinen Protest eingestellt, als er mich an sich gezogen hatte und eingeschlafen war.

Jetzt aber waren die Bettlaken ein einziges Wirrwarr. Ich lag im Bett, Dax hingegen saß in der Ecke auf dem Boden. Seine Hände waren zu Fäusten geballt, sein Nacken war gekrümmt, seine Brust glitzerte vor Schweiß und seine Finger trommelten wild auf dem Boden herum.

"Rühr dich nicht. Ich werde dich nicht verschonen können," knurrte er.

Das beunruhigte mich, ich blieb aber still. "Was ist los? Ein Alptraum?" Ich kannte viele Soldaten, die nach den schrecklichen Einsätzen im Krieg unter Alpträumen litten.

"Das Fieber. Komm nicht näher, es sei denn, du willst mich bis zu den Eiern und außer Kontrolle in dir stecken haben."

Ich erinnerte mich an seine Körperkraft, als er die Hive-Soldaten packte und ihnen den Kopf abriss. Ich kaute auf meiner Unterlippe herum, als ich mich fragte, wie gefährlich er werden könnte. "Würdest du mich verletzen?"

"Ich weiß nicht, was die Bestie anstellen wird, Sarah. Ich hatte das Paarungsfieber noch nie. Sie kann dich spüren, dich riechen. Sie will dich und du bist hier," er deutete auf mich, "in einem Bett, knapp bekleidet und mit harten Nippeln. Ich kann dich riechen—"

Er schloss die Augen, um sich von mir abzuwenden.

Er würde mir nicht weh tun. Tief in meinem Inneren wusste ich das. Ich hatte keinen Schimmer, woher ich es so genau wusste, aber mein Gefühl sagte mir, dass er mich nicht verletzen würde. Nicht jetzt und niemals sonst.

Daxs Nachtgewand war schwarz und der lose Stoff verhüllte in keiner Weise den deutlichen Umriss seiner Männlichkeit. Sein Schwanz ließ seine Hose wie ein Zelt nach oben stehen und belegte, dass *alles* an ihm größer war als normal. Er hatte gesagt, das Fieber machte ihn wütend, verärgert, sexhungrig.

"Du sagtest, es sei Aufgabe der Partnerin, die Bestie zu besänftigen," antwortete ich, rutschte vom Bett und krabbelte auf ihn zu. "Und du hast gesagt, dass ich dich reiten dürfte, Dax. Du hast es mir versprochen."

Jede Linie seines Körpers verkrampfte sich, war prall vor unermüdlicher Energie und Bedürftigkeit. Er sah aus wie ein Model, definiert und voller harter Muskeln. Seine breiten Schultern verjüngten sich zu seiner schmalen Taille hin, ein Büschel schwarzer Haare sprießte zwischen seinen braunen Brustwarzen und formte eine dünne Bahn, die unter seinem Hosenbund verschwand. Er hatte nicht sechs Six-Pack-Muskeln, sondern acht. Er brauchte keinen Panzeranzug, um hart wie ein Fels zu sein. Und weiter unten, Himmel, weiter unten stand sein Schwanz unter dem Stoff seiner Hose wie ein Hammer hervor. Mein Körper sehnte sich danach, ihn zu berühren, seine weiche Haut zu fühlen, ihre Wärme, seiner Brusthaare zu kraulen. Den Umfang seines Schwanzes. Seinen *Geschmack*.

"Ich glaube nicht, dass du mir helfen

kannst, Sarah. Wenn das Paarungsfieber vollständig einsetzt—und soweit ist es noch nicht—kann es nur durch Ficken gelindert werden. Nicht einmal, nicht zweimal. Wieder und wieder, bis meine Energiereserven verbraucht wurden und die Bedürftigkeit vorüber ist."

Ich hatte keine Ahnung warum mich die Vorstellung, Dax könnte die Beherrschung verlieren, so verzückte. Ich hätte mich fürchten sollen, schließlich warnte er mich, aber das tat ich nicht. Nicht nachdem, wie er sich mir zuvor präsentiert hatte. Er mir den Arsch versohlt und anschließend hatte er mich zum Höhepunkt gebracht. Er war zwar dominant, aber nicht gewalttätig. Es war … ein berauschendes Gefühl gewesen, als ich ihm schließlich die Kontrolle überließ, als ich endlich verstanden hatte, dass ich mich für ihn nicht länger stark machen musste.

Nachdem er also alles daran gesetzt hatte, für mich stark zu bleiben, war ich jetzt an der Reihe, ihm das zu geben, was er brauchte. *Ich* war die Einzige, die das konnte.

"Also, willst du mich ordentlich nehmen?" fragte ich. Die bloße Vorstellung, wie er sich ohne jedes Zögern über mich hermachte, ließ meine Muschi vor Nässe triefen.

Seine Augen klebten an meinem Körper. Mein Top war eng, meine Brüste waren deutlich zu sehen als ich auf ihn zu krabbelte, meine Nippel waren bereits steif.

"Ja." Seine Augen verengten sich und die Pupillen waren verschwunden, sie ließen nichts als Schwärze übrig.

"Willst du es heftig?" Ich kroch näher an ihn heran. Vielleicht *passten* wir perfekt zusammen. Ich konnte mir nichts Schärferes vorstellen, als wenn Dax durchdrehen würde und das bedeutete, ich wollte es auf diese Art.

"Ja." Seine Hände glitten über den Fußboden als versuchte er, nach irgendetwas zu greifen, irgendetwas außer mir.

"Du brauchst mich, damit ich dich beruhige?" Ich selbst hatte einige Bedürfnisse. Ich *brauchte* es ein oder zwei Mal.

"*Ja.*"

Ich fühlte mich mächtig und begehrenswert und meine Muschi nässte vor wiederkehrendem Verlangen. Die Art wie er mich mit den Fingern gefickt hatte, wie ich allein dadurch gekommen war, machte mich begierig auf mehr. Jetzt, jetzt wollte ich es genauso sehr, wie er es wollte. Ich hätte mich abwenden sollen. Ich hätte *davonlaufen* sollen, denn ich kannte diesen Mann überhaupt nicht. Ich stand davor, Sex mit einem Fremden zu haben, einem übergroßen Alien mit Paarungsfieber, der nichts anderes als ficken, ficken und *ficken* im Sinn hatte.

Verdammt, jede Frau von der Erde würde über Leichen gehen, um an meiner Stelle zu sein. Ich konnte diese

Gelegenheit nicht verstreichen lassen. Meine Muschiwände zogen sich zusammen, sie wollten von seinem enormen Schwanz gefüllt werden. Ich blickte auf sein Zelt herunter und sah, wie sein Lusttropfen heraus gesickert war und den Stoff seiner Hose an der Spitze durchnässte. Ich konnte deutlich den Umriss seiner dicken Eichel erkennen und den Ansatz der dicken Vene, die an seinem Schaft entlanglief.

"Sarah, du musst mich nehmen. Ich könnte dir weh tun, wenn du unter mir liegst."

Meine Augen verengten sich vor Lust. Ich hockte auf allen vieren vor ihm. "Soll ich dich reiten?"

Er antwortete nicht, sondern zerrte am Kordelzug seiner Hose und zog sie über seinen Schwanz. Er sprang frei und ich konnte nicht anders als fluchen als ich ihn sah.

"Heilige Scheiße."

Es war der größte Schwanz, den ich je gesehen hatte. Er war einem

Pornostar ebenbürtig. Die Uniformhose hatte ihn mit Sicherheit gut versteckt. Er war dick und sehr hart, seine Haut war gespannt und dunkelrosa, er war prall mit Blut gefüllt. Eine klare Flüssigkeit sammelte sich an dem kleinen Schlitz auf der Spitze. Dax umfasste seinen Schaft und begann, ihn zu streicheln.

"Du brauchst meinen Schwanz nur anzuschauen und schon muss ich kommen."

Ich schaute zu, wie er ihn mit seiner Hand pumpte und ich schwöre, er wurde sogar noch größer.

"Ich bin mir nicht sicher …, ob er reinpasst."

Er schenkte mir ein gequältes Lächeln. "Zieh dein Shirt aus, Sarah."

Ich zog die Augenbraue hoch, dann grinste ich. "Du willst, dass ich dich ficke, bist aber trotzdem fürchterlich herrisch."

"In etwa drei Sekunden werde ich es dir vom Leib reißen. Mir ist aber eingefallen, dass du noch etwas zum Anziehen brauchst, wenn ich mit dir fertig bin."

Er hatte ein gutes Argument und danach zu urteilen, wie seine freie Hand zu einer Faust geballt war bezweifelte ich nicht, dass er meinen Ausschnitt ergattern und mein Oberteil zerreißen würde.

Ich setzte mich auf die Fersen, zog es über meinen Kopf und ließ mein Haar offen über meinen Rücken fallen.

Ich wechselte die Position, damit ich mich meiner Shorts entledigen konnte. Dax stöhnte, als ich sie auf mein Oberteil fallen ließ.

Nur mit meinem Slip bekleidet kniete ich vor ihm. Ich wusste nicht, ob die Frauen auf Atlan Slips anhatten oder nicht, aber da ich von der Erde kam, waren sie als Teil meiner Uniform zugelassen. Sie waren einfarbig und weiß und kein bisschen verführerisch oder sexy, aber nach der Art wie Dax mich ansah, schienen sie aus feinster Spitze und Satin gemacht zu sein.

Meine Nippel wurden steif unter seinem Blick.

"Fass dich an. Zeig mir, was du gerne hast," knurrt er, sein Blick war auf meine Brüste fixiert.

Ich legte eine Hand auf meinen Bauch und er senkte den Blick. Ich bewegte sie aufwärts, auf eine Brust, dann auf die andere. Zwar war es erregend, wenn sein Blick meiner Hand folgte, aber ich wollte *seine* Berührung spüren.

Langsam schüttelte er den Kopf. "Nicht dort. Weiter unten."

Mein Kitzler pulsierte vor lauter Zustimmung.

Meine Hand wanderte nach unten und dann in meinen Slip, meine Finger strichen über meinen Kitzler. Er war geschwollen, so sehr geschwollen, dass mir beim bloßen Darüberstreichen der Mund offen stand. Ich schloss die Augen.

"Sieh mich an, Sarah." Seine Stimme war ein dunkles Knurren.

Ich schaute ihn an, sah seine ungebändigte Triebhaftigkeit, die Hitze, das Verlangen.

"Bist du feucht?"

Ich biss auf meine Lippe und nickte. Die glitschige Substanz bedeckte nicht nur meine inneren Lippen, sondern auch meine Fingerspitzen.

"Zeig es mir. Zeig mir, dass du für meinen Schwanz bereit bist. Dass du ihn willst."

Ich hielt meine Hand hoch und er konnte die Feuchte an meinen Fingern sehen. Daraufhin knurrte er, seine Hemmung ließ nach und er packte mich am Handgelenk, um mich an sich heranzuziehen. Ich legte eine Hand auf seine Schulter, um das Gleichgewicht zu halten und spreizte meine Knie.

Er nahm meine Finger in den Mund leckte meine klebrigen Säfte ab. Das war die erotischste Geste … aller Zeiten.

"Dax," ich stöhnte seinen Namen hervor, als das Saugen an meinen Fingern die Frage aufkommen ließ, wie dieser Mund sich wohl auf meiner Muschi anfühlen musste.

"Du schmeckst gut," knurrte er. "Jetzt, Sarah. Ich brauche es jetzt. Dass du es auch willst, macht es schwerer, mich unter Kontrolle zu behalten. Wenn die Bestie einmal loslegt, wird sie nicht mehr aufhören wollen."

Er ließ meine Hand los und ich legte sie auf seine andere Schulter. Obwohl er offensichtlich dem Fieber erlegen war, wartete er, bis ich bereit für ihn war, bis meine Muschi feucht genug war, um seinen riesigen Schwanz willkommen zu heißen. Selbst jetzt, als das Fieber ihn unter Kontrolle hatte, stellte er sicher, dass er mir nicht weh tat.

Als er seine Beine ausbreitete, saß ich plötzlich in der Grätsche auf ihm drauf. Er legte seine Hände an meine Hüften, umklammerte mit den Fingern meinen Slip und riss ihn mir vom Leib. Ich war vollkommen enthüllt, vollkommen nackt.

Ich schob meine Knie nach vorne und positionierte mich genau über seinem Schwanz. Langsam und vorsichtig ließ ich mich herunter, bis seine stumpfe Eichel in meine Muschi eindrang.

Er fauchte und stöhnte. Seine Hände umklammerten fest meine Hüften. Bestimmt würde ich am nächsten Morgen einige Blutergüsse davontragen.

"Jetzt, Sarah. Zum Himmel nochmal. Jetzt."

Ich fasste zwischen meine Beine, spreizte meine feuchten Falten auseinander und senkte meinen Körper auf seiner dicken Eichel nach unten. Er war dermaßen groß, ich biss auf meine Lippe, als ich einen stechenden Schmerz spürte, während er mich dehnte und nach und nach ausfüllte. Ich war schon lange nicht mehr mit irgend jemandem zusammen gewesen und er war nicht gerade ein Durchschnittstyp.

Ich klammerte mich an seine Schultern. Er starrte nach vorne zwischen meine Beine und ich blickte nach unten, um selbst zu sehen, was er da beobachtete. Nach und nach war sein Schwanz dabei, ganz in mir zu verschwinden. Es war ein herrlich erotischer Anblick, als ich ihn immer tiefer nahm.

Ich atmete tief durch, entspannte mich und ließ die Schwerkraft ihr übriges tun. Er beugte die Knie, damit ich es bequemer hatte und mich anlehnen konnte. Ich hebelte mich gegen seine Oberschenkel, veränderte leicht meinen Winkel und in einem mühelosen Rutsch glitt er vollständig in mich hinein, mir blieb keine Zeit, mich anzupassen. Plötzlich war ich einfach nur voll. Zu voll.

Ich schrie auf, meine Stirn presste gegen seine Brust und ich versuchte Luft zu holen, ich wandte mich in alle

Richtungen und wollte von ihm wegziehen. "Es ist zu viel. Du bist zu groß."

Er legte tröstend die Hände auf meinem Rücken und hielt mich ruhig. "Nimm dir Zeit, dich an mich zu gewöhnen. Du bist perfekt für mich. Du wirst sehen. Allein in dir zu stecken hilft mir bereits. Ich werde dir nicht weh tun, versprochen. Ich bin groß und deine Muschi ist eng. Sie ist so feucht und begierig. Zieh dich zusammen. Ja, genau so."

Als er weiter auf mich einredete, entspannte ich mich und gewöhnte ich mich an die riesenhafte Empfindung. *Nie* zuvor hatte ich einen derartig enormen Schwanz in mir gehabt. Sobald ich anfing mich zu bewegen, würde es mit allen anderen Schwänzen vorbei sein, daran bestand kein Zweifel.

Mit einem Mal wollte ich mich aufrichten und auf ihm reiten. Weiter regungslos zu bleiben war eine reine Qual. Ich schob mich zurück und stieß mich nach unten und brachte Dax zum Stöhnen.

"Nochmal."

Ich tat es nochmal. Und nochmal.

"Hör nicht auf damit."

Das musste er mir nicht extra sagen, denn ich hatte nicht die Absicht aufzuhören. Ich fing an ihn konsequent zu reiten, ich hob mich hoch und stieß beherzt wieder runter; bei jedem Stoß wurde mein Kitzler stimuliert. Hemmungslos warf ich den Kopf zurück, denn er würde mich nicht aufhören lassen, er würde mich auf ihm reiten lassen, bis ich kam, bis *er* gekommen war.

Meine Brüste hüpften und wackelten mit jeder Bewegung, aber das kümmerte mich herzlich wenig. Er konnte den weichen Speck an meinen Hüften mit seinen Fingern fühlen, aber auch das kümmerte mich nicht. Ich machte mir überhaupt keine Gedanken mehr.

Nie war ich dermaßen scharf und

toll auf jemanden gewesen. Normalerweise brauchte ich ein endloses Vorspiel, um Sex überhaupt in Erwägung zu ziehen. Mit Dax aber musste ich nur seine Stimme hören, seinen Schwanz anblicken und schon wurde ich feucht.

"Ich komme," ich schrie und ließ meine Hüften kreisen, ich wetzte mich an ihm.

"Gutes Mädchen. Komm für mich. Komm für deinen Partner."

Ich kam mit einem lauten Schrei und meine Fingerspitzen fingen vor lauter Lust an zu kribbeln, meine Zehen waren wie betäubt. Meine Oberschenkel bebten und auf meinem gesamten Körper brach Schweiß aus. Einen intimeren Moment gab es nicht und ich spürte, wie Daxs Hand mich fest hielt, ich spürte seine Wärme und Massivität unter mir.

Als mein Atem sich wieder beruhigte und ich die Augen aufmachte, steckte Dax weiterhin tief in mir drin, immer noch hart und dick. Er grinste mich an. "Du bist wunderschön, wenn du kommst."

Sein Kompliment ließ mich erröten.

"Mein Fieber wurde ein bisschen gelindert," keuchte er hervor. Ich konnte keinen Unterschied an ihm ausmachen. Seine Hände umklammerten weiterhin fest meine Hüften, die Sehnen in seinem Hals waren straff und sein Schwanz war ohne Zweifel noch genauso groß.

Ich runzelte die Stirn. "Aber … du bist nicht gekommen."

"Anscheinend hilft es schon, wenn ich in dir stecke. Dir zuzuschauen hat *definitiv* geholfen. Ich hatte das Fieber noch nie und lerne ebenso wie du. Hab keine Angst, ich hab' mich wieder unter Kontrolle."

"Ich will noch nicht aufhören." Ich konnte ihn weiter reiten, ihn ficken, bis er einen Orgasmus hatte. Ich konnte erneut kommen. Ich böses, böses Mädchen wollte erneut kommen… Ich wollte mehr. "Ich … ich will nicht, dass du dich wieder im Griff hast."

"Du hast ganze Arbeit geleistet und die Bestie in mir beruhigt." Seine Hände legten sich auf meine Brüste, seine Daumen fuhren über meine Nippel und ich drückte mich seinen Händen entgegen, als ein Elektroschock von meinen Brüsten direkt zu meinem Kitzler schoss. "Jetzt werde *ich dich* ficken. Aber vorher möchte ich dich kosten."

Bevor ich antworten konnte, hob er mich hoch, sodass sein Schwanz aus mir herausglitt. Auf dem harten Boden legte er sich flach auf den Rücken. Anstatt seine Lenden zu reiten, ritt ich auf seinem … Gesicht.

Ich blickte zwischen meinen Beinen hindurch zu ihm herab, ich sah das Leuchten in seinen Augen, das versaute Grinsen auf seinem Mund.

"Dax," sprach ich, vollkommen außer Atem.

"Ich habe den Geschmack von

deinen Fingern immer noch auf der Zunge. Dein Muschisaft lindert mein Fieber. Er ist wie Medizin. Ich brauche mehr."

Er hörte auf zu sprechen, fasste meine Hüfte und zog mich nach unten, sodass ich auf seinem Gesicht saß.

Ich verlor das Gleichgewicht und fiel nach vorne, meine Hände klatschten gegen die Wand. Ich sah zu, wie Daxs Zunge gegen meinen Kitzler schnippte, bevor er ihn in den Mund nahm und daran saugte. Ich hatte mich nicht geirrt; seine Zunge fühlte sich sehr viel *besser* an als meine Finger.

"Du kommst für mich und dann werde ich dich ficken."

Seine Stimme wurde fast von meinen Schenkeln erstickt. Er küsste mich dort, dann knabberte er an meinem Innenschenkel, bis ich keuchte. Er war bestimmend und ich störte mich überhaupt nicht daran. Anscheinend konnte ich über mein Autoritätsproblem leichter hinwegsehen, wenn ein Mann seinen Mund auf meine Muschi legte und mir befahl, zu kommen.

"Okay," antwortete ich, denn welche Frau würde einen weiteren Orgasmus ablehnen?

Ich überließ mich schließlich ihm, denn meine einzige Alternative wäre es, von ihm runter zu steigen und soweit würde es *nicht* kommen. Er war ein talentierter Liebhaber und schwang seine Zunge wie ein Meister. Mein Kitzler war bereits äußerst empfindlich und schnell brachte er mich mit seinem sanften Zungenschnippen und dem festen Sog seiner Mundhöhle an meine Grenze, und zwar immer wieder. Ich war vollkommen schlapp und keuchte, ich war verschwitzt und übersättigt.

"Deinen Schwanz. Ich brauche deinen Schwanz," verlangte ich.

Er hob mich mühelos hoch und trug mich aufs Bett, als wäre ich eine Puppe. Er rollte mich auf den Bauch und beugte meine Knie. Mein Gesicht ruhte auf dem kühlen Bettlaken und mein Hintern ragte in die Höhe.

Ich spürte einen sanften Druck, als sein Schwanz an meine Muschi presste. Er ließ ihn an meinem glitschigen, geschwollenen Fleisch entlang gleiten.

"Das hier willst du?"

Ich krallte mich an den Bettlaken fest und blickte über meine Schulter. Er hatte seine Hose ausgezogen und ich sah seine Beine. Seine große Statur war mit reiner Muskelmasse bepackt. Er hatte schlanke Hüften, die sich zu einer schmalen Taille verjüngten und einen soliden, breiten Brustkorb. Er sah aus wie Michelangelos David, wäre der ein Alien gewesen.

Ich drückte mich seinem Schwanz entgegen, ich wollte ihn in mir haben und nicht länger warten. "Ja."

Seine dicke Eichel presste gegen alle meine empfindlichen Stellen, sogar meinen Hintereingang erkundete er und dort hatte ich noch nie einen Schwanz empfangen. "Hier, Sarah.

Wenn ich wieder normal bin, dann werde ich dich hier nehmen. Die Bestie wird sich deine Muschi nehmen. Sie wird nur daran denken, dich zu begatten, dich für immer binden." Mit dem Daumen strich er über meinen Hintereingang, während er mich mit seinen erotischen Fantasien neckte. "Ich aber werde alles an dir erkunden, Liebes. Jeden Millimeter deines Körpers werde ich kosten, erobern und ficken." Mit einem festen, harten Stoß drang er in meine nasse Hitze ein und ich zog mich um ihn herum zusammen. Er fühlte sich in meiner Muschi riesengroß an. Ich konnte mir nicht vorstellen, wie er mich an einer derartig intimen Stelle nehmen würde.

"Ich habe nie … ich habe nicht—" gab ich zu.

"Ich will dich überall." Er beugte sich über meinen Rücken, bis sein Mund hinter meinem Ohr ruhte, sein Körper bedeckte mich, während sein Schwanz ein und aus pumpte. "Du gehörst mir."

"Ja."

Er ließ von mir ab und ging zur Wand herüber. Ich legte meine Wange auf das kühle Bettlaken und versuchte die gähnende Leere in meiner Muschi zu ignorieren, ich wollte nicht daran denken, wie sehr ich ihn mir zurückwünschte, in meinen Körper, wo er hingehörte, damit ich kommen konnte.

Der Anblick hatte aber auch positive Seiten. Ich bewunderte ihn, beobachtete, wie die Muskeln in seinem perfekten Po sich anspannten, als er sich bewegte.

"Was machst du da?" fragte ich. Wollte er nicht mehr? War er fertig mit mir?

"Ich habe nicht daran gedacht, dass du nicht von meinem Planeten kommst und auf einen Atlanischen Liebhaber nicht vorbereitet wurdest."

Ich runzelte die Stirn.

"Die Frauen auf Atlan werden von ihrem achtzehnten Geburtstag an in den erotischen Künsten unterwiesen, damit sie mit dem Paarungsfieber umgehen können. Sie werden in der Kunst des Fickens unterrichtet."

"Du meinst—"

Er betätigte ein paar Knöpfe an der Wand und kam mit einer kleinen Schachtel zurück. Er legte die Schachtel neben mir aufs Bett und öffnete den Deckel.

Ich machte große Augen, als er mir den Analplug zeigte. Ich hatte mir da hinten zwar nie irgendetwas reingeschoben, aber das bedeutete nicht, dass ich nicht wusste, wozu sie verwendet wurden.

"Alle Sexvarianten, Sarah. Muschi, Mund und Arsch. Hast du schon mal einen Schwanz gelutscht?"

Er kramte eine Tube mit so etwas wie Gleitmittel hervor.

"Ja," antwortete ich, aber nicht mit einem derartig enormen Schwanz. Ich konnte ihn definitiv nicht komplett nehmen. Das wäre selbst für einen Pornostar zu viel.

"Und dein Arsch? Hast du einen jungfräulichen Arsch, Sarah?"

Er gab einen dicken Klacks von dem durchsichtigen Gleitmittel auf den Analplug. Er war nicht so groß wie sein Schwanz, aber ich bezweifelte, dass er in meinen Po passen würde. Ich stütze mich auf meine Ellbogen.

"Leg dich bitte wieder hin. Es ist an der Zeit dieses entzückende kleine Loch vorzubereiten. Du hast mich besänftigt, vorübergehend, aber ich möchte dir niemals weh tun. Ich möchte dir nichts als Vergnügen bereiten." Mit einer Hand zog er eine Arschbacke von der anderen weg, er spreizte meinen Arsch weit auseinander. "So wie du auf mich reagierst, bezweifle ich nicht, dass du es lieben wirst, meinen Schwanz tief in deinen Arsch zu nehmen."

Ich errötete, denn er konnte alles von mir sehen. "Sagt der Mann, der *keinen* Plug in den Arsch geschoben bekommt," murrte ich.

Ich konnte hören, wie er daraufhin lachte, aber er ließ nicht locker. Ich spürte das glitschige, harte Ende des Plugs an meinem Hintereingang.

"Nein, das sagt der Mann, der den Arsch seiner Liebsten auf seinen Schwanz vorbereitet. Und wenn sie ein braves Mädchen ist, wird er sie ausgiebig und heftig durchficken. Sarah, wie oft kannst du in einer Nacht kommen?"

Ich zuckte als er anfing den Plug in mich hineinzuschieben. Es tat nicht wirklich weh, fühlte sich aber sehr, sehr seltsam an.

"Oh, ähm, normalerweise ein oder zwei Mal wenn ich mich selber anfasse."

Er führte den Plug immer weiter in mich ein, öffnete mich mehr und mehr.

"Dax!" ich schrie, aber dann rutschte er an die richtige Stelle und mein Arsch verkrampfte sich um das schmalere Stück herum. Ich spürte, wie der weitere Ansatz von außen gegen mein Poloch drückte.

"Wunderschön." Mit einem Finger glitt er über meine Schamlippen. "So nass. Es gefällt dir. Ich bin so froh, dass du nachgegeben hast, dass dein Körper annimmt, was ich dir gebe."

"Dann fick mich endlich, wenn du das Sagen hast."

Er klopfte gegen das Endstück und der Plug erwachte zum Leben. Heilige Scheiße, der Plug vibrierte. Nervenenden, von den ich nichts geahnt hatte, erwachten plötzlich und ich krümmte mich auf dem Bett.

"Siehst du? Solche Vorzüge genießen die Atlanerinnen. Es gibt viele davon und ich freue mich darauf, dir jeden Einzelnen zu zeigen."

Oh ja, dieser Vorzug gefiel mir definitiv.

Ich begann, mich auf dem Bett hin und her zu wenden, die einst zarten Bettlaken reizten jetzt meine empfindlichen Nippel. Mein Kitzler wurde dick und ich rieb mich gegen die Matratze. Ich konnte die intensive Lust in meinem Po nicht kontrollieren. Heilige Scheiße, ich stand kurz davor zu kommen. "Dax!"

"Du hast mich gefickt, Sarah. Jetzt ist es mein Vergnügen, dich zu ficken. Du wirst es aushalten. Du wirst mich komplett nehmen, denn du wirst es lieben. Sag es."

Ich liebte seine überwältigende, dominante Art und trotzdem, er würde mich nicht ohne meine Zustimmung nehmen. Er hatte mir einen Plug in den Arsch gesteckt, aber er würde mich nicht ficken, bis ich einwilligte. Würde ich nein sagen, dann würde er von mir ablassen. Selbst mit seinem Paarungstrieb—wie er es bezeichnete—, seinem Bedürfnis, das Fieber zu besänftigen stellte er sicher, dass ich in der richtigen Stimmung war.

"Ich will es. Himmel, ich brauche es," außer Atem und verzweifelt stöhnte ich. "Du kannst mich nicht so hängen lassen!"

Behutsam glitt er in mich hinein, langsam, aber mit einem langen Stoß. Er stieß am Ende an und ich warf den Kopf zurück, sein Schwanz und der Plug fühlten sich zusammen unglaublich eng an. Als ich ihn bestiegen hatte, war ich bereits übervoll, aber dieser Winkel, diese Stellung fühlte sich so viel tiefer an. Der Plug saß eng und die Vibrationen machten alles wahnsinnig intensiver. Es war *so* verdammt gut.

Er begann sich zu bewegen, in seinem Rhythmus ein und auszugleiten, so, wie er es wollte. "Siehst du, Sarah, es gefällt dir, wenn ich die Führung übernehme. Ich kontrolliere deine Muschi. Ich kontrolliere deinen Arsch. Du wirst immer wieder für mich kommen. Mit zwei Orgasmen wird es nicht getan sein. Ich werde jedes Bisschen Lust aus deinem Körper herauspressen und du wirst es mir geben."

Bei dem Gedanken verkrampfte ich mich um seinen Schwanz herum und knirschte mit den Zähnen.

Seine feste Hand landete mit einem Hieb auf meinem Arsch. Das laute Klatschen erfüllte den Raum.

Ich kam mit einem Schrei. Die Vibrationen, sein tief sitzender Schwanz und der scharfe, glühende Schlag auf meinem Arsch stießen mich zusammen über den Abgrund. Ich quetschte seinen Schwanz zusammen und wollte ihn begierig tiefer in mich hineinziehen.

Er lehnte sich über mich, seine Brust schmiegte sich an meinen Rücken und er legte eine Hand an meinen Kopf. "Ich kann tun, was ich will und du *unterwirfst* dich. Warum?"

Seine Hüften hämmerten weiter in mich hinein und er führte seinen verbalen Porno fort. Fast musste ich allein von seinen Worten kommen.

"Weil du willst, dass ich dich nehme. Du brauchst meine Kontrolle. Du musst dich unterwerfen, genau wie ich dominieren muss. Du hast keine Ahnung, was ich als Nächstes tun werde, aber trotzdem willst du es. Wir sind perfekt füreinander."

"Ja!" ich schrie, als er mit der Hand um mich herum griff, zwei Finger an meinen Kitzler legte und zukniff.

Seine Hüften verloren ihren bedächtigen Rhythmus und er fing an mich heftig durchzuficken. Harte, derbe, kurze Stöße. Ich atmete schwer. Wieder kam ich und meine Muschi pulsierte um seinen Schwanz herum. Einmal, zweimal, er füllte mich, dann biss er in meine Schulter und musste selber kommen. Er unterdrückte sein Stöhnen und füllte mich mit seinem heißen Samen. Das kleine Bisschen Schmerz brachte mir einen weiteren starken Orgasmus ein. Ich fiel aufs Bett, während Dax sich aus mir herauszog und sich neben mir niederlegte. Das

Bett federte und ich rollte mich in seine Arme. Ich spürte einen leichten Druck am Analplug und die Vibrationen erloschen.

Ich war vollkommen dominiert, gut gefickt und erfüllt worden und stöhnte zufrieden. Wir waren verschwitzt und klebrig, sein Samen tropfte von mir herunter. Meine Frisur war ein wildes Durcheinander, ich war vollkommen verbraucht und mein Körper war überempfindlich.

"Ist dein Fieber damit zu Ende?" fragte ich ihn schläfrig.

"Hmm," sagte er. "Nein. Aber ich habe mich wieder unter Kontrolle. Für den Moment. Die Bestie wird zurückkommen, bis sie zum Zuge kommt und dich ficken darf."

"Was soll das heißen, Dax?"

Er seufzte und drehte sich auf die Seite, damit er mich streicheln konnte, seine riesige Hand wanderte von meinem Bein zu meiner Schulter und wieder zurück und verweilte auf den weichen, empfindlichen Stellen dazwischen. "Hast du je eine Atlanische Bestie in Rage gesehen?"

"Nein." Seine Berührungen entspannten mich, ich war unbeschreiblich glücklich, als seine warme Hand mich liebkoste. "Auf dem Frachter habe ich vielleicht etwas mitbekommen, aber ich war mir nicht sicher."

"Ja." Er zwickte meine Brustwarze und als ich die Augen aufmachte beobachtete er mich. "Was hast du gesehen?"

Es war nicht leicht mit ihm zu sprechen, während er meinen steinharten Nippel zwischen seinen Fingern hin und her rollte, er an mir zupfte und spielte, aber ich war zu gesättigt und versuchte es. "Du sahst größer aus, als wärst du gewachsen. Dein Gesicht war auch gemeiner, so wie bei einem Prillon-Krieger, irgendwie kantiger."

Seine Hand glitt von meinem Nippel

zu meinen immer noch feuchten Falten. Als ich meine Beine zusammenpresste, beugte er sich vor und biss mich in die Schulter. "Mach auf. Sofort. Ich möchte meinen Samen in deiner Muschi spüren. Ich will dich anfassen."

Ach du meine Güte! Das Geknurre ging wieder los. Wenn sich das nicht nach Neandertaler anhörte. Er wollte mich mit seinem Samen beschmieren? Er wollte seine Essenz spüren, dort, wo er vor ein paar Momenten gekommen war? Meinetwegen. Es war nicht so, als hätte er nicht bereits jeden Zentimeter von mir gesehen, berührt und gefickt. Und der Plug steckte immer noch in meinem Arsch.

Ich spreizte meine Beine weit auseinander und seine Finger drangen tief in mich ein, die feuchte Hitze unserer vermischten Säfte entlockte ihm ein beherztes Knurren, als er mich mit zwei Fingern füllte und dann seinen Samen auf meine Schamlippen und Innenschenkel schmierte.

"Wenn ein Atlane zur Bestie wird, dann können seine Muskeln um die Hälfte größer werden. Seine Zähne verlängern sich, sein Zahnfleisch zieht sich zurück und sein Verstand wird von kriegerischer Lust umnebelt. Außer bei der Paarung tritt die Umnachtung auch dann auf, wenn er in Gefahr ist, auf dem Schlachtfeld oder wenn er seine Partnerin verteidigt."

Gemächlich rubbelte er mit dem Daumen an meinem Kitzler, meine Hüften zuckten unkontrolliert. "Meinetwegen bist du zur Bestie geworden?"

"Ja."

Ich starrte an die Decke und versuchte, mein neues Dasein zu verstehen, während er an mir herumspielte und mich langsam wieder zum Leben erweckte, bis ich mich erneut nach seinem Schwanz sehnte. Himmel, seine Bestie würde mich ficken? Dieses riesige, massive Ungetüm, das den Hive-Soldaten ohne mit der Wimper zu zucken die Köpfe abriss? Was sollte das überhaupt heißen, von einer Bestie gefickt zu werden? Würde Dax wirklich die Kontrolle verlieren? Den Verstand verlieren? Wie groß würde er werden? Und warum musste ich bei der Vorstellung meine Beine zusammenpressen, um gegen die steigende Hitze in meinem Körper anzukämpfen? Meine versaute kleine Muschi wollte den Schwanz der Bestie in sich spüren, wollte, dass mein neuer Liebhaber ein bisschen durchdrehte.

"Mein Paarungsinstinkt ist definitiv erwacht."

Ich schämte mich für meine Gedanken und hielt die Augen geschlossen, während ich weiter nachhakte: "Was für ein Instinkt?"

"Wenn ich sehe, wie mein Samen aus deiner geschwollenen und zufriedenen Muschi herausläuft, fühle ich mich wie ein Sieger, als hätte ich eine Schlacht gewonnen. Ich betrachte den Plug in deinem Arsch, wie er dich auf mich vorbereitet. Deine Augen sind glasig, dein Körper ist ausgelaugt und ich möchte mir auf die Brust trommeln und brüllen, weil ich weiß, dass ich dich vollkommen befriedigt habe, dass mein Schwanz dich dermaßen gefüllt hat und du meine Inanspruchnahme noch am nächsten Morgen spüren wirst."

"Wunderbar, das männliche Ego ist überall gleich," entgegnete ich; ich war aber zu sehr verwöhnt worden, um mich daran zu stören. "Auf der Erde würde man dich als Höhlenmensch bezeichnen."

Er knurrte und ich riss die Augen auf, er nagelte mich fest und sein harter Schwanz drang mit einem langsamen, mühelosen Stoß in meine immer noch triefende Muschi ein. Er hielt meine Arme über meinen Kopf aufs Bett genagelt und fickte mich gemächlich, das leichte Brennen wandelte sich in heiße Begierde, als ich die Beine um seine Hüften schlang und leise wimmerte. Sein Blick war stechend und intensiv. Er beobachtete jedes Zucken meiner Wimpern, jeden Atemzug während er mich durchnahm, eroberte, fickte. Er schaute mir tief in die Augen, stieß beherzt zu und sagte: "Und, habt ihr auf der Erde auch Höhlenmenschen, werte Sarah?"

Ich wollte ihn necken, überlegte es mir aber umgehend anders, als er herauszog und tief und heftig in mich hineinstieß, die Wucht seines Hüftstoßes schob mich auf dem Bett entlang.

"Nein. Du bist der einzige Höhlenmensch, den ich kenne."

Er knurrte und seine Worte waren kaum zu verstehen. "Du gehörst mir."

*Wumms.*

"Mir."

*Wumms.*

Er fickte mich bis ich verzweifelt kommen wollte, bis tatsächlich das Wort *bitte* über meine Lippen kam.

Vollkommen regungslos verweilte sein Schwanz tief in meinem Inneren und er wartete, bis ich ihm in die Augen sah. "Sag meinen Namen, Sarah."

"Dax."

Ein heftiger Hüftstoß war meine Belohnung und ich musste keuchen. Er stoppte, langte mit der Hand zwischen uns nach unten und schaltete den Vibrator in meinem Arsch wieder an.

"Mein Name?"

Oh Gott. Dieses Spielchen würden wir spielen?

Ich wollte meine Hüfte anheben, aber mit seinem Gewicht nagelte er mich einfach aufs Bett. Meine Arme waren über meinem Kopf fixiert, meine Brüste ragten empor, ganz zu seinem Vergnügen. Ich hatte keine andere Wahl.

"Mein Name?"

"Dax."

Daraufhin machte er weiter. Meine Belohnung. Sein enormer Schwanz dehnte mich und rutschte tief an den Wänden meiner Muschi entlang, er traf diese eine, besondere Stelle, die mich um den Verstand brachte. Er musste mich nicht erneut auffordern.

"Dax. Dax. Dax."

"Gutes Mädchen." Lächelnd gab er mir, was ich haben wollte. Bevor er mit mir fertig war, erfüllte sein Name den Raum wie ein Mantra.

# 8

ax

"Die Koordinaten von Captain Mills Aufenthaltsort sind einprogrammiert worden." Einer der Mitarbeiter der Transportstation wischte über sein Tablet, dann blickte er zu mir. Er blickte zu mir *herauf*, denn er war nicht besonders groß.

Ich brauchte einen Moment um mir klar zu werden, dass er damit nicht Sarah meinte, sondern ihren Bruder

Seth. Sarah war nicht länger Mitglied der Koalitionsflotte, sondern gehörte jetzt zu mir. Ich musste nur noch ihren Bruder finden und sie beide lebend zurückbringen.

Kommandant Karter hatte sich als halbwegs anständig erwiesen und uns erlaubt, unsere Panzeruniformen zu tragen. Er hatte uns sogar mit Ionenpistolen versorgt.

"Sie können es sich schließlich nicht anders überlegen und zu uns zurückkehren, wenn Sie tot sind," hatte er zu Sarah gesagt. Das war wohl das höchste an Gefühlen, was es mit ihm geben würde, aber ich war dankbar, dass sie gegen was immer uns auch bevorstand gut gerüstet war. Ich hatte die Bestie in mir, um mir zu helfen. Sollte sich ein Krieger der Hive Sarah nähern, dann würde ich sicherlich ausrasten und ihn mit bloßen Händen töten. Ich hatte für alle Fälle auch eine Waffe, aber ich bezweifelte, dass ich von ihr Gebrauch machen würde.

Sie hatte wieder ihren Panzeranzug angelegt, der konnte ihre Kurven aber nicht verbergen, zumindest nicht vor mir. Vielleicht fielen sie mir deutlicher ins Auge, weil ich genau wusste, wie ihre Brüste aussahen, wie sie sich anfühlten, wie ihre Nippel schmeckten. Ihre Hüften sahen runder aus, aber der Grund dafür war, dass ich erfahren hatte, wie weich sie in meinen Händen saßen, als sie auf meinem Schwanz gekommen war. Das offensichtliche Verlangen, mit dem ich Sarah beäugte wurde auch nicht durch das Paarungsfieber verursacht. Ich war einfach ein Mann, der eine üppige, begehrenswerte Frau anhimmelte.

"Herr Kriegsfürst, der letzte bekannte Aufenthaltsort von Captain Mills war auf einem Transportschiff der Hive. Die Ortungssignale einiger weiterer Koalitionskämpfer wurden von dort empfangen, was uns darauf schließen lässt, dass es sich um einen

Gefangenentransport auf dem Weg in ein Integrationszentrum handelt."

"Ich habe von den IC gehört," antwortete ich; was die Hive mit ihren Gefangenen dort anstellten, wollte ich nicht laut aussprechen: sie machte sie zu einem Teil ihres Kollektivs, implantierten ihren biologischen Körpern synthetische Technologie, die sowohl ihren Organismus als auch ihren Geist übernahm. Sie machten sie zu Sklaven. Sarahs Kiefer verkrampfte sich und ich sah, wie sie die Sorge um ihren Bruder wegzublinzeln versuchte. Dieser zaghafte Ausdruck ihrer Angst ließ alle Sehnsucht verfliegen.

"In welche Richtung bewegt sich das Schiff?" fragte Sarah.

Der Transportoffizier schaute zu Sarah, sein Blick verweilte auf ihren Brüsten, dann wanderte er zu mir. "Sie bewegen sich aus dem Sternensystem heraus, in den Sektor 438, Kriegsfürst."

Sarahs Blick verengte sich als Reaktion auf die unverhohlene Abfuhr.

Ich deutete auf meine Partnerin. "Sie hat Ihnen die Frage gestellt."

"Ja, aber *sie* ist nicht länger in der Koalitionsflotte."

Sarah stellte sich auf ihre Fußballen, ansonsten zeigte sie kein äußeres Anzeichen der Gereiztheit. Ich jedoch fühlte, wie sich in mir eine Wut aufbaute, die dem Paarungsfieber sehr ähnlich war. Dieser … Helfer war bevormundend und respektlos gegenüber Sarah, meiner Partnerin.

"Das bin ich auch nicht länger," entgegnete ich.

"Wenn das Schiff in Richtung 438 unterwegs ist, dann fliegt es direkt ins Hive- Territorium. Einmal dort angekommen, ist es vorbei. Wir werden nicht viel Zeit haben, um sie zu retten." Sarah ignorierte den Chauvinisten hinter der Transportsteuerung und sprach nur zu mir.

Dem Transporthelfer klappte die Kinnlade herunter, dann schloss er seinen Mund mit einem hörbaren Klick, als er Sarahs Einschätzung hörte.

"Transportoffizier ... Rogan." Sie blickte auf das Namensschild an seiner Uniform. "Ändern Sie bitte die Koordinaten von Captain Mills Aufenthaltsort auf zwei Decks tiefer, wenn Sie den Transport durchführen."

Der Transporthelfer runzelte die Stirn. "Zwei Decks tiefer?"

"Wahrscheinlich halten sie meinen Bruder und die anderen Gefangenen im Schiffsgefängnis fest und wir wollen uns nicht in eine Haftzelle hineintransportieren. Wir wollen uns auch nicht direkt vor den Augen der Hive hineintransportieren. Das Gefängnis befindet sich bei einer IC-Überführung auf Level Fünf. Zwei Stockwerke tiefer befindet sich der Vorratsraum, was ihnen bekannt sein würde, hätten sie je an einer Aufklärungsmission auf einem Hive-Frachter teilgenommen. Level Fünf ist automatisiert und normalerweise nicht mit Hive-Personal besetzt."

Sie zog ihre dunkle Augenbraue nach oben, sollte der Mann es wagen, an ihr zu zweifeln.

"Hat sie Recht?" fragte ich und mein Ton war derselbe, den ich anschlug, wenn ich eine Atlanische Brigade anführte.

Verbissen schaute er mich an. "Korrekt. Die Hive nutzen Roboter, um ihre Vorräte zu verwalten," antwortete er.

"Dann tun sie genau das, was der *ehemalige* Captain Mills ihnen angeordnet hat."

Ihr Plan war gut durchdacht. Ich war bereit, die Hive direkt nach der Ankunft zu bekämpfen, genau wie nach dem Transport zu Sarahs Aufenthaltskoordinaten. Weder der Transportoffizier, Kommandant Deek noch ich hatten uns Gedanken darüber gemacht, wo genau ich hineintransportieren würde, als sie mich zu meiner Partnerin schickten. Keiner von uns war auf die Idee gekommen, dass Sarah sich in diesem Moment mitten in einem Einsatz befinden könnte. Es war ein taktischer Fehler, denn ich hatte Sarahs Team in Gefahr gebracht und so mitverursacht, dass Seth Mills von den Hive gekidnappt wurde.

Hätte ich damals das berücksichtigt, was Sarah heute in Betracht zog, also nicht den exakten Standpunkt unserer Beute, sondern einen sicheren Ort für den Transport, dann würden wir uns heute höchstwahrscheinlich nicht auf diese waghalsige Rettungsmission begeben müssen.

Wir waren unter uns, aber trotzdem dachte sie wie ein wahrer Krieger und ich spürte etwas, das ich nicht erwartet hatte, wenn es um die Kampfkünste meiner Partnerin ging … Stolz.

"Ja, Kriegsfürst."

Der Transporthelfer wischte einmal,

zweimal mit dem Finger und ich blickte zu Sarah. "Bereit?"

Sie nickte, dann nahm sie meine Hand. Mir blieb keine Gelegenheit, ihre Geste zu berücksichtigen, denn im Handumdrehen befanden wir uns nicht länger auf dem Schlachtschiff, sondern in einem spärlich beleuchteten Raum voller harter Kisten. Das tiefe Brummen der Maschinenanlage war konstant, viel lauter und satter als die übliche Geräuschkulisse eines Schiffssystems. Sarah ging sofort in die Hocke. Einen kurzen Augenblick lang stellte ich mir vor, wie sei meine Hose öffnen und meinen Schwanz in ihren Mund nehmen würde. Wie geschickt sie sich beim Schwanzlutschen anstellen würde, musste ich erst noch herausfinden, aber ich konnte mir nur denken, dass sie genauso unersättlich und eifrig vorging wie beim Ficken. Die Vorstellung, wie ihre Zunge über meine ausgestellte Eichel schnippte bewirkte, dass ich meinen Schwanz in der Hose zurechtrücken musste. Ich musste den Gedanken an ihren süßen, saugenden Mund aus meinem Kopf verdrängen. Ich kauerte neben ihr und konzentrierte mich ganz auf unsere Mission.

"Wir wissen nicht, ob die Hive diese Ebene überwachen oder ob es Bewegungsmelder gibt, die Lebensformen anzeigen," sprach sie, ihre Stimme klang ruhig und fest.

*Sie* war äußerst konzentriert, hätte sie aber den Plug noch im Arsch stecken, dann bezweifelte ich, dass das der Fall sein würde. Himmel, der Anblick ihres engen Lochs, das sich um den Plug herum dehnte, machte mich—

"Bleib hier, ich werde das Deck erkunden," sprach sie und wollte losziehen.

*Konzentration!*

Meine Herangehensweise beim Kampf bestand aus Angriff und Eroberung. Eine Brigade Atlanischer Krieger war eine Triebkraft, der selbst die Hive nichts entgegenzusetzen hatten. Sarah aber kam nicht vom Planeten Atlan und ich musste mich fortlaufend daran erinnern, dass jetzt Geduld und Strategie gefragt waren und nicht reine Muskelkraft.

Ich packte ihre Schulter und hielt sie fest. "Wir gehen zusammen." Ich hielt mein Handgelenk hoch. "Denk daran, wir müssen zusammen bleiben."

"Was, wenn wir geschnappt werden?" entgegnete sie.

Ich biss meinen Kiefer zusammen. "Sie werden uns nicht schnappen."

"Ich werde die ersten Hive, die uns über den Weg laufen … ruhigstellen und wir werden ihnen die Waffen und Kommunikationsgeräte abnehmen."

"Und dann?" Ich musterte sie und war clever genug mir einzugestehen, dass das hier ihr Terrain war. Vor meiner Ankunft in diesem Sektor hatte ich nie einen Fuß auf ein so kleines Raumschiff gesetzt. Ich hatte nicht ein Jahrzehnt des Kampfes überstanden, indem ich das Wissen oder die Erfahrung meiner besten Krieger ignorierte.

"Die Aufzüge befinden sich auf allen Schiffen der Hive in der Mitte, aber es gibt auch Verbindungstunnel. Ich würde sagen, wir nehmen den Tunnel. Damit ist es wahrscheinlicher, dass wir sie überraschen werden."

"Einverstanden."

Sie nickte und begann, sich einen Weg um die Vorratskisten herum zu bahnen.

*Sarah*

SETH WAR AUF DIESEM GEFANGENENTRANSPORT, genau wie andere Männer auch. Männer, die das Schicksal, was sie erwartete, nicht verdient hatten. Mit etwas Glück würden wir sie alle rechtzeitig befreien. Hatten sie Seth bereits bearbeitet?

Würde er mit der silbrigen Haut und den silberfarbenen Augen eines seelenlosen Cyborgs daherkommen? Würde er Apparate an seinen Armen und Beinen haben? Hatten sie ihn kahlgeschoren? Ihm mikroskopisch kleine Implantate in die Muskeln injiziert, damit er schneller und stärker als jeder Mensch sein würde? Würde ich meinen Bruder wiedererkennen?

Egal, so lange mein Bruder am Leben war, kümmerte es mich nicht, wie er aussah.

Dax ging voran, er drängte mich zur Seite, als ich die Führung übernehmen wollte. Gewiss, er war ein Höhlenmensch, aber in diesem Augenblick gab es zwei Dinge, die mich davon abhielten, ihm eine zu verpassen: seine Fähigkeit, den Hive ohne mit der Wimper zu zucken den Kopf abzureißen und sein süßer Knackarsch. Sollten wir einem Hive über den Weg laufen, würde Dax ihn mit bloßen Händen erledigen, anstatt zu feuern. In der Zwischenzeit würde ich mich auf die Rettung meines Bruders konzentrieren und nicht auf Daxs Hinterteil. Ich wusste, wie er ihn anspannte, wenn er mich fickte. Scheiße, ich hatte ein Problem. Er war der einzige Mann in der gesamten Galaxie, der mich auf einer Mission aus dem Konzept bringen konnte.

Nicht einmal zwei Tage waren vergangen und ich hatte mich dermaßen verändert. Dass ich nicht länger in der Koalition kämpfte, war nicht der Auslöser. Dass ich mit einem Atlanischen Kriegsfürsten verpartnert wurde, war nicht das Problem. Nicht einmal die Gefangennahme meines Bruders war der Grund dafür. Es war die Einsicht, dass ich den Rest meines Lebens nicht alleine bewältigen musste. Ich lebte nicht länger nur für jemand anderes.

Ich war dem Militär beigetreten, weil ich gut darin war und ich war gut darin, weil ich mit drei älteren Brüdern aufgewachsen war, die mir keine andere Wahl gelassen hatten. Mein Vater hatte mir keine hübschen Anziehsachen oder ein Pony oder gar ein Kleid zum Abschlussball geschenkt. Ich hatte Paintballschlachten, Karateunterricht und Eishockeyspiele. Nie hatte ich irgendetwas davon für mich selber gewählt, ich hatte nur mitgemacht, weil ich die Jüngste war, aber auch weil ich ansonsten außen vorgeblieben wäre. Allein.

Dann vollführte mein Vater den größten Coup von allen. Eine Bitte an mich auf seinem Totenbett. Ich war der Koalition beigetreten, weil ich meinem Vater versprochen hatte, Seth ausfindig zu machen und auf ihn aufzupassen. Ich hatte mich so sehr darauf konzentriert, dass mir nicht bewusst geworden war, dass mein Vater mir mein gesamtes Leben genommen hatte. Er ließ mir keine andere Wahl. Nichts beruhte auf meinem Willen. Ich musste Seth finden. Das hatte ich und wir kämpften Seite an Seite, bis er gefangen wurde. Was würde kommen, nachdem ich ihn aus dem Gefängnis befreit und in Sicherheit transportiert hätte? Würde ich für immer an seiner Seite bleiben müssen? Ich würde den Wunsch meines Vaters erfüllen und Seth wieder in Sicherheit bringen. Ich war der Koalition beigetreten, hatte die Erde verlassen. Zum Teufel, ich hatte sogar eingewilligt, einen Atlanen als Partner zu nehmen um das Versprechen an meinen Vater einzulösen.

Gehörte irgendetwas mir? Welche Entscheidungen, die ich in meinem Leben getroffen hatte, gehörten wirklich mir? Erstaunlicherweise war es Dax, der mich spüren ließ, dass es jemanden gab, der mich um meiner selbst willen wollte. Jemand, der dasselbe wollte wie ich und der bereit war, etwas für *mich* zu tun. Das war so anders, es war neu für mich. Es war liebevoll.

Dieses riesige Muskelpaket von

einem Space-Alien wollte das Beste für mich. Nun, dazu gehörte, dass er sich wie ein Neandertaler aufführte—so wie jetzt gerade, als ich hinter ihm bleiben musste. Er hatte zugestimmt, mir bei Seths Rettung zu helfen, weil er wusste, dass es wichtig für mich war. Bevor er mich durchfickte stellte er immer sicher, dass ich in der richtigen Stimmung war, dass ich feucht und voller Verlangen für ihn war. Er hatte mir sogar diesen dämlichen Plug in den Arsch gesteckt, weil er wusste, dass ich darauf abfahren würde—obwohl ich mehr als skeptisch gewesen war. Die Stelle fühlte sich jetzt ein wenig wund an, im Grunde war meine gesamte Intimgegend gereizt. Derartig durchgefickt wurde ich ... nun, noch nie.

Er wollte mir nichts als Vergnügen bereiten, wenn das hier also vorbei sein würde, wenn Seth in Sicherheit sein würde, dann würde ich mir gründlich überlegen, wie ich Dax zufriedenstellen könnte. Nicht, weil man es mir aufgetragen hatte. Nicht, weil ich alles richtig machen musste, um von meinem Partner akzeptiert zu werden, sondern weil ich ihn wirklich glücklich machen *wollte*.

Laute Schritte rissen mich aus meinen Gedanken. Es war keine große Gruppe, wahrscheinlich nur die üblichen drei Hive-Soldaten. Als Dax hinter einer Kiste mit Material hervortrat und sie ausschalten wollte, hatte ich einen Anflug von Panik. Ich sorgte mich, dass ihm etwas zustoßen könnte, aber es war zu kurzweilig, um auch nur meine Herzfrequenz nach oben zu treiben. Es ächzte und stöhnte, ein Schuss war zu hören, Metall ging zu Boden und eine Kiste wurde umgeworfen, dann war es wieder ruhig. Dax keuchte angestrengt. "Geräumt."

Ich stand auf und in der Tat, da waren drei Hive-Soldaten. Zweien fehlte der Kopf und einer war erschossen worden. Dax hob eine ihrer

Waffen für mich hoch. Die Pistole war etwas anders aufgebaut als ein Koalitionsgewehr, nachdem ich sie aber ein paar Sekunden in Augenschein genommen hatte, konnte ich meines Erachtens gut mit der Waffe umgehen. In jeder Hand hielt ich jetzt eine Kanone.

Daxs Atmung wollte sich nicht mehr beruhigen und ich konnte seinen Pulsschlag an den angespannten Halsadern beobachten. "Sarah," raunte er.

Ich blickte ihn erschrocken an. "Was? Was ist los? Sie sind tot, ich bin sicher."

Er nickte, wenn auch ruckartig. "Es ist … Scheiße, es ist das Fieber. Die drei zu bekämpfen hat es zurückgebracht."

"Dann mach davon Gebrauch. Lass uns meinen Bruder und die anderen hier rausholen. Unterwegs kannst du so viele Köpfe abreißen, wie du willst."

"Es ist wirklich stark. Gütiger Gott, es kam so schnell." Er trat einen Schritt zurück und ich erkannte, dass er mich vor sich selbst in Sicherheit bringen wollte.

Ich schaute mich um, wir waren auf einem Gefängnistransporter der Hive und mussten Seth ausfindig machen, aber mir wurde klar, dass wir nicht weiter kommen würden, bis Dax sich wieder unter Kontrolle hatte. Ich musste ihn beruhigen. Irgendwie musste ich ihn wieder unter Kontrolle bekommen... ich musste mir etwas einfallen lassen, das nichts mit Ficken zu tun hatte. Dort wo wir uns gerade befanden, würde ich nicht in Stimmung kommen. Es war wieder ruhig, aber vielleicht nicht sehr lange.

"Ich weiß. Es ist zu gefährlich. Ich kann so nicht funktionieren, ich kann Freund und Feind nicht unterscheiden. Wenn dein Bruder dich anrührt, werde ich ihn umbringen."

Er hatte mich gewarnt, mir gesagt, dass das Fieber ihn überwältigen würde. Aber hier und jetzt? Eine schnelle heiße Nummer könnte ihn besänftigen, aber keinem von uns war jetzt danach. Drei oder vielleicht dreihundert Hive-Soldaten könnten uns angreifen, während er mich durchfickte und keiner von uns würde es mitbekommen. Oder sich überhaupt Gedanken darum machen.

Ich musste ihn freundlich stimmen, Ficken kam aber nicht infrage. Wir hatten auch keine Zeit, um weiter dumm herumzustehen. Ich musste mir schleunigst etwas einfallen lassen oder ich würde mich mit heruntergelassenen Hosen, gegen die Wand gepresst und mit einem Schwanz tief in meiner Muschi wiederfinden. Bei der Vorstellung wurde ich feucht. Verdammt, schon der Anblick seines Hinterns hatte mich feucht werden lassen.

Ich legte eine Waffe auf einer Kiste ab und ging zu ihm hinüber, um sein Gesicht zu streicheln. Mit einem

Fauchen atmete er aus und legte seine Arme um mich.

"Wir können nicht ficken," ich atmete schwer, als er seine Hände über meinen Körper wandern ließ. Ich wollte es so dringend, dass meine Muschi schmerzte.

"Nein," sagte er vollkommen außer Atem.

"Küss mich," sagte ich. "Fass mich an. Ich bin hier, bei dir. Alles wird gut."

Ich ging auf die Zehenspitzen, um ihn zu küssen. Dax widersetzte sich nicht und traf eifrig meine Lippen. Seine Zunge stieß umgehend in mich hinein und seine Hände wanderten über meinen Körper; über meine Hüften, Arsch und Brüste. Wegen seiner Berührungen war es leicht, sich dem Kuss hinzugeben, sein Geschmack war überwältigend. Rasch verlor ich den Boden unter den Füßen, aber ich musste einen kühlen Kopf bewahren. Ich musste ihn mit all dem aufgestauten Verlangen küssen, dass ich verspürte, seit wir aus dem Bett gestiegen waren. Aber ich musste auch diejenige sein, die wieder von ihm abließ. Was das Ficken anbelangte, so hatte Dax eindeutig das Sagen, aber in diesem Moment musste ich die Führung übernehmen.

Ich zog den Kopf zurück und wir ruhten Stirn an Stirn. Unser Atem vermischte sich und wir beide keuchten, als wären wir eben einen Marathon gerannt.

"Besser?" flüsterte ich.

"Ich liebe deinen Geschmack. Deine Lippen, deine Muschi," antwortete er. Seine Stimme klang rau.

"Deine Bestie muss sich wieder einkriegen, damit wir Seth von diesem Schiff bekommen können. Wenn wir wieder zurück in unserem Quartier sind, dann darfst du mich überall kosten."

Ich hoffte mein Versprechen—und es war ein Versprechen—war genug, um ihn zu besänftigen.

Dax gab ein tiefes Knurren von sich.

"Besser," flüsterte er, dann drückte er mich weg. "Sobald ich mit dir unter vier Augen und nicht auf einem feindlichen Schiff zusammen bin, werde ich dich ficken, bis du nicht mehr laufen kannst, du bist gewarnt worden."

"Notiert," sagte ich, meine Muschi zog sich bei seiner Ankündigung freudig zusammen.

"Lass uns deinen Bruder holen und von hier verschwinden."

Dax führte mich zum nächsten Tunnel und ich hätte es nicht besser sagen können.

# 9

ax

Sarahs Kuss konnte die Bestie besänftigen, die durch das Hive-Blut an meinen Händen zum Leben erwacht war. Das Paarungsfieber war so abrupt und gnadenlos über mich gekommen, ich konnte es nicht mehr stoppen oder bändigen. Ohne mit der Wimper zu zucken hatte ich die drei Hive-Krieger erledigt, als ich jedoch mit ihnen fertig war, erblickte ich Sarah und wusste, dass ich sie haben musste. Die Bestie in mir wollte sie mit einer Inbrunst, dass es schmerzte. Ich wollte sie über eine Vorratsbox werfen und sie durchficken, sie immer wieder mit meinem Samen füllen, die Bestie wollte Sarah wissen lassen, dass sie ihr gehörte. Nicht aber hier und jetzt. Nicht auf einem Gefängnistransporter der Hive.

Ich konnte sie jetzt nicht ficken. Sarah wusste, dass ich etwas brauchte und der Kuss hatte mir geholfen. Sie anzufassen und zu spüren, dass sie für mich da war, konnte das heftige Verlangen lindern. Wenn sie mich nicht besänftigt, mich nicht geküsst hätte, dann hätte ich die Bestie in mir nicht mehr aufhalten können.

Mein Atem beruhigte sich, mein Puls wurde langsamer. Ich konnte in Sarahs Nähe bleiben, ohne sie möglicherweise zu verletzen. Der rote Dunst des Verlangens verzog sich wieder aus meinem Geist. Ich leckte ihren Geschmack von meinen Lippen und war wieder unter Kontrolle. Es war nur vorübergehend, aber wir waren erst seit kurzem auf diesem verdammten Frachter. Wir würden uns nicht lange Zeit hier herumdrücken.

Als ich zur fünften Etage hinausging, wandte ich mich Sarah zu. Sie nickte und wir gingen hinein. Wir wechselten keine Worte, unsere Befehle mussten wir nicht länger aussprechen. Wir wussten genauestens, was wir zu tun hatten und vertrauten einander.

Drei Gruppen mit Hive-Soldaten befanden sich dort, sie wurden mühelos erledigt. Höchstwahrscheinlich wurden wir von den Sensoren erfasst, aber wir zogen schnell weiter. Sarah fand ein Steuerungspult und entriegelte die Türen der Haftzellen.

"Seth!" reif sie laut, während sie suchend den Mittelgang entlanglief.

Etwa ein dutzend Männer kam aus den Zellen heraus, darunter auch ihr Bruder. Die Männer sahen erschöpft aber unversehrt aus. Lebendig. An einem Stück.

"Sind das alle?" fragte ich. Einer der Männer blickte sich um, zählte einmal durch und nickte.

"Gibt es Verletzte, die nicht alleine laufen können?"

"Nein. Wir sind soweit," Sprach Seth und nickte. Gut.

"Sobald wir das IC erreicht hätten, wollten sie uns umgestalten. Aber bisher haben sie keinen von uns angerührt."

Ich war erleichtert, dass sie dem wahren Horror der Hive entronnen waren.

Seth fiel Sarah in die Arme und ich befahl den übrigen Männern sich die Waffen der Hive zu schnappen, damit sie für unsere Flucht gerüstet waren.

"Was zum Teufel machst du mit *dem da*?" fragte Seth, als er mich anfunkelte. Zum Glück war er noch unbewaffnet.

Sarah blickte zu Boden, dann

schaute sie zu mir. "Ich bin mit ihm verpartnert worden."

Seth entriss einem anderen Soldaten die Ionenpistole und stürmte auf mich zu. "Du hast sie zur Braut genommen? Soll das ein verdammter Scherz sein? Du bist mitten im Kampf aufgetaucht und deinetwegen haben mich die Hive geschnappt! Und jetzt—" er fuhr sich mit der Hand durchs Haar, es hatte denselben Farbton wie das seiner Schwester, "—und jetzt bringst du Sarah wieder in Gefahr, auf ein verfluchtes Gefängnisschiff der Hive? Bist du ein Dreckstück oder bist du einfach nur bekloppt?"

Der Lauf seiner Waffe stocherte gegen meine Brust und ich konnte es ihm nicht verübeln. Noch bevor ich *sie gehört mir* sagen konnte, wurde er vom Kampfschauplatz wegtransportiert. Er wusste nicht, dass sie meine Partnerin war, dass ich sie beansprucht hatte. Er wusste überhaupt nichts, außer, dass ich versehentlich ihre letzte Mission verkackt hatte.

"Seth, lass ihn in Ruhe. Dich zu holen war meine Entscheidung, nicht seine. Er ist mitgekommen, um mich zu beschützen."

Seth riss den Kopf herum und blickte auf seine Schwester hinab. "Soll das ein Scherz sein?"

"Wenn du dich so sehr um die Sicherheit deiner Schwester sorgst, dann lass uns darüber streiten, sobald wir zurück auf der Karter sind," sagte ich. "Dann leg dich aber gefälligst mit mir an und nicht mit Sarah. Du wirst meiner Partnerin nicht noch einmal frech kommen."

Er atmete tief durch und antwortete mit zusammengebissenen Zähnen. "Einverstanden."

Ich nickte einmal und wusste, dass wir eine Sache gemeinsam hatten: Sarahs Sicherheit kam für uns beide an erster Stelle. Ich aktivierte das Kommunikationsgerät an meiner

Uniform. "Schlachtschiff Karter. Bitte um Antwort."

Keine Antwort. Ich wiederholte die Anfrage. Die Männer warfen sich besorgte Blicke zu. Wäre ich von den Hive gekidnappt und befreit worden, dann wäre ich auch nervös, wenn nicht zu Tode verängstigt, bis ich mich wieder auf einem Koalitionsschiff und in Sicherheit befand.

"Hier spricht die Transporteinheit. Legen Sie los."

Daraufhin entspannten sich die Männer wieder, sie lächelten zaghaft, denn bald schon würden sie von hier verschwinden.

"Sie haben unsere Koordinaten, erfassen Sie die Signale der vierzehn Koalitionskämpfer. Bitte um Transport."

"Der Magnetfeldsturm von vorher hat seine Laufbahn geändert. Transport ist nicht möglich. Ich wiederhole, Transport ist nicht möglich."

"Für wie lange?" wollte ich wissen.

Die Männer schauten sich besorgt um, sie fürchteten die Hive, die jeden Moment auftauchen könnten. Das Schiff wimmelte nicht vor ihnen; es handelte sich um ein Gefängnisschiff und die feindlichen Kämpfer waren— bis jetzt—allesamt hinter Gittern. Eine große Anzahl an Hive-Soldaten wurde nicht gebraucht.

"Unbekannt. Bleiben Sie, wo Sie sind bis wir uns melden. Aus."

"Gibt es Alternativen?" rief Sarah, als die Verbindung abgebrochen war.

Die Männer überlegten und hatten einige Ideen, aber keine davon würde uns von diesem Schiff herunterbringen.

"Wir können es fliegen," schlug Seth vor.

"Fliegen? Dieses Schiff ist zu groß. Außerdem," fügte ich hinzu, "sollten wir auch nur in die Nähe eines Koalitionsschiffes kommen, würden sie uns abschießen."

Ein Soldat hatte einen vernünftigen Vorschlag.

"Jedes Hive-Schiff hat ein Flugzeugdeck mit funktionstüchtigen Geschwaderfliegern. Wir können einen von denen nehmen," fügte ein anderer hinzu.

"In einem feindlichen Flugobjekt würden wir immer noch in Stücke gerissen werden," wiederholte ich.

"Nicht wenn wir aus dem magnetischen Störfeld herausfliegen, die Karter kontaktieren und von dort heraustransportieren," schlug Seth vor.

Ich blickte zu Sarah, die aufmerksam zuhörte. "Ich kann keinen Hive-Fighter fliegen. Kann das irgendwer?"

Die Männer schüttelten die Köpfe, Seth aber blickte zu Sarah und machte eine Grimasse. "Sarah kann es."

Ich machte große Augen, denn ich hatte keine Ahnung, dass sie dazu imstande war. Sie konnte schießen, kämpfen, Strategien entwerfen, *fliegen*. Was konnte sie noch alles?

"Ich kann keines von diesen Dingern fliegen!"

Seth legte seine Arme um Sarahs Schultern. "Das ist genau wie die C-130."

Ich wusste nicht, was eine C-130 sein sollte, also nahm ich an, es war ein Flugzeugtyp auf der Erde.

"Das ist etwas vollkommen anderes," entgegnete Sarah. "Das ist ein Versorgungsflugzeug, mit Flügeln und Rudern."

"Du bist Pilotin?" fragte ich nach.

Seth grinste, in seine Schwester hatte er vollstes Vertrauen. "Sie kann alles fliegen. Du bist ihr Partner, solltest du das nicht wissen?"

Sarah haute ihm auf den Arm. "Hör auf. Er kennt mich seit weniger als zwei Tagen."

Seth funkelte mich düster an, redete aber mit einem seiner Männer. "Meers, wo ist das Flugzeugdeck?"

Der Rekrut—auf dem Ärmel seiner Uniform glänzte nur ein Streifen—

stand stramm und antwortete ihm, "Zweiter Stock, am hinteren Ende des Schiffs."

"Wir nehmen das Schiff. Falls du es nicht fliegen kannst, ist das immer noch besser, als mitten im Gefangenentrakt herumzustehen." Seth blickte zu den Männern, dann zu mir. "Kriegsfürst, sie sind der ranghöchste Offizier."

"Ich bin nicht länger Mitglied der Koalitionsflotte," antwortete ich.

"Sie haben dich rausgeschmissen, oder?"

"Seth, lass endlich Dax in Frieden. Wenn du jetzt nicht gleich die Klappe hältst, jetzt sofort, dann werde ich deinen Arsch hier zurücklassen. Hast du verstanden? Er gehört zu mir. Ich werde ihn behalten. Finde dich damit ab."

Sarah nahm mich in Schutz. Vor Seth. Alles, wirklich alles, was wir vom ersten Moment an unternommen hatten, drehte sich darum, ihren geliebten Seth zurückzuholen. Sie hatte die Verpartnerung nur akzeptiert, damit sie diese Mission durchführen konnte. Sobald wir aus diesem Gefängnisschiff entkommen waren, hätte ich meine Verpflichtung ihr gegenüber erfüllt. Ich war davon ausgegangen, dass sie mich fallen lassen würde, um ihrem Bruder während ihrer restlichen Dienstzeit die Hand zu halten. Stattdessen verteidigte sie *mich* vor *ihm*. Sie liebte ihren Bruder. Sorgte sie sich jetzt auch um mich? Sicher, der Gedanke blies mein Ego auf, aber in mir *spürte* ich etwas anderes als nur die Bestie, die Sarah für sich vereinnahmen wollte. Mein Herz, meine Seele schöpften Hoffnung. Nicht auf eine Sexgespielin, um das Paarungsfieber loszuwerden, sondern auf eine Partnerin, die bei mir blieb, weil wir wirklich zusammen sein wollten.

Seth sah aus, als würde er lieber ein paar Titanschrauben schlucken, bot aber seiner Schwester ein steifes Nicken an. "Dax, du hast die Erfahrung und Kenntnisse eines Kriegsfürsten. Wir könnten deinen Input gebrauchen."

Einen Moment lang musterte ich ihren Bruder. Die Fähigkeit, wenn nötig nachzugeben und einfach die Klappe zu halten, musste ich ihm anerkennen. "Ich möchte meine Partnerin nicht eine Minute länger als nötig in Gefahr belassen; einfach hier zu warten ist allerdings nicht besonders klug. Wir können den Flieger nehmen, solange Sarah das Schiff steuern kann."

Seth machte große Augen, als ich den Begriff 'Partnerin' verwendete, obwohl er bereits informiert worden war und Sarah hielt ihre Arme hoch, damit er die Verpartnerungshandschellen an ihren Handgelenken sehen konnte. "Ich hab's dir gesagt." Sie lächelte ihm zu und er verdrehte nur die Augen.

"Dann lasst uns gehen," sprach Sarah und atmete tief ein.

Ich zog Sarah an mich heran und flüsterte in ihr Ohr: "Bist du sicher?"

"Zweifelst du an mir?" Ihre Augenbrauen zogen nach oben.

"Verdammt, nein. Ich prüfe nur den Plan deines Bruders. Wenn du glaubst, dass du es nicht hinbekommst, finden wir eine andere Lösung."

Sie setzte sich immer mehr unter Druck und ihr Bruder setzte offensichtlich noch eins drauf. Ich hatte ihr gezeigt, dass sie diese Last mit mir teilen konnte—, auch wenn ich ihr dafür den Arsch versohlen musste— und ich wollte diesen Fortschritt nicht einbüßen, ihr Vertrauen nicht verlieren, indem ich es jetzt zu weit mit ihr trieb.

"Ich bin im Militär geflogen, auf der Erde. Flugzeuge und Raumschiffe sind aber nicht annähernd miteinander vergleichbar. Ich war nie Astronautin, aber ich muss dreizehn Mann von diesem Schiff herunter bekommen. Im Koalitionstraining habe ich einige Simulationen mitgemacht. Ich werde herausbekommen, wie es funktioniert oder es versuchen und dabei draufgehen."

"Du wirst nicht sterben. Wir werden eine Alternative finden," wiederholte ich. Dreizehn weitere Männer befanden sich in diesem bunt gemischten Haufen. Wir würden eine andere Lösung finden oder wir würden die Hive im Zaum halten, bis der Transport wieder funktionierte.

Sie schüttelte den Kopf und schaute mir in die Augen. "Nein, Dax. Ich kann es schaffen. Ich kann uns von diesem Schiff herunterbringen. Vertrau mir."

Bevor ich etwas entgegnen konnte fing sie an, Befehle zu erteilen. "Drei Männer gehen voran, drei Männer auf Sechs-Uhr-Position. Ionenpistolen auf volle Kraft. Konzentriert euch, damit wir hier rauskommen."

Die Männer machten sich startklar, alle wollten schleunigst von diesem Schiff verschwinden und sie hatten volles Vertrauen in Sarah.

Wir folgten Meers zusammen mit

der Vorhut in Richtung Flugzeugdeck. Unterwegs stießen wir auf eine Hive-Gruppierung, konnten sie aber schnell ausschalten.

Auf dem Deck befanden sich zwei identische Raumschiffe und Seth führte uns zum nächstgelegenen.

"Dax, Seth, ihr haltet die Hive in Schach, solange ich mir anschaue, wie man diese Blechbüchse fliegt," sagte Sarah.

Seth grinste nur—ich hatte keinen Schimmer, was eine Blechbüchse war— und begann, die Männer zu kommandieren. Ich würde mich nicht an Seth halten, sondern befolgte Sarahs Anweisungen. Ich war für sie verantwortlich. Ich würde sie beschützen oder, wie sie es formuliert hatte, es bis zum Ende versuchen. Seth wusste wohl, dass ich nichts anderes tun würde, als meiner Partnerin Deckung zu bieten und er ließ davon ab, mir irgendwelche Befehle zu ereilen.

Wir waren auf halber Höhe der

Einstiegsrampe, als die erste Sonardetonation uns alle zu Boden warf. Ich hatte Ohrensausen, stand aber umgehend auf und brüllte vor Wut. Drei Hive-Soldaten standen auf der anderen Seite der Startrampe, eine weitere Ladung Sonarbomben lag zu ihren Füßen. Die Waffen erzeugten einen kleinen Explosionsradius, welcher das Schiff lahmlegen oder seine Außenhülle beschädigen würde, bis es nicht mehr flugtauglich sein würde.

Ich griff an und erledigte den Ersten mit meiner Ionenpistole, bevor ich sie erreichen konnte. Der Zweite ging zu Boden, als ich mich annäherte und als ich mich umblickte, sah ich Seth, der auf dem Boden kniete und mir Deckung bot. Der dritte Hive-Soldat entsicherte seelenruhig seine Sonarbombe, während ich auf ihn zukam. Es war, als ob es nichts anderes für ihn gäbe als seine Mission, seinen Auftrag, mit der Waffe unser Schiff zu zerstören.

Ich riss seinen Kopf zur Seite und als sein Genick brach fragte mich, was in ihm vorging. Ich hätte ihm gänzlich den Kopf abgerissen, aber Sarah forderte die Männer lautstark auf, an Bord zu gehen und Seth und ich waren die Einzigen, die sich weiterhin draußen befanden.

"Auf geht's, Kriegsfürst. Wir müssen los!" Seth brüllte mich an und feuerte quer über die Startrampe auf ein weiteres Cyborg-Trio, das am anderen Ende des Decks auftauchte. Ich hatte keine Zeit, um sie anzugreifen und rannte zurück zum Schiff. Zusammen mit Seth eilte ich an Bord und wir schlossen die Luken hinter uns.

Die Männer kauerten auf dem Boden, die Flucht und das kurze Gefecht hatten sie vollkommen ausgelaugt. Ich schaute mich nach Meers um. "Wo ist Sarah?"

"Pilotensitz." Er hob die Hand hoch und deutete in die Richtung, in die meine Partnerin verschwunden war. Seth und ich eilten zu ihr.

Als ich Sarah fand, beäugte sie die Steuerung im Cockpit. Sie hatte sich angeschnallt und war äußerst konzentriert.

"Und?" fragte ich. Für mich sah es wie jedes andere Steuerungspanel aus, allerdings war ich auch ein Bodenkämpfer.

"Die Bedienung ist merkwürdig, eher wie ein Videospiel als ein Cockpit, aber ich werde schon klar kommen."

Ich verstand nicht einmal die Hälfte von dem, was sie sagte, aber es klang vielversprechend. Sie rutschte auf dem Pilotensitz, hantierte mit der U-förmigen Lenksäule und den komischen Fußpedalen.

"Es gibt keinen Schalter, um den Antrieb zu starten." Sie drückte eine Reihe an Tasten, bis die Anzeigen leuchteten.

"Kannst du das Ding fliegen?" fragte ich nach.

Sie fuchtelte weiter an den Anzeigen herum, betätigte ein paar Schalter und atmete einmal tief durch, als die Motoren unter uns mit einem heftigen Vibrieren zum Leben erwachten.

"Schnallt euch fest!" rief sie den Männern im Korridor zu.

Ich schaute in den hinteren Gang, sah aber niemanden dort. Sicherlich hatten die Männer bis jetzt einen Weg gefunden, um sich festzuschnallen, schließlich war das starke Vibrieren der Schiffssysteme unter uns nicht zu überhören.

Ich folgte der Anweisung und legte einen Gurt über meine Schultern, Sarah murmelte irgendetwas vor sich hin, einen eigenartigen, repetitiven Gesang, den ich nicht wiedererkannte. "Was machst du?" fragte ich sie.

"Beten," antwortete sie.

Damit fühlte ich mich in keinster Weise besser, aber mir blieb keine andere Wahl, als ihrem Können zu vertrauen. Ich musste davon ausgehen, dass sie dieses Schiff auch fliegen konnte, wenn sie es denn so sagte. Ich musste loslassen und ihr mein volles Vertrauen schenken. Sie übernahm jetzt die Führung. Alles in meinem Körper wollte die Kontrolle an sich reißen, sie über meine Schulter werfen und hier herausholen. Aber das war die primitive Atlanische Bestie die in mir rumorte, nicht der vernünftige Mann an ihrer Seite. Ein Atlane gab in einer brenzligen Situation nie das Ruder aus der Hand. Niemals. Und mir wurde bewusst, was sie mir geschenkt hatte, wie tief sie mir vertraute, als sie gegen ihr eigenes Wesen ging, als sie mir ihren Körper überließ. Vollkommen ausgeliefert und hilflos neben ihr zu sitzen war eines der schwierigsten Dinge, mit denen ich je konfrontiert wurde.

Ionenexplosionen trafen das Pilotenfenster mit weißen Blitzen und versengten das Glas.

"Hive auf vier Uhr," rief Sarah.

"Was?" entgegnete ich.

Sie deutete über meine Schulter hinweg und mir leuchtete ein, dass es wohl ein Konzept von der Erde war. Es war keine echte Zeitansage, aber … egal.

"Zwei Hive-Gruppen sind hier," Seth steckte den Kopf ins Cockpit und brüllte uns an.

Ein weiterer Schuss traf das Fenster. "So ein Scheißdreck," sprach Sarah, ihre Stimme klang angespannt, ihre Augen wanderten über die Anzeigen. "Sie wollen die Energieversorgung überlasten, um das Schiff lahmzulegen."

Ein Steuerpanel zu Sarahs Linken hatte einen Kurzschluss, also schaltete sie es ab.

"Geht runter damit ich uns hier raus bringen kann!" schrie sie, deutlich nervös.

Eine Explosion rüttelte das Schiff so heftig, ich dachte, mir würden buchstäblich die Zähne aus dem Schädelknochen herausfallen.

"Auch noch Sonarbomben." Seth fluchte, als eine weitere Explosion mehrere Warnleuchten neben dem Copilotensitz aufflackern ließ. Die Wucht der Sonardetonationen würde noch bevor wir abheben konnten unser Schiff in Stücke reißen.

"Deswegen ist der Bodenkampf viel besser." Ich suchte nach der Steuerung für die Ionenkanonen, die an der Vorderseite und an den Flanken des Schiffes angebracht waren. Ich verstand aber nichts von dem, was ich vor mir sah. Ich fühlte mich hilflos und die Bestie hasste dieses Gefühl. Meine Muskeln begannen damit, regelrecht herauszuplatzen und größer zu werden, als ich weiter darum rang, die Kontrolle über mich zu behalten.

Sarah musste mein Unbehagen gespürt haben, denn sie rief nach mir, ihre Stimme klang felsenfest. "Dax, wir werden es schaffen. Du kannst hier drinnen nicht zum Berserker werden, wir haben nicht genug Platz dafür. Sag also deinem Beasty Boy, dass er einfach noch ein bisschen warten muss."

"Himmel, dieses Ding ist ein verdammter Totalschaden." Seth trat an meine Seite und drückte ein paar Knöpfe, die Kanonen auf dem Dach des Schiffes feuerten in Richtung der Hive.

Ein weiterer Schuss und ich konnte verschmorte Kabel riechen. Der Knall einer weiteren Sonarexplosion schlug ein, dann zerbrach etwas. Ein Warnsignal ertönte und ich versuchte herauszufinden, wo man es abschalten konnte.

"Sarah, schaff uns verdammt nochmal hier raus," brüllte Seth.

"Seth, verschwinde verdammt nochmal aus dem Cockpit." Sarah knirschte mit den Zähnen. "Gut, dass die Hive dich nicht umgebracht haben, denn wenn wir zurück auf dem Stützpunkt sind, werde ich das selbst erledigen."

Sie drückte ein paar weitere Knöpfe,

fauchte und presste ihre Hand gegen ihre Seite.

"Macht euch bereit in …"

Sie presste auf einen gelben Knopf. Die Ladetore öffneten sich, dahinter nichts als Weltall.

"Gütiger Gott, die Türen öffnen sich," nuschelte sie. "Drei."

Sie zog leicht den Steuerknüppel zurück.

"Zwei."

Ihre Knie bewegten sich gleichzeitig mit den Pedalen am Boden und ließen das Schiff hin und her schaukeln. Dann fand sie die richtige Balance mit den Füßen und das Schiff richtete sich gleichmäßig aus. Es hob vom Boden ab und schwebte über der Startrampe, bereit, Vollgas zu geben.

"Eins."

Sie drückte den Steuerknüppel nach vorne und das Schiff schoss wie eine Rakete aus dem Gefangenentransporter. Die Wucht der Triebwerke presste mich zurück in meinen Sitz und ich war einfach nur erleichtert, endlich von dort zu verschwinden. Sarah allerdings fluchte wie der schlimmste Atlanische Raufbold, den ich je gehört hatte. Ihre Bewegungen waren ruckartig und unnatürlich, als ob sie Mühe hatte, die Kontrolle zu behalten.

"Sarah, beruhig dich, wir sind außerhalb der Reichweite ihrer Kanonen."

"Aber ich bin ruhig," entgegnete sie abgehackt. Ich konnte ihr Blut riechen und wollte sie berühren, aber sie wiegelte ab. "Gib mir eine Minute. Ich bin noch nicht fertig."

"Du bist verletzt worden."

Sie zuckte die Achseln. "Ist nur ein Kratzer, Dax. Lass mich bitte. Wir sind noch nicht sicher und daheim. Sprich mit mir, Seth."

Seth saß an einer Art Radargerät hinter ihr, seine Augen suchten nach feindlichen Schiffen, die uns eventuell nachstellten. "Sieht sauber aus. Ich sehe keine Verfolger."

"Dem Himmel sei Dank." Sie schwieg, der Schweiß rann ihr die Schläfe herunter und ihre Hände zitterten, als sie das Schiff zurück in Richtung Koalitionsgebiet steuerte. Das Magnetfeld schüttelte uns einige Minuten lang durch und die Anzeige des Radargeräts zeigte durch und durch Grün an.

Seth lehnte sich zurück streckte seine geballte Faust in die Luft. "Das Magnetfeld hat uns unsichtbar gemacht. Sie können uns nicht länger folgen, Schwester! Heilige Scheiße! Du hast es geschafft!"

"Gut. Dax, kannst du die Steuerung übernehmen. Halt sie einfach nur fest— bis wir …" Ihre Hand fiel vom Steuerknüppel und sie griff sich an die Flanke, dann krümmte sie sich stöhnend nach vorne. "Sicher. Bis wir sicher sind."

Anstatt aufs Weltall

hinauszuschauen, blickte ich nur auf Sarah. "Liebes, ich kann immer noch dein Blut riechen. Und du schwitzt, als hätte ich dich stundenlang durchgefickt."

Seth murmelte daraufhin etwas von einem Körper und einem Versteck, aber ich ignorierte seinen Kommentar.

Sarah verzog das Gesicht, widersprach mir aber nicht. Irgendetwas war nicht in Ordnung. Ihre Haut war blass, viel zu blass und ihr Atem war flach, mit glasigen Augen schaute sie mich an, ohne mich zu sehen.

Ich schnallte den Gurt ab und wandte mich ihr zu. Sie blinzelte ein paar Mal und blickte in meine Richtung, ich wusste aber, dass sie nichts mehr um sich herum wahrnahm.

"Bloß ein Kratzer, Sarah? Hast du mich angelogen?" Langsam ging ich neben ihr auf die Knie, um sie zum ersten Mal richtig zu begutachten. Ich wollte ihr den Arsch versohlen und sie gleichzeitig festhalten. Ihre Panzerung war blutverschmiert und von einem großen Metallstück, das aus ihrer Panzerung ragte, tropfte noch mehr Blut. Das Metallstück musste sich in ihre Rippen gebohrt haben, möglicherweise auch in ihre Lunge. "Du stures Weibsstück. Du bist am Verbluten."

Sie schaute an sich hinunter und legte eine Hand neben die Metallscherbe. "Es ist in Ordnung, Dax. Es geht mir besser. Es tut nicht mehr weh." Wie ein kleines Mädchen grinste sie, albern und unbekümmert und mir war klar, dass es ihr viel schlechter ging, als ich mir vorgestellt hatte.

"Seth, übernimm das Steuer. Sofort! Meers!" Ich brüllte den Korridor entlang und machte ihren Gurt ab. Verdammte Scheiße, sie war schwerverletzt und hatte mich die ganze Zeit über angelogen. Sie war dabei, zu verbluten und trotzdem flog sie ein verdammtes Hive-Schiff. Sie opferte sich, um uns einen kleinen Vorsprung zu verschaffen. Sie war dabei, für diese Männer zu sterben. Für mich.

"Hör auf mich anzuschreien," antwortete sie, ihr Kopf ruhte gegen den Pilotensessel.

"Du hast mich angelogen." Ich war außer mir und die Bestie war am Durchdrehen. Nicht vor Verlangen, sondern vor Angst. Sie war voller Angst und Sorge um unsere Partnerin. Die Bestie raste in mir hin und her, heulte und brüllte, um endlich frei zu kommen, um dieses Schiff, und jeden an Bord in Stücke zu reißen.

"Ich musste euch da raus holen."

"Du bis die sturköpfigste, schwierigste, ärgerlichste, frustrierendste Frau, die ich je getroffen habe. Du hättest mir verdammt nochmal sagen müssen, wie ernst du verletzt bist. Wann ist das passiert, Sarah? Wann?"

"Die Sonardetonation, als wir ins

Schiff gerannt sind," hauchte sie hervor. "Es ist aber schon besser geworden. Es tut nicht mehr weh," wiederholte sie, ihre Hand umfasste meinen Unterarm und hinterließ einen blutigen Handabdruck. Wenn es nicht länger schmerzte, dann hieß das …

"Sarah, du wirst mich nicht alleine lassen," ich flüsterte ihr meinen Befehl ins Ohr und presste meine Lippen auf ihre, während Meers herbeigeeilt kam.

"Ja, Kriegsfürst?" Meers lugte ins Cockpit, als ich Sarah in die Arme nahm. Seth schlüpfte auf den Pilotensessel und hielt die Steuerung in genau der Position, in der Sarah sie gehalten hatte.

"Sarah ist schwer verwundet. Setz dich mit der Transporteinheit auf der Karter in Verbindung, damit sie uns von diesem verfluchten Schiff herunterholen. *Sofort.* Ihr alle werdet ihr folgen, falls sie stirbt." Meine Drohung war nicht aus der Luft gegriffen. Sollte ich sie verlieren, bevor wir das Schlachtschiff erreichen, dann würde die Bestie alles Leben auf diesem Schiff in Stücke reißen und nichts würde sie davon abhalten können.

---

"WAS FÜR EIN SELBSTMORDKOMMANDO. Der Captain hat sie alle mit ihrem leichtsinnigen Verhalten in Gefahr gebracht," spie der Kommandant hervor.

"Sie hat zwölf Koalitionskämpfer vor den Hive gerettet *und* sie haben die Kommunikationseinheiten des Schiffs, das sie gestohlen hat." Ich richtete mich zu meiner vollen Größe auf und überragte den Prillon-Krieger, der es wagte, meine Partnerin zu beleidigen. "Mehrere Männer auf diesem Schiff haben ihr das Leben zu verdanken."

Der Kommandant verschränkte die Arme und schüttelte den Kopf. "Ich weiß. Ich nehme die Männer und die Kommunikationsgeräte." Der

Kommandant brummelte die letzten Worte nur undeutlich hervor, aber ich hatte den Gehörsinn eines Atlanen und der Bestie konnte nichts entgehen. "Das soll nicht heißen, dass es nicht leichtsinnig war."

Würde ich nicht über den besinnungslosen Körper meiner Partnerin wachen, dann hätte ich mich darüber aufgeregt und ihm das Gesicht blutig geschlagen. Von nervtötenden Kommandanten hatte ich langsam sie Nase voll. Erst mein Kommandant, der mich ins Verpartnerungsprogramm verfrachtet hatte, damit ich nicht draufging. Dann Sarahs Kommandant, der sich geweigert hatte, bei der Suche nach Seth behilflich zu sein. Und jetzt dieser hier. Ich stand neben Sarahs Notfallcontainer und sah zu, wie die Ärzte mit Stäben über ihre Verletzungen wedelten. Die Technologie an Bord dieses Schiffes würde sie rasch wieder herstellen, das wusste ich, aber die Bestie in mir hatte für Logik kein Verständnis. Mit jedem Atemzug kämpfte ich darum, die dunkle Seite unter Kontrolle zu halten, denn meine Partnerin war schwer verletzt worden und ich konnte nichts dagegen tun. Die Ärzte konnten helfen, klar, aber ich? Ich konnte sie in diesem Augenblick nicht beschützen. Ich konnte nur untätig zuschauen, wie sie von den medizinischen Geräten geheilt wurde.

Seth und seine Männer hatten viele Durchsagen getätigt und uns auf ein anderes Schiff gebracht, nicht auf die Karter, sondern auf ein Koalitionsschiff, das nicht direkt von dem Magnetfeld beeinträchtigt wurde. Alles war innerhalb von fünf Minuten passiert, die Männer wussten sich zu helfen und so war es mein gesamtes Leben lang gelaufen. In der Koalitionsflotte hatte alles seinen Grund und seinen Zweck. Alles war gut durchdacht. Befehle wurden erteilt und ausgeführt. Jeder Krieger war stark und wusste genau, was von ihm erwartet wurde. Wir erwarteten zu kämpfen, zu bluten, zu sterben. Jeder Krieger kannte seine Aufgabe, genau wie auch meine Sarah.

Ich blickte zu meiner Partnerin hinunter und während sie da lag, erschien sie so zerbrechlich, so schwach und definitiv nicht unsterblich. Sie war kein knallhartes Weibsbild von einer der Kriegerrassen. Nein, sie war nur eine zierliche Erdenfrau und sie war meine Partnerin, mein Herz, mein Leben. Dass sie auch eine Kriegerin war, die Bodenangriffe organisieren und ein feindliches Schiff durch ein Magnetfeld hindurch steuern konnte, war mir in diesem Moment völlig egal. Sie war kühner als alle anderen, gewiefter als jeder Militärstratege und trotzdem, ihr Körper war so verletzlich. Ich sehnte mich wirklich danach, sie in die Arme zu schließen und sie von diesem Ort davonzutragen, von den Männern, dem Krach, der ständigen Gefahr eines feindlichen Angriffs.

Jahrelang hatte mich nichts von alledem gestört. Ich hatte es als meine Pflicht betrachtet. Wir befanden uns im Krieg mit den Hive, waren es seit der Zeit vor meiner Geburt und würden es wohl noch lange nach meinem Ableben sein. Trotzdem wollte ich nicht, dass irgendetwas davon an Sarah herankam. Nicht länger. Sie war zu schön, zu perfekt für die Abscheulichkeiten um sie herum.

In diesen fünf Minuten lernte ich, dass ich nicht annähernd so stark war, wie ich es einst geglaubt hatte. Muskeln konnten mich nicht vor einem gebrochenen Herzen bewahren, als ich Sarah fast verloren hätte. Wo ich Schwächen hatte, war sie stark. Ihre zwei Brüder und ihr Vater waren gestorben, ihr letztes verbleibendes Familienmitglied wurde vor ihren Augen vom Feind wegtransportiert. Ihre Antwort darauf war ihre Entschlossenheit, Seth wiederzufinden. Ihre Liebe, einmal vergeben, war unerbittlich in ihrer Stärke. Sie war mutig und voller unerschütterlicher Hoffnung. Ihre Liebe war die eine Sache, die ich mir verzweifelt wünschte, und trotzdem hütete sie ihr Herz so gut.

In diesen fünf Minuten wurde mir klar, dass wir als Paar Kompromisse finden mussten. Sie gab und gab und ich nahm. Für mich wurde es Zeit, ebenfalls zu geben. Ich durfte sie nicht weiter bevormunden und sie in die Rolle der schwachen Frau drängen, als die der Kommandant sie beschrieben hatte und für die ich sie, zugegebenermaßen, zuerst auch gehalten hatte.

Ich wollte sie berühren, ihre Haut spüren und sicher gehen, dass sie warm war, ihren Puls fühlen, ihr beim Atmen zusehen, aber der Arzt hatte mich schon oft genug aus dem Weg geräumt. Als ich drohte, ihm die Arme auszureißen. hatte er mich aus der Krankenstation werfen lassen. Er duldete mich nur, solange ich ihm nicht in die Quere kam. Das war ein annehmbarer Kompromiss, aber ich konnte meinen Blick nicht von ihr abwenden.

Weil sie verletzt wurde, wollte ich ihr den Arsch glühend rosa versohlen, aber sie hatte nichts getan, was dies rechtfertigen würde. Ich wollte sie in keiner Art von Gefahr wissen, befand mich aber genau neben ihr, als es passierte. Ich hätte sie unmöglich beschützen können, sie vor der zersplitterten Anzeigenkonsole abschirmen können oder vor dem Stück dieser Konsole, das jetzt in ihrem Körper steckte. Außer wenn ich sie an mein Bett fesseln würde gab es keine Möglichkeit, sie vollständig vor Schaden zu bewahren. Auch wenn ich sicherstellte, dass sie ihre Zeit in Fesseln genießen würde, bald schon würde sie anfangen, mich und ihr Gefängnis zu hassen. Sie konnte ebenso wenig wie ich von ihrer Leidenschaft, ihrem Kampf abgehalten werden. Sie war eine Kämpferin und nichts was ich tun konnte, würde daran etwas ändern. Es war eine harte Lektion, die ich da lernte und leider musste sie erst schwer verwundet werden, damit ich es verstand.

Ich hatte keine Ahnung, wie ich die Bestie im Zaum halten konnte, als sie verwundet wurde. Der Arzt schaute auf die Anzeige und lief zur gegenüberliegenden Seite. "Wie ich gehört habe, hat der Captain die Situation gerettet."

Ich prüfte sein Gesicht auf einen Anflug von Unaufrichtigkeit, fand aber keine. "Sie ist mit einem demolierten Hive-Schiff aus einem feindlichen Gefängnistransporter herausgeflogen, hat drei Aufklärer abgehängt und uns sicher durch ein Magnetfeld manövriert. Das war kein Leichtsinn, sondern eine wahrhaftige Rettungsmission."

"Ich stimme dem Kriegsfürsten zu."

Seth gesellte sich neben mich und ich sah angespannt zu, wie Sarah versorgt wurde. "Die anderen elf Männer, die gerettet wurden, sind ebenfalls der Meinung."

"Sie wird sich wieder erholen," sagte der Arzt. Er hatte ihren Bruder schon zuvor kennengelernt, aber Seth wurde zu einer Besprechung beordert und kam erst jetzt zurück. "Der Schlaf wird ihr dabei helfen, die Stichverletzung zu heilen. Der Computer wird sie in zwei Stunden aufwecken. Ich werde sie dann vollständig untersuchen und sicherstellen, dass sie sich komplett erholen konnte. Aber ich mache mir keine Sorgen."

Seth schaute noch einmal auf seine Schwester, er war deutlich erleichtert über ihren Zustand, dann wandte er sich dem Befehlshaber des Schiffs, auf dem wir Zuflucht gefunden hatten zu.

"Kommandant, bei allem Respekt," sagte Seth. Er wandte sich an den

Prillon-Krieger wie der Captain, der er war. Stolz. Aufrecht. "Alle Koalitionsführer haben es vorgezogen, mich und die Anderen für tot zu erklären. Wenn sie nicht wäre, dann wäre ich jetzt ein Hive-Soldat. Sie können sich gefälligst verpissen, wenn Sie Sarah dafür vor Gericht bringen wollen. Sie musste mit beschissenen Anordnungen klar kommen, dann mit dieser riesigen Bestie fertig werden und sich auch noch um mich kümmern. Sie ist Wonder Woman."

Ich runzelte die Stirn, genau wie de Kommandant. "Wer?"

Seth rollte mit den Augen. "Eine Frau, die alles hinbekommt."

Ich musste mir wirklich das Schmunzeln verkneifen, denn diese Beschreibung passte perfekt zu Sarah. Ich wusste auch nicht, wer diese Wonder Woman war, aber Sarah war *meine* Wonder Woman. Zuerst hasste ich Seth dafür, dass Sarah sich seinetwegen erneut in Gefahr brachte, jetzt aber wurde er mir mit jeder Minute sympathischer.

"Captain Mills," entgegnete der Kommandant mit zusammengebissenen Zähnen.

"Herr Kommandant."

"Ihre Schwester ist nicht länger Mitglied der Koalitionsarmee und ich kann sie nicht bestrafen. Sie ist *seine* Partnerin und ich denke, das ist Strafe genug."

Ich hätte mich darüber ärgern sollen, kümmerte mich aber um nichts anderes als meine kleine Erdenfrau. Nur noch zwei Stunden und dann würde sie wieder aufwachen.

"Und was sie anbelangt ... " Der Kommandant trat einen Schritt näher, Seth aber wich nicht vor ihm zurück. Die beiden Männer standen praktisch Nase an Nase. Sarah konnte zwar nicht von der Koalition abgestraft werden, Seth aber könnte seinem Rang enthoben und für den Rest seiner Dienstzeit in ein Arbeitslager geschickt werden. Es hing einzig vom Kommandanten ab. Allein für seine Aufsässigkeit hätte er eine Bestrafung verdient. "Weggetreten!"

Seth salutierte und machte sich davon.

"Und was *Sie* betrifft," der Kommandant wandte sich mir zu. "Sobald sie wieder wohlauf ist, schaffen Sie verdammt nochmal Ihre Partnerin hier raus. Hören Sie auf, mich mit etwas zu verspotten, was ich nicht haben kann."

Er machte kehrt und konnte gerade so dem Arzt ausweichen, der sich wieder Sarahs Gesundheitszustand annehmen wollte.

Lächelnd blickte ich auf meine Partnerin. Ihre Geräte gaben ein gleichmäßiges Piepen von sich und der Arzt war mit ihrer Reaktion auf die Behandlung zufrieden. Als sie im Cockpit des Schiffs das Bewusstsein verlor, wäre ich fast durchgedreht, ich wusste nicht, was ich tun sollte. Zu ersten Mal in meinem Leben war ich machtlos. Ich konnte nichts für sie tun. Meine Muskeln konnten nichts ausrichten. Kraft und Stärke waren nutzlos. Jemandem den Kopf abzureißen brachte uns nicht weiter.

Also blieb mir nichts anders übrig, als zu warten. Sobald sie wieder fit war, würde ich ihr für den Schrecken, den sie mir eingejagt hatte den Arsch versohlen. Dann würde ich sie verwöhnen, denn ich liebte es ihr dabei zuzusehen, wenn sie mit meinen Fingern und auf meinem Schwanz zum Höhepunkt kam.

## 10

arah

Ich öffnete die Augen und Dax starrte mich an. Ich musste einmal, zweimal blinzeln und versuchte mich zu erinnern, wann ich eingeschlafen war. Ich war erholt und wohl auf, trotzdem hatte ich das Gefühl, irgendetwas verpasst zu haben.

"Fühlst du dich besser?", fragte er und seine Augenbrauen formten ein großes V.

"Ich fühle mich ... oh!" Ich setzte mich auf und wir stießen fast mit den Köpfen zusammen.

Ich befand mich auf einer Krankenstation mit mehreren Betten und schläfrigen Patienten. Ich hatte einen Kittel an, ähnlich einem Krankenhauskittel auf der Erde. Dann fiel mir alles wieder ein: die Gefängnisbefreiung, das Schiff, der Schmerz, das Metallstück.

Ich befühlte meine Seite, der Splitter ragte nicht länger aus meiner Haut— oder dem Krankenhauskittel—und da war kein Blut mehr. Ich hatte auch keine Schmerzen mehr.

"Du bist vollkommen geheilt," flüsterte er mir zu, dann strich er mir das Haar aus dem Gesicht. Es hing offen an meinem Rücken herunter.

"Wenn das Space-Medizin sein soll, dann gefällt es mir," kommentierte ich und drückte gegen die Stelle, an der die Verletzung nur ein leichtes Brennen hinterlassen hatte. Auf der Erde wäre ich jetzt entweder tot oder müsste wochenlang meine Verletzung auskurieren. "Wie lange war ich ohne Bewusstsein?"

"Auf der Krankenstation waren es zwei Stunden, plus die fünf Minuten, die du bewusstlos in meinen Armen gelegen hast, bis dein Bruder einen Transport organisieren konnte."

"Das ist alles? Oha!"

Dax richtete sich auf und stemmte die Hände gegen seine Hüften. "Das ist alles?" raunte er. Ich konnte das Knurren tief in seiner Brust hören. "Liebes, ist dir klar, was ich in dieser Zeit alles durchgemacht habe?"

Der Doktor kam herbei und bevor ich den Mund aufmachen konnte, wedelte er mit einem eigenartigen Stab über meinen Körper. Er blickte auf das Display, dann presste er einen Knopf in der Wand hinter mir.

"Sie können gehen."

"Wirklich?" fragte ich ihn. Ich war vollkommen hin und weg, denn vor weniger als drei Stunden war ich von einem Stück Raumschiff durchbohrt worden und jetzt war alles wieder gut.

"Wirklich," antwortete er. "Sie sind wieder vollkommen gesund und hiermit von der Krankenstation entlassen."

Ich schwang meine Beine über die Bettkante, hüpfte herunter und landete barfuß auf dem kalten Boden. Ich griff nach hinten und bedeckte meinen blanken Arsch, der unter dem Kittel hervorragte.

"Darf sie wieder *allen* Aktivitäten nachgehen?" erkundigte sich Dax beim Doktor.

Ich errötete, denn ich wusste genau, welche Art Aktivitäten er damit meinte.

Er räusperte sich. "Ja, *allen* Arten von Aktivitäten."

Dax beugte sich nach vorne und bevor ich wusste, wie mir geschah, presste er seine Schulter gegen meinen

Bauch und ich wurde über seinen Buckel geworfen. Ich stützte meine Hände auf seinen unteren Rücken, um das Gleichgewicht zu halten.

"Dax!" rief ich.

Er drehte sich um und stolzierte auf den Ausgang zu.

"Mein Hinterteil guckt raus!" Ich spürte die frische Brise und wusste, dass *jedermann alles* von mir sehen konnte.

Er hielt an, packte meinen Kittel und zog ihn zusammen, dann behielt er eine Hand auf meinem Hintern. Zum Glück war er besitzergreifend, denn im Handumdrehen eilten wir den Gang entlang.

"Wo gehen wir hin?" fragte ich und beobachtete, wie der Boden von grün zu orange wechselte, nur so konnte ich in meiner Position erkennen, dass wir die Krankenstation verlassen und den Wohnbereich des Schiffs erreicht hatten.

"Auf unser Zimmer."

"Warte, die Anderen. Sind sie in Ordnung?" fragte ich. "Dax, lass mich runter. Ich kann mich nicht unterhalten, wenn ich deinen Arsch vor der Nase habe." Ich boxte mit der Faust auf ihn ein.

"Denen geht's gut."

"Und Seth?" Ich hielt den Atem an und wartete auf seine Antwort.

"Bestens."

Erleichtert sackte ich zusammen. "Bring mich zu ihm. Bitte," fügte ich hinzu.

An einer Abzweigung hielt Dax inne. "Wie du willst."

Er bog ab, lief einen langen Gang entlang und kam vor einer Tür zu stehen. Er ließ mich runter, legte seinen Arm um meine Taille und drückte einen Knopf, den man auf der Erde wohl als Klingel bezeichnet hätte.

Ich zupfte meinen Kittel zurecht. "Du hättest mich wenigstens etwas anderes anziehen lassen können, bevor du mich hier herausgeschleppt hast. Du bist wirklich ein Höhlenmensch," murrte ich.

"Warte, bis wir auf unserem Zimmer sind." Er blickte mich scharf an. "Dann wirst du sehen, wie es sich anfühlt, wenn ich wirklich zum Höhlenmenschen werde."

Die Tür glitt auf und vor mir stand Seth, eindeutig gesund und munter. Er war auch eindeutig wütend auf Dax, denn er konnte dessen letzte Ankündigung nicht überhört haben.

Ich umarmte Seth, um die letzten verbalen Hiebe abzumildern. Es war wunderbar, ihn wieder in die Arme zu schließen und zu wissen, dass er sich in Sicherheit befand und wohlauf war … nun, ich liebte ihn. In der Tat. Er war mein Bruder. Ich bewunderte ihn und hörte auf ihn und hasste es, wenn er mich herumkommandierte. Aber …

Ich trat zurück und blickte zu Dax. Er türmte sich auf—seine schiere Größe außerhalb des Türrahmens ließ keine andere Bezeichnung zu—und wartete auf mich. Er hatte Seths nervtötendes Verhalten hingenommen, weil ich seine Partnerin war. Zum Kuckuck, er würde anscheinend *alles* für mich tun. Er war in einen Gefängnisfrachter der Hive eingedrungen, um einen Mann zu retten, der ihn abgrundtief hasste und das nur, weil ich es so wollte.

Dax war jetzt derjenige, der mich herumkommandierte und nicht Seth. Er war derjenige, nach dessen Umarmungen ich mich sehnte. Um ihn machte ich mir Sorgen—nicht, dass ich mir um Seth keine Sorgen mehr machte, aber *das hier* war etwas anderes. *Ich* war anders. Ich hatte Dax benutzt, um Seth wieder zu bekommen. Wir hatten eine Abmachung und er hatte sich bis zuletzt daran gehalten.

"Ich kann es einfach nicht fassen, dass du mit diesem Ungetüm verpartnert bist," grummelte Seth. "Hast du eine Ahnung, was du dir eingebrockt hast? Diesmal werde ich dich nicht retten können, Schwesterlein."

Mein Mund stand offen und ich starrte meinen Bruder mit großen Augen an. Dann verengte sich mein Blick und mein Blutdruck schnellte auf Schlaganfallniveau an. Ich trat an ihn heran und presste meinen Zeigefinger gegen seine Brust.

"Mich retten? Soll das ein verdammter Scherz sein? Wann zum Teufel hast du mich gerettet?" brüllte ich.

Dax trat in Seths Quartier ein und die Tür ging hinter ihm zu.

Seth wirkte jetzt angespannt und fuhr sich mit der Hand durchs Haar. "In der fünften Klasse, vor Tommy Jenkins, als der dir unter den Rock schauen wollte. Vor Frankie Grodin, der dich nur zum Abschlussball einladen wollte, um dich zu einer weiteren Betttrophäe zu machen. Vor dem Mistkerl von einem Ausbilder, der dich extra-Liegestütze machen ließ."

"Erstens, Tommy Jenkins hat sich mit mir angelegt als ich zehn Jahre alt war und ich habe im dafür die Fresse poliert. Frankie Grodin hatte ein böses Erwachen, als Carrie und Lynn ein Foto von seinem Schwanz zugespielt bekommen haben und sie haben es an den gesamten Abschlussjahrgang gemailt. Und was den Ausbilder anbelangt, der hat mich die extra-Liegestütze nur machen lassen, weil du ständig nach mir geschaut hast. Apropos Retten, wer zur Hölle glaubst du, hat dich vor den Hive gerettet, großer Bruder?"

Ich verschränkte die Arme vor der Brust, unbekümmert darüber, dass mein Kittel hinten offen war und Dax freie Sicht auf meinen Arsch hatte.

Seth wurde während meiner Schimpftirade zusehends rot im Gesicht und deutete auf Dax. "Er ist mitten in den Kampf hineingeplatzt und seinetwegen wurde ich gefangen."

"Ja, aber das war ein Unfall. Sie

hätten jeden der Männer schnappen können. Zum Teufel, du hättest bei jedem anderen Einsatz geschnappt werden können. Warum zur Hölle bist du so sauer auf ihn, obwohl er dich von dort gerettet hat?"

"Weil er dich hat mitkommen lassen!"

"Er hätte dich also alleine da rausholen sollen?"

Wir waren dabei, uns gegenseitig anzuschreien und als ich Dax anblickte, stand er gegen die Wand gelehnt da und lächelte. Ausnahmsweise mischte er sich einmal nicht ein.

"Er hat dich mit diesem … Bräutewahlprogramm in den ganzen Schlamassel gebracht." Seth fuchtelte mit seiner Hand herum, als könne er nicht den richtigen Begriff finden.

"Unsere Verpartnerung soll also der Grund dafür sein, dass das alles passiert ist? Himmel Seth, du bist ein Vollidiot. Wenn du irgendjemandem die Schuld daran geben willst, dann wende dich bitte an Aufseherin Morda in Miami, denn die hat mich aus Versehen für das Bräute-Programm getestet anstatt für die Koalitionstruppe. Weißt du was, ihr zwei würdet perfekt zueinander passen."

Ich schüttelte den Kopf und blies die angestaute Luft aus meinen Lungen. Aus dem Augenwinkel sah ich, wie Dax starr wurde. Scheiße, diese Worte hatten ihn wohl verärgert.

Seth ließ die Schultern hängen. "Ich will dich nur in Sicherheit wissen. Chris und John sind tot und das ist meine einzige Priorität."

Ich schüttelte den Kopf. "Nein, dafür ist Dax zuständig."

Ich ging zu Dax, legte die Arme um ihn und presste meine Wange gegen seine Brust.

"Du weißt, dass ich deinen nackten Arsch sehen kann," grummelte Seth, als er zur Seite schaute und offensichtlich den Blick abwandte.

Daxs Hand wanderte zu meinen

Lenden und zog die beiden Enden des Kittels zusammen.

"Jetzt kann ich seine Hand auf deinem Arsch sehen."

"Himmel, Seth," ich beschwerte mich, dann ignorierte ich ihn. Ich genoss Daxs feste Statur, seinen Duft, das Pochen seines Herzschlags unter meinem Ohr, selbst seine Hand auf meinem Arsch. "Dieses Durcheinander hat mich einsehen lassen, dass ich immer in deinem Schatten gelebt habe, es immer unserem Vater recht machen wollte. Um ihn glücklich zu machen, bin ich sogar zur Armee gegangen, wegen dir und John und Chris."

Vollkommen verdutzt schaute er mich an. "Was? Ich dachte, du wolltest das alles?"

"Glaubst du, mit zehn Jahren wollte ich Karateunterricht, wenn alle anderen zum Ballett gingen? *Deswegen* habe ich Tommy Jenkins eine verpasst, weil ich wusste, wie man eine ordentliche Faust macht." Ich hielt inne, dann redete ich weiter. "Seth, versteh doch, ich liebe dich. Ich bin froh darüber, was du mir alles gezeigt hast, zusammen mit Chris und John. Aber ich bin euch immer nur hinterhergetrottet und versuchte dabei herauszufinden, was *ich* will."

Seth zerrte an seinem Ohrläppchen. "Und was war das?"

"Dax."

Ich spürte, wie Dax sich hinter mir verkrampfte und wieder entspannte. Er hatte meinen Rücken an seine Vorderseite gestellt, seine Hände lagen auf meinen Schultern. Ich konnte ihn nicht mehr sehen, wusste aber, dass er mir buchstäblich Rückendeckung gab. Wahrscheinlich kannte er diesen Ausdruck von der Erde nicht, aber die Geste sagte alles.

"Im Ernst?" fragte Seth und schüttelte langsam mit dem Kopf.

"Im Ernst. Sobald sein Paarungsfieber vorbei ist, werde ich nach Atlan gehen."

"Das wirst du?" Beide Männer stellten gleichzeitig die gleiche Frage.

"Ja." Das werde ich. Und die Entscheidung fühlte sich gut an. "Du musst mich nicht an deiner Seite haben, damit du weißt, dass ich dich liebe. Dax allerdings schon."

Hinter meinem Rücken vernahm ich ein tiefes Grollen.

Seth wiegelte ab und seufzte. "Geh ruhig, Sarah. Ich wollte nur, dass du in Sicherheit und glücklich bist. Wir alle wollten das. Sei glücklich und zufrieden und bekomme zehn Kinder mit—" Seth musterte Dax eine Minute lang und wägte vorsichtig seine nächsten Worte ab, während ich meine Hände zu Fäusten ballte; bereit, ihm ins Gesicht zu schlagen, sollte er meinen Partner noch einmal beleidigen. "Diesem sehr großen Krieger, der, da bin ich sicher, sterben würde, um dich zu beschützen." Seth streckte Dax die Hand aus, der aber wirkte irritiert.

"Das würde ich." Daxs tiefes,

grollendes Gelöbnis bewirkte, dass sich meine Muschi unter dem Gewand zusammenzog und ich spürte, wie Dax einen tiefen Atemzug nahm, um den Duft meiner Erregung in sich hinein zu saugen. Dann knurrte er und zog mich näher an sich heran. Mein Bruder stand weiter stoisch und mit ausgestreckter Hand da, es war ein Friedensangebot.

"Dax, schüttel ihm die Hand." Ich nahm Daxs Hand und legte sie auf Seths, damit mein Bruder sie schütteln konnte. Ich lächelte zufrieden, denn mein Bruder hatte es eingesehen. Vielleicht wollte auch er eine Partnerin.

Zweideutig wackelte ich mit den Augenbrauen. "Du weißt, dass du jetzt ein Captain bist."

"Ich weiß." Mein Bruder ließ Daxs Hand wieder los und wirkte perplex.

"Du kannst die passende Partnerin im Programm für interstellare Bräute anfordern. Sie wäre in jeder Hinsicht perfekt für dich, dein perfektes Match."

Seth brach in Gelächter aus und ich

grinste, plötzlich begeistert von der Idee. Seth schüttelte den Kopf. "Das denke ich nicht."

"Was, hast du Angst, sie werden dich mit einer schleimig-grünen Alien-Ehefrau verpartnern?" Ich schüttelte den Kopf. "Das werden sie nicht. Sie testen dich, Seth. Sie schließen Sensoren an dein Gehirn an und lassen dich von Verpartnerungszeremonien träumen, bis du so heiß wirst, dass du den Verstand verlierst. Aber sie verkuppeln dich mit jemanden, der die gleichen Fantasien im Kopf hat wie du."

Seth blickte zu mir, dann zu Dax und wieder zurück. "Du wolltest es also groß und übergeschnappt, nicht wahr?"

Dax knurrte ihn warnend an, ich aber warf den Kopf in den Nacken und lachte mich kaputt, als pure Freude mich erfüllte. "Ja. So muss es wohl gewesen sein." Ich tätschelte Seths Wange und grinste. "Und jetzt, falls du gestattest, muss ich mich um meinen

Space-Alien kümmern, denn er hat Fieber."

Seth ächzte. "Himmel, Schwester, ich brauche von diesem Scheiß nichts zu wissen. Zu viele Infos." Er ging zur Tür und öffnete sie. "Geh. Kurier ihn. Meinetwegen, aber nicht hier in meinem Quartier."

Daraufhin trat Dax an ihn heran, noch einmal streckte er meinem Bruder die Hand aus. Es war ein Angebot der Freundschaft, das mich überraschte. "Seth, ich bringe meine Partnerin nach Atlan. Du wirst in unserem Haus jederzeit willkommen sein."

Seth starrte auf die ausgestreckte Hand, dann packte er Daxs Unterarm mit einer Geste, wie sie unter Kriegern üblich war. "Pass gut auf sie auf."

"Das habe ich vor, angefangen mit einer ordentlichen Runde Hintern versohlen, weil sie mich wegen ihrer Verletzung belogen hat und danach ... nun, danach—"

Seth ließ Dax wieder los und hielt

warnend die Hand hoch, während mir die Kinnlade herunterklappte. Er würde was mit mir machen?

"Nochmal, Schwager, zu viel Information." Seth schüttelte den Kopf und kicherte, während ich kräftig blinzeln musste und versuchte, mir auf das, was Dax eben gesagt hatte, einen Reim zu machen.

"Du wirst mir *nicht* den Arsch versohlen," zischte ich mit glühenden Wangen hervor. "Dax, ich habe dir das Leben gerettet. Ich habe uns alle gerettet. Wenn ich dir gesagt hätte, wie ernst es war, dann hättest du mich nicht fliegen lassen. Du hättest mich aus dem Pilotensessel gezerrt und—"

Dax schnitt mir das Wort ab. "Und jemand anderes gefunden, um diesen verfluchten Steuerknüppel zu halten, damit du nicht verbluten würdest. Sarah, du hast grundlos dein Leben riskiert. Dafür hast du mich angelogen. Ich werde deinen Arsch hellrot leuchten lassen, damit das nicht noch einmal passiert."

"Du hättest es besser wissen müssen," sprach Seth mit einem brüderlich-beschützerischen Gesichtsausdruck. "Auch mich hast du zu Tode erschreckt, Sarah." Er nickte Dax zu. "Verpass ihr einen extra Hieb für mich."

Dax zog die Augenbraue hoch, willigte aber unverzüglich ein. "Wird gemacht." Er zog mich nach hinten und zur Tür hinaus.

Bevor die Tür zuging, fügte Seth hinzu: "Kriegsfürst, solltest du ihr weh tun, dann werde ich dich finden und dich töten."

Dax rieb mit den Daumen über meine Schultern. "Ich würde von nichts Geringerem ausgehen."

---

DAX

. . .

EIN PAAR STUNDEN später stand ich neben meiner Partnerin auf dem Balkon unseres neuen Zuhauses und sog die Düfte und Eindrücke von Atlan in mich ein. Zehn lange Jahre waren vergangen, seit ich die goldenen und grünen Hügellandschaften zum letzten Mal gesehen hatte, die mächtigen Baumkronen mit ihren grünen und lilafarbenen, ausgestellten Blättern, die Blumen in allen Farbtönen, die die Straßen säumten, ihre transparenten Blütenblätter, die im Licht unseres Sterns wie eine Million funkelnder Diamanten strahlten.

Sarah sah atemberaubend schön aus. Ihr Kleid war aus dem feinsten Stoff gefertigt, den man in diesem Sektor auftreiben konnte. Der helle, goldene Stoff fiel von ihren eleganten Schultern und formte sich bis zu den Spitzen ihrer Brüste. Er schmeichelte ihren Kurven bis kurz über ihren Hüften, bevor das Material eine schimmernde Welle formte, die genau über ihren

Knöcheln hin und her wogte. Ich legte ein großes Medaillon um ihren Hals, der längliche Goldanhänger war genau wie unsere Handschellen mit den Initialen meiner Familie graviert.

Wir trugen noch den Panzeranzug der Koalition, als wir hierher transportiert wurden und Sarahs ehemaliger Rang als Captain wurde dem Empfangskomitee des Senats vorgeführt. Die neugierigen Blicke und erstaunten Ausrufe ließen nicht auf sich warten. Ich wusste schon bevor die Nachrichtensignale an unserer Kommunikationseinheit aufflackerten, dass meine Braut hier zu einer Berühmtheit werden würde, eine einzigartige und faszinierende Frau, die an der Seite ihres Partners gekämpft hatte, eine Kriegerin. Atlan würde sich vielleicht nie mehr erholen.

Sie presste das Medaillon an ihre Brust und wirbelte lachend im Kreis herum. Nie hatte ich sie so unbekümmert gesehen. "Ich fühle mich wie Belle, aus *Die Schöne und das Biest*."

Ich runzelte die Stirn. "Ich verstehe nicht, was du meinst, Liebes."

Sie hielt an und lächelte. "Das ist nicht wichtig. Ich bin glücklich. So habe ich mich noch nie gefühlt."

"Wie hast du dich noch nie gefühlt?"

"Ich fühle mich schön. Sanft." Wieder wirbelte sie umher und schaute dabei zu, wie ihr Rock sich aufplusterte und um ihre Beine herum anhob. Ihr langes Haar war lose, die dunklen Wellen fielen über ihre Schultern. "Ich komme mir vor wie eine Prinzessin. Und wir wohnen in einem Schloss. Gütiger Gott, Dax, bist du etwa reich? Dieser Ort ist absurd." Sarah warf mir lächelnd die Arme um den Nacken und forderte von mir einen Kuss, den ich ihr nur allzu gerne gab. Als sie vor Verlangen keuchte und schnaubte und ich den lieblichen Duft ihrer Erregung riechen konnte, stellte ich sie wieder auf die Füße und betrachtete diese Frau, die in jeder Hinsicht mir gehören sollte.

"Reichtum ist unbedeutend. Ich bin ein Kriegsfürst und du bist meine Partnerin."

Jetzt runzelte sie die Stirn. "Das verstehe ich nicht."

Ich strich mit dem Daumen über ihre Wange und erfreute mich einfach an ihrem Glück, dem unbekümmerten Leuchten in ihren Augen, das ich vorher nie gesehen hatte. "Nur wenige Atlanen kehren vom Krieg zurück. Die meisten werden hingerichtet, sobald im Kampf die Berserkerwut durchschlägt. Diejenigen, die ihre Bestien im Zaum halten und die stark genug sind, um zurückzukehren, werden mit Reichtum, Grundbesitz und Schlössern belohnt." Ich deutete auf die massive Struktur, in der wir uns befanden. Das Haus hatte viel mehr Platz, als wir eigentlich brauchten, mit fast fünfzig Zimmern und einer ganzen Belegschaft an Atlanischen Hausangestellten, um alle unsere Bedürfnisse zu erfüllen. Ich strich über ihre Unterlippe und mein Schwanz wurde mit jeder Sekunde härter. "Es macht mich glücklich, für dich zu sorgen, Prinzessin."

Daraufhin musterte sie mich. Sie betrachtete den formellen Anzug eines ehemaligen Kriegsfürsten, das eng anliegende Jackett, das meine massive Brust und Schultern nicht verbergen konnte. Das Jackett wurde extra angefertigt, um die glänzenden Paarungshandschellen an meinen Handgelenken, die mich als ihr Mann kennzeichneten, hervorzuheben. Ihr Lächeln jedoch schwand zusehends und ein düsterer, trauriger Blick stahl die Freude aus ihren Augen.

"Was werden wir jetzt machen, Dax? Wenn ich nicht kämpfe, dann weiß ich nicht, was ich mit mir anfangen soll. Ich fühle mich nutzlos, wie irgendeine Dekorations, die auf den Kaminsims gestellt wurde, um Staub anzusammeln. Anständige Männer sind da draußen am Kämpfen und Sterben und ich bin dabei, wie eine Vollidiotin herumzuwirbeln. Ich kann das einfach nicht—" Sie deutete auf ihr Gewand und blickte zurück zu mir. "Dax, ich bin keine Prinzessin. Ich kann das nicht, ich kann nicht glücklich sein, wenn ich eigentlich kämpfen müsste. Wenn da draußen weiterhin gute Männer sterben."

"Sie kämpfen, um dir dieses Leben zu ermöglichen. Sie kämpfen, damit andere ihr Leben genießen können, genau, wie du es für andere in der Koalition getan hast und auf der Erde. Ich hatte Atlan für lange Zeit verlassen. Wir werden es schon irgendwie hinbekommen."

Ich zog das Jackett aus und warf es zu Boden. Dann mein Hemd. Als ich mit bloßem Oberkörper da stand und sie an meiner nackten Haut spüren konnte, zog ich sie näher an mich heran und platzierte ihr Ohr über meinem pochenden Herzen. "Wir werden nicht nur untätig herumsitzen, Liebes. Der Senat wird uns bitten, an vielen Veranstaltungen teilzunehmen, als Botschafter für diejenigen, die eventuell der Flotte beitreten wollen. Wir werden Interviews geben und viele Fragen beantworten. Die Politik wird unseren Rat suchen, auch in Kriegsangelegenheiten. Wir werden andere auf ihre zukünftigen Kämpfe vorbereiten, und wir werden Kinder haben, Liebes. Ich möchte mein Kind in deinem Schoß wachsen sehen. Ich wünsche mir ein Haus voll rauflustiger Jungs und frecher Mädchen. Ich möchte mich in den Wandschrank schleichen, um dich zu ficken, dich gegen die Wand drücken und deine Lustschreie mit meinem Kuss ersticken, damit die Kinder sie nicht hören."

Sie schüttelte sich vor Lachen. "Dax, du bist so versaut."

Ich legte meine Hände an ihren Rücken und machte ihr Kleid auf, sodass der weiche Stoff zu ihren Füßen fiel. Ich wusste, was sie darunter trug; ein dünnes, eng anliegendes Leibchen, das mich nicht davon abhalten würde, ihr den Hintern zu versohlen, sie zu ficken, sie zu erobern.

Ich hob sie in meine Arme und brachte sie zurück in unser Schlafgemach, ich setzte mich aufs Bett und hielt sie auf meinem Schoß. Still und zufrieden ruhte sie in meinen Armen, ihre Wärme war ein Balsam für meine Sinne. Sie hier in unserem neuen Zuhause zu haben, beruhigte mich auf eine Weise, wie ich es nie für möglich gehalten hätte.

Und doch, es gab immer noch etwas zu lernen.

Ich schob einen Finger unter ihr Kinn und hob ihren Kopf an, dann küsste ich sie, bis sie nur so dahinschmolz, bis ihr Begrüßungssaft ihr dünnes Leibchen durchtränkte und ihre Nippel unter meinen neugierigen Händen steif hervorstanden.

Als sie weich und geschmeidig war,

drehte ich sie um, sodass ihr Bauch gegen meine Schenkel presste. Ihr Kopf hing nach unten und ihr Arsch ragte in die Höhe und war bereit, ordentlich verhauen zu werden.

"Dax! Was tust du da?" Sie wandte sich hin und her, aber meine Hand drückte sie weiter fest nach unten.

"Du hast mich angelogen, Sarah. Ich habe versprochen, dir den Arsch zu versohlen. Weil wir so schnell transportiert wurden, ist es längst überfällig."

"Dax. Nein. Das kann nicht dein Ernst sein. Ich musste—"

Meine feste Hand auf ihrem Arsch ließ ihren Widerstand verstummen. Sie schrie, nicht vor Schmerz, sondern vor Wut und ich versohlte sie erneut, fester dieses Mal, damit die Wucht des Aufpralls meine Hand stechen ließ. "Nein, Liebes. Du wirst mich nicht anlügen. Niemals. Du wirst die Wahrheit sagen. Du wirst lernen, mir zu vertrauen."

*Klatsch!*

Sie strampelte und ich versohlte sie weiter. "Ich hätte dir geholfen, wenn du mir vertraut hättest. Ich hätte deine Wunde versorgt, auf dich gehört und das Flugzeug geflogen, dir ein Erste-Hilfe-Kit geholt." *Klatsch!* "Stattdessen aber hast du mir das Recht vorenthalten, als dein Partner für dich zu sorgen. Du hast dich selbst, die Männer, die wir unter Lebensgefahr befreit haben, und mich in Gefahr gebracht. Du hast mich angelogen." *Klatsch!* "Das wirst du nie wieder tun."

Sie wollte sich hochdrücken aber klein wie sie war, konnten ihre Arme nicht den Boden erreichen. Mit einem Zähnefletschen riss ich ihr das transparente Stück Stoff vom Körper. Das dünne Material löste sich in meinen Händen wie Papier, ich machte sie frei und schlug immer wieder zu.

Nur das Klatschen meiner festen Hiebe, die auf ihrem nackten Arsch aufsetzten, unterbrach die andächtige

Stille. Weder weinte oder diskutierte sie, auch bettelte sie nicht um Nachsicht. Ich versohlte ihr den Arsch, bis er hellrot leuchtete, bis ich von ihr hörte, was ich hören wollte.

"Dax, es tut mir leid." Ihre Stimme war ein reuiges Wimmern. "Ich hätte dich nicht anlügen dürfen. Ich hatte dir die Wahrheit sagen und darauf vertrauen sollen, dass du mir helfen würdest. Es tut mir leid. Ich wollte dir keine Angst einjagen. Ich habe es ehrlich gesagt nicht verstanden."

"Was hast du nicht verstanden?"

"Wie viel ich—dir bedeute."

Mit ihren Worten schwand mein Wille, ihre Bestrafung fortzusetzen. Ich legte meine Hand auf ihre zarte Haut, streichelte sie und musste sie berühren, um mich zu vergewissern, dass sie in Sicherheit und wohlauf war und dass sie mir gehörte. Sie hielt still und akzeptierte meine Berührungen. "Du bist mein Leben, Sarah. Du bedeutest mir mehr als alles andere."

Ich wollte keine Antwort auf mein Geständnis abwarten, denn ich wollte von ihren mangelnden Gefühlen für mich nicht enttäuscht werden, also griff ich stattdessen zu meiner Rechten und fand die kleine Schachtel auf dem Bett, genau dort, wo ich sie zurückgelassen hatte. Mit einer Hand auf ihren unteren Rücken gepresst hielt ich sie an Ort und Stelle und nahm das Sexspielzeug aus seinem Behälter. Dann nahm ich das Gleitmittel zur Hand, um sicher zu stellen, dass sie es genießen würde. Ich würde sie so oft kommen lassen, bis sie an keinen anderen Mann mehr denken konnte, bis sie sich kein anderes Leben mehr vorstellen konnte. Irgendwann würde sie mich lieben. Für den Moment war sie hier, nackt. Sie war Mein. Das genügte mir.

"Halt still." Ich erkannte kaum meine eigene Stimme wieder und mir wurde klar, dass die Bestie diesmal nicht zurückgewiesen werden konnte, nicht dieses Mal. "Du gehörst mir."

"Dax? Was ist los—"

Mit einer Schnelligkeit und Präzision, die aus der Not geboren war, arbeitete ich den Plug in ihren straffen Arsch; beim Anblick des Kontrollschalters, der aus ihrem Poloch ragte, musste ich tatsächlich knurren.

"Mir." Es war das einzige Wort, das ich in diesem Moment formulieren konnte. Es beherrschte meinen Verstand, zusammen mit dem Bedürfnis, sie zu ficken, zu beanspruchen und wieder zu ficken. Ich musste den Geruch ihrer Muschi an meinem Schwanz wahrnehmen, ich musste ihre Lustschreie in meinen Ohren hören, ich musste ihren gefügigen, zarten Körper unter meinen Händen spüren und ihre Haut mit meinem Geruch einreiben, um uns aneinander zu binden.

"Ich mag zwar dir gehören, aber warum hast du mir dieses Ding in den Arsch gesteckt?" Sie wandte sich hin und her, aber davon wurde nur mein Schwanz härter.

"Dieses *Ding* wird dir Vergnügen bereiten. Denk daran, meine Aufgabe ist es, dich zu bestrafen, aber auch, dir Vergnügen zu bereiten."

Ich zog ihre Arschbacken auseinander und inspizierte die Position des Luststöpsels, wie auch die glitzernd nassen Falten ihrer rosafarbenen Muschi. Sie war klatschnass; der Duft lockte die Bestie in mir, es war ein Aroma, das ich nicht ignorieren konnte.

"Ich habe es nicht nötig, dass du mir … *dort* etwas reinschiebst."

Ich gab einen sanften Hieb auf ihr bereits pinkfarbenes Hinterteil. "Tust du doch. Das letzte Mal bist du voll drauf abgefahren. Vergiss nicht, wir sind Partner und ich weiß, was du brauchst. Du *brauchst* es und ich werde es dir geben." Ich tippte einmal gegen das Ende des Plugs und sie keuchte. "Es wird dir gefallen."

Mit einer flinken Bewegung hob ich ihre Hüften an, schwenkte sie herum, sodass ihr Bauch gegen meinen lag und brachte ihre Muschi an meine begierigen Lippen. Sie kreischte, ihre Beine wirbelten kurz wild herum, bis ihre Knie auf meinen Schultern landeten. Ich ignorierte ihr Schreien, denn ich wollte sie verzweifelt schmecken und ihre Mitte mit meiner Zunge ficken.

Als ich in ihren Körper eindrang, begrüßte ich die Transformation, die ich durch meinen eigenen Körper hindurchzuströmen begann. Meine Muskelzellen brachen auf und erneuerten sich, sie wuchsen größer und stärker. Mein Zahnfleisch zog sich zurück und ich konnte die glühenden Spitzen meiner Zähne spüren, während ich ihre Muschi kräftig von vorne bis hinten ableckte. Mit meiner festen Zungenspitze wirbelte ich immer wieder über und um ihren Kitzler herum, wieder und wieder, bis ihre

Schenkel mein Gesicht in den Schraubstock nahmen und sie winselte und sich mit zittrigen Händen an mir abdrückte.

Ich lutschte ihren Kitzler und ein tiefes, inbrünstiges Knurren entwich meinen Lungen. Es war laut. So laut, dass die Vibrationen wahrscheinlich den gesamten Flur entlang spürbar waren. Der Widerhall würde ihren Kitzler wie eine Sonarwelle treffen und sie über die Schwelle katapultieren.

Sarahs winselndes Geschrei befriedigte mich zutiefst und ihre Muschi pulsierte erleichtert. Ich schob meine Zunge tiefer in sie hinein, ritt den orgasmischen Sturm und strich hart und schnell über ihre Innenwände, um die Wonne aus ihr herauszukitzeln.

Als es vorüber war, richtete ich mich auf. Ich wirbelte ihren Körper nach oben und drehte sie in meinen Armen um die eigene Achse, bis ihr Mund unter dem Meinen lag, ihre Brüste gegen meinen Oberkörper pressten und ihre enge, feuchte Muschi nur eine handbreit von meinem riesigen Schwanz entfernt war.

Mit einem Schaudern wich sie zurück. Dann blickte sie mich von oben bis unten an, von der prallen Größe meiner Schultern zu den länglichen Gesichtszügen, die jetzt mein Aussehen dominierten. Ich erwartete Furcht, Schock, Zurückweisung. Aber sie machte einfach nur große Augen und schnappte nach Luft. "Heilige Scheiße, Dax, du siehst scharf aus."

"Nach dieser Nacht wirst du mir gehören. Wir werden zusammen gehören, verpartnert, miteinander vereint sein. Das Fieber wird weg sein und nur du und ich werden übrig bleiben. Du wirst für immer mir gehören, Sarah. Ich werde dich niemals gehen lassen."

Meine vereinnahmenden Worte ließen ihre Augen aufflackern und ich beobachtete, wie ein Schauer über ihren Körper jagte. Mein Bedürfnis, die Bestie freizulassen schüttelte mich durch. Vielleicht ahnte sie es, denn sie hob herausfordernd das Kinn nach oben.

"Nimm mich, Dax. Du hältst dich immer noch zurück."

Der Schweiß tropfte von meiner Augenbraue auf ihre Brust und ich beugte mich herunter, um sie trocken zu lecken, um die Spur auf ihrem Dekolleté nachzuzeichnen, bevor ich mich wieder an ihrem Hals entlang hocharbeitete. Dort knabberte ich und hielt sie bewegungslos in meinen Armen, während sie sich enger an mich heranschmiegte.

"Ich möchte dir nicht weh tun," räumte ich ein. "Ich weiß nicht, was die Bestie machen wird." Sie war jetzt mehr als kurz angebunden, riss und zerrte verzweifelt an ihrer Leine, um endlich frei zu kommen, bereit, heftig zu ficken.

"Du würdest mir niemals weh tun." Sie lehnte ihren Kopf zurück und bot mir—nein, der Bestie—ihren nackten Hals an. Sie schenkte mir ihr Vertrauen.

Ich schüttelte den Kopf und kniff die Augen zu. Ihr den Arsch zu versohlen war eine Sache gewesen, nie zuvor aber hatte ich der Bestie freien Lauf gelassen. "Das ist nicht sicher."

"Dax," flüsterte sie und wartete darauf, dass ich die Augen aufmachte. "Ich bin mir sicher. Du wirst mir nicht weh tun. Deine Bestie wird mir auch nicht weh tun. Wir wurden verpartnert, erinnerst du dich? *Du* müsstest wissen, dass es mir ziemlich gut gefällt, einen Plug im Arsch stecken zu haben."

Das Eingeständnis bewirkte, dass ihre Wangen leuchtend rosa anliefen.

"Aber *ich* weiß, dass du mir *niemals* weh tun würdest." Sie schluckte, befeuchtete ihre Lippen und sprach weiter. "Ich will es. Ich will dich. Ich will euch beide. Lass ihn raus, Dax. Ich möchte deine Bestie kennenlernen."

Damit war es mit meiner Zurückhaltung vorbei. Bei diesen Worten brach ich regelrecht auf, die Bestie sprang frei und brüllte. Mein

Schwanz pochte und pulsierte, er wurde immer dicker, bereit, sie zu füllen. Wieder spürte ich, wie meine Muskeln sich veränderten. Mein Körper wuchs und ich hatte qualvolle Schmerzen. Messerscharfe Zähne stachen gegen meine Unterlippe. Ich konnte meine Hände spüren, wie sie umherwanderten, damit ich sie besser packen, sie fixieren konnte, während ich sie nahm. Es würde kein Entrinnen für sie geben.

"Dax." Ihre Finger wanderten über meine kantigen Gesichtszüge, aber die Bestie konnte ihre Angst nicht riechen, was eine Art Segen war. Ich war zu weit außer mir, um ihr Trost zu spenden oder ihre Zweifel beseitigen zu können. Meine Bestie hatte jetzt die volle Kontrolle und sie hatte nur eine einzige Antwort auf das alles.

"Mir."

Sie schlängelte sich in meinen Armen empor und wollte mir einen Kuss geben. "Ja. Ich gehöre dir."

Die Bestie knurrte, fand aber Gefallen an ihrer Antwort, genau wie am sanften Druck ihrer Lippen. Wortlos trug ich sie zu einer gepolsterten Wand, wo ich sie nehmen konnte, wie ich es wollte, ohne ihr dabei weh zu tun. Die Bestie fickte ausschließlich im Stehen, nie würde sie sich hinlegen, nie den Überblick verlieren. So lief es auf Atlan und der Raum war entsprechend eingerichtet.

"Mir."

"Ja." Ihr Rücken prallte gegen die Wand und ich zog ihre Arschbacken weit auseinander, ich spreizte ihre nässende Muschi über meiner Eichel.

"Mir." Mit einem festen, schnellen Stoß spießte ich sie gegen die Wand auf. Sie war so heiß, so feucht und so verdammt eng, dass ich fast explodierte, der Plug in ihrem Arsch rieb mit jedem Stoß die Unterseite meines Schwanzes. Für mich existierte nur noch sie: ihre Augen, ihr Geruch, ihre zarten Schreie und ihre zarte Haut. Ihre feuchte

Muschi wartete darauf, meinen Samen in sich aufzunehmen. "Mir."

"Oh Gott." Der Bestie missfielen ihre Worte, denn *ich* war jetzt ihr einziger Gott.

"*Mir!*" Die Bestie stieß härter in sie hinein, ihr Knurren war finster und unnachgiebig, als ich meinen Schwanz so tief wie möglich in ihrer Muschi vergrub. Mit der Masse meines Körpers hielt ich sie fest. Ich hob ihre Arme nach oben und befestigte ihre Handschellen an den Magnetschlössern über ihr. Sie versuchte die Arme zu senken, dann keuchte sie, als ich ihre Beine anhob und wieder und wieder in sie eindrang und mit jedem meiner Stöße ihre Hüften höher gegen die Wand schob.

Als die das erste Mal kam, ließ ich nicht locker, sondern fickte sie noch heftiger, während sie vor mir stöhnte und wimmerte. Ich konnte stundenlang weitermachen und würde es auch, bis die Bestie befriedigt sein würde. Ich fickte sie erbarmungslos. Ihre Knie lagen auf meinen Ellbogen, damit ich ihre Beine weit auseinanderspreizen konnte. Mit jedem Schub meines Fleischgewehrs wackelten und hüpften ihre Brüste vor meinen Augen. Langsam schloss sie die Augen, ihre Gesichtszüge verspannten sich vor angestrengter Ekstase, als sie erneut kam und ihre Muschi sich wie ein Schraubstock um meinen Schwanz zusammenzog. Der Anblick war einfach betörend und ich würde töten, um sie zu beschützen. Ihr allein galt meine Treue, keinem Land oder König, keinem Planeten oder Familienzweig. Ich gehörte ihr. Sarah allein. "*Mir.*"

Wieder kreischte sie vor Lust und meine Bestie heulte vor Freude. Es würde eine lange Nacht werden und Sarah würde jede einzelne Minute genießen. Von jetzt an würden wir uns wirklich nahestehen, auf Seelenebene. Die Natur tat ihr übriges und begann den Bindungsprozess. Der Duft meiner

Bindungspheromone erfüllte die Luft und ich zog ihren Kopf an meinen Körper heran, damit sie meinen Duft einatmete. Ich markierte ihren Leib, nahm ihren Geruch in mir auf und beanspruchte sie so endlich für mich. Die Bestie knurrte einträchtig, als sie an meinen Brustwarzen knabberte.

## 11

*S*arah

MEINE ARME WAREN über meinem Kopf fixiert und ein kaum wiedererkennbarer Koloss fickte mich mit dem Rücken gegen die Wand. Sein strenger, moschusartiger Duft und sein männliches Aroma überwältigten meine Sinne, ich war berauscht von seinem Duft des Verlangens, seinem Fleisch. Er zog meinen Kopf an seine Brust und ich rieb meine Wange an seinem Oberkörper, begierig, im Duft meines Partners zu schwelgen. Er roch besser als jedes Eau de Cologne, dass ich mir vorstellen konnte. Er roch heftig und dominant, sicher und vertraut. Ich knabberte an seiner Brust, fest genug, um ihm meine eigene Marke zu verpassen. Ich verspürte das Bedürfnis, ihn zu markieren, ihn zu erobern, so, wie er mich eroberte. Und wie er mich eroberte! Heilige Scheiße!

Als ich sein Knurren hörte, wusste ich, dass er mir gehörte. *Ich wusste es.* Die Tatsache, dass er sich so lange zurückgehalten hatte, war ein Beweis seiner Stärke. Er hatte die Bestie vor mir verborgen, bis jetzt. Er gehörte mir. Seine *Bestie* gehörte mir.

Ja, seine Bestie. Einst ließ mich dieses Wort vor Angst erschaudern. Wer würde nicht erschauern? Eine Bestie? Als ihr Knurren geradezu einen Orgasmus aus mir herausschüttelte, wusste ich, dass sie befreit war.

Er stieß in mich hinein und die

Vereinnahmung begeisterte mich; ich wurde von dem dicken Schaft, der mich ausfüllte äußerst erregt, seine übermenschliche Stärke, mit der er mich fest hielt, während er mich für sich beanspruchte und immer wieder in mich hineinstieß, tiefer und tiefer bis es sich anfühlte, als wäre er in meine Seele eingedrungen, bis ich wusste, dass ich ihn nie aus mir herausbekommen würde.

Ich hatte mir diesen Moment vorher ausgemalt. Würde er wie ein tollwütiger Hund mit Schaum vor dem Mund über mich herfallen? Würde er die Gestalt wandeln wie einer dieser Werwölfe, die ich aus Büchern kannte? Würde er durchdrehen und mir dabei weh tun?

Er rieb seine Lenden gegen meinen Kitzler und ich stöhnte vor Verlangen. Nein. Er würde mir niemals weh tun. Diese Gewissheit erblühte in meiner Brust, als er meine Beine auseinander hielt und tief, fest in meine Mitte eindrang. Er rieb seine Haut an meine und bedeckte mich mit seinem Geruch. Er war größer, seine Muskeln platzten fast aus der Haut. Er sah unwirklich aus, wie ein Held aus einem Comic-Heft mit hervorstehenden Muskeln und klar definierten Zügen. Sein Gesicht wirkte, als wäre es auseinandergezogen worden. Seine Zähne sahen länger aus, wie bei einem Raubtier, das in der Lage war, mir genauso mühelos wie er jetzt an mir knabberte, die Kehle zu durchbeißen. Stattdessen aber erforschte er mich mit seinen Lippen und seiner Zunge und mir lief ein Schauer über den Rücken.

Diese Seite ließ ihn einfach viriler und männlicher erscheinen, mehr *Dax* als je zuvor. Ich wusste, dass er mich wollte, und zwar von der Art, wie er mich anschaute. Die Bestie wollte meinen Körper, aber ich konnte auch noch einen Hauch von Dax ausmachen und er wollte *mich*. Wir hatten miteinander gefickt, nein, wir hatten Liebe gemacht und uns mit unseren

Berührungen, unserem Gefühl, unserer Lust gezeigt, wie sehr wir einander brauchten. Aber er hatte sich immer zurückgehalten und diese Seite seiner Person vor mir verborgen. Aber jetzt nicht mehr. Jetzt würde ich das Beste seiner zwei Persönlichkeiten erfahren. Seine vorsichtige, behutsame Art und … das hier, seine wilde Seite ebenfalls.

Dax behielt weiter die Kontrolle über mich und da meine Handschellen über mir an der Wand befestigt waren, war ich ihm wahrhaftig ausgeliefert. Aber auch als die Bestie ihn übernommen hatte und er mich komplett ausfüllte, fügte er mir keinen Schaden zu. Er wurde schneller und ich musste aufschreien, dann wölbte ich meine Hüften empor und er schwoll weiter in mir an und wurde sogar noch größer als zuvor. Er war dick und heiß, eine Bestie, die ohne Gnade oder Rechtfertigung in meinen Körper eingedrungen war. Ich beugte die Hüften, um ihn komplett zu nehmen.

Er tat mir nicht weh, aber ich musste mir auf die Lippe beißen und meinen Aufschrei unterdrücken, als ich mich an die zusätzliche Dehnung gewöhnte, das erotische Brennen seiner Übernahme und die Wucht seiner geballten Faust an meinem empfindlichen Arsch machte mich gieriger, heißer, wilder.

Mein Orgasmus überrollte mich und er brüllte und fand ebenfalls Erleichterung, sein Schwanz zuckte und pulsierte in mir und bedeckte meine Innenwände mit seinem heißen Samen. Er hielt inne und atmete schwer, als er mich weiterhin festhielt. Er rieb seine Haut gegen meine, er roch mein Fleisch und kostete mich mit seinem Kuss. Er wiederholte das anscheinend einzige Wort, das er in diesem Zustand aussprechen konnte. *Mir.* Immer wieder.

"Ja," entgegnete ich und leckte mir dabei die Lippen. Er wich zurück und blickte mich an. Seine Muskeln schrumpften, sein Gesicht fand zu der

Form zurück, die ich lieben gelernt hatte und er strich mit dem Daumen über meine Wange und hielt inne. An seiner Schläfe pulsierte eine Ader und Schweiß tropfte ihm von der Wange, während er sich wieder beruhigte. Allerdings ließ er mich noch nicht los. Weder zog er aus mir heraus, noch ließ er meine Beine zu Boden. Ich blieb an Ort und Stelle, mit seinem Schwanz gegen die Wand genagelt. Zu seinem Vergnügen ließ er mich dort verweilen und seine dunklen Augen wanderten über mein Gesicht und meinen Körper und begutachteten jeden Millimeter.

"Alles in Ordnung?"

"Mir geht's gut." Er wirkte weiterhin besorgt, also fügte ich hinzu: "Dax, ich wollte dich. Ich wollte deine Bestie." Ich spannte meine Muschi an, zerquetsche ihn nachdrücklich und stellte überrascht fest, dass er immer noch steif war.

Seine Augen flackerten, als er meine intime Geste spürte und er bewegte die

Hüften und stieß erneut zu, während ich stöhnte. Erwidernd ächzte er, tauchte wieder in mich ein und beanspruchte meinen Mund mit einem Kuss, sodass sich mein Rücken von der Wand wölbte und meine Muschi sich nach mehr sehnte.

"Bist du wirklich in Ordnung? Habe ich dir nicht weh getan?" knurrte er hervor.

Ich zerrte an den Handschellen, nur, um sie klappern zu hören und mich daran zu erinnern, dass mir nicht anderes übrig blieb, als mich ihm hinzugeben und Dax und seiner Bestie freien Lauf zu lassen. "Ja."

Ich reckte den Nacken, ich wollte seine Lippen zurück auf meinen Mund bringen und versuchte ihn anzulocken, indem ich erneut seinen Schwanz massierte.

Ungestüm küsste er mich. "Du willst mehr?"

"Ja."

"Fleh mich an, Sarah. Sag meinen

Namen. Sag es." Seine Worte waren wie ein Peitschenhieb, schnell und durchdringend.

"Dax, bitte." Ich schaute ihm in die Augen und sprach weiter: "Bitte. Hart und rau. Immer wieder. Lass los, Dax. Lass die Bestie raus. *Ich will dich.*"

Ein letztes Mal musterte er mich, dann, endlich … ließ er sich endgültig gehen. Wegen seiner Sorge um mich liebte ich ihn umso mehr, aber jetzt war es an der Zeit, loszulassen. "Ja, dann soll es wohl so sein."

Daraufhin nahm er mich heftig und schnell. Seine meisterhaften Stöße waren ohne jede Sanftheit, ohne Takt. Er fickte mich gründlich, bis ein weiterer Höhepunkt mein Inneres dahinschmelzen ließ und ich nach Luft rang.

Ich dachte, er wäre fertig mit mir, dass das Fieber sicherlich aufgebraucht sein musste, aber nein. Behutsam löste er meine Handschellen und trug mich aufs Bett, wo er mich auf den Bauch drehte und mich nach seinem Belieben zurechtrückte. Er schob mir ein Kissen unter die Hüften und strich mir das Haar aus dem Gesicht. Ich war zu erschöpft und konnte mich nicht bewegen. Ich war zu gesättigt, um irgendetwas anderes zu tun, als ihn einfach machen zu lassen.

"Bist du bereit für mehr, Sarah?" Seine Männerstimme war wieder vollkommen zurück, ich erkannte meinen Liebhaber wieder, den Mann, für den ich alles geben würde, für den ich mein Leben lassen würde.

"Dax." Bei der Vorstellung, erneut genommen zu werden, musste ich winseln. Noch ein heftiger Orgasmus, noch eine Chance für ihn, meinen Körper, meinen Geist in Besitz zunehmen. "Ja."

Seine großen Hände strichen an meinen Armen entlang, über meine Schultern und über meine Wirbelsäule. Erst anschließend ließ er seine Finger nach unten wandern und in meine immer noch feuchte Muschi hineingleiten.

"Hier, Sarah. Ich will dich noch einmal. Meine Bestie wurde befriedigt, für den Moment. Aber sie fürchtet, dass wir dir weh getan haben."

"Mir geht's gut."

Er strich über meinen Kitzler und ich räkelte mich auf dem Bett, ich presste mich seiner Hand entgegen, während er sprach. "Ich muss dich nochmal nehmen. Wirst du es zulassen?"

Ich schätzte es, dass er sich so sehr um mich sorgte. Aber manchmal wollen Mädels einfach gegen eine Wand gehebelt und durchgefickt werden, als wären sie die schönste, unwiderstehlichste, begehrenswerteste Frau im ganzen Universum. "Dax, du und deine Bestie, ihr könnt machen, was immer ihr wollt."

Er lachte, dann beugte er sich über mich und schaltete den Analplug an, damit dieser wie in unserer ersten gemeinsamen Nacht vibrierte. Dieser neuartige, fremde Reiz erweckte mein Verlangen ein weiteres Mal und ich stöhnte vor lauter Lust. Er hob meine Hüfte vom Bett und rutschte hinter mich, um zwischen meinen Beinen auf die Knie zu gehen. Mein Arsch ragte steil in die Höhe. Er verpasste meinem immer noch wunden Hintern einen stechenden Hieb und ich keuchte schockiert, denn die Hitze ließ meine Mitte aufflammen. Bevor ich mich versah, versohlte er die andere Seite und die Hitze raste in meinen Kitzler. Fast hätte ich darum gebettelt, von ihm gefüllt zu werden, als er mich schließlich rückwärts und hoch auf seine Schenkel zog und seinen Schwanz tief von hinten in mich hineinschob.

Er bewegte sich langsam und knetete dabei mein schmerzendes Hinterteil. Er zog meine Schamlippen weiter auseinander und erkundete unsere intime Verbindung mit seinen dicken, stumpfen Fingerspitzen. Er öffnete mich, während er aus meiner Mitte ein und aus glitt und inspizierte mich, während er seinem Schwanz bei seiner Arbeit zusah. Mein Gesicht lag auf dem weichen Laken, meine Schenkel waren weit gespreizt, mein Arsch und meine Muschi gehörten ihm … und ich ließ ihn gewähren. Ich übergab ihm alles und war überglücklich, genommen zu werden. Nie hatte ich mich so mächtig gefühlt, wie in diesem Augenblick. Es hätten fünf Minuten oder fünf Stunden vergehen können. Ich verlor jegliches Zeitgefühl, als er beflissen und kontrolliert in meinem Körper ein und ausging, mich noch einmal für sich beanspruchte. Vor einigen Minuten hatte die Bestie mich genommen, jetzt aber wurde ich von Dax, dem Mann gefickt. Er war mein Partner, mein Mann. Er fasste an meine Unterseite, um meinen Kitzler zu reiben und zog gleichzeitig an dem Plug in meinem Arsch, um mich auch dort sanft zu ficken. Ich wusste, was er wollte. Er würde meinem empfindlichen Leib noch mehr Lust abgewinnen, er würde mich fordern und ich würde ihm geben, was er brauchte.

"Sarah, komm, komm für mich. Jetzt."

Mein Körper reagierte wie aufs Stichwort. Der Orgasmus überkam mich und sanfte Lustjauchzer entwichen meiner Kehle. Als ich kam, vergoss er seinen Samen in mir. Ich fühlte mich wie eine Göttin, eine wunderschöne, begehrenswerte Sexgöttin, die soeben die Bestie bezwungen hatte.

———

Ich erwachte in Daxs Armen, sein Körper schmiegte sich an meinen—mein Rücken kuschelte sich an seine Vorderseite. Ich konnte seine Größe spüren, jeder Zentimeter seines nackten Leibes schien mich beschützend zu umschlingen. Er schlief friedlich und ich kam mir vor, als hätte ich die ganze Welt erobert und war froh, dass die Bestie in ihm schließlich ihren Frieden gefunden hatte. Wir waren jetzt nicht nur miteinander verpartnert, sondern miteinander vereint. Sein Duft umhüllte mich, driftete über mein Fleisch und schenkte mir Geborgenheit. Ich fühlte mich sicher, umsorgt und angekommen. Zwischen meinen Beinen fühlte es sich herrlich wund an. Ein Gefrierbeutel mit Erbsen wäre jetzt praktisch, denn obwohl Dax so umsichtig wie möglich mit mir umgegangen war, sein Schwanz war ... solide und er war nicht gerade behutsam gewesen.

Lächelnd rief ich mir die Erinnerungen der vergangenen Nacht ins Gedächtnis. Er war fordernd und dominant gewesen und mit ihm würde es auch nicht anders laufen. Ich war dankbar für das leichte Brennen, denn so konnte ich seine Macht, die verborgene Unbändigkeit in ihm nicht einfach vergessen. Die Handschellen an meinen Handgelenken funkelten im Licht und mir fiel auf, dass sie zum Anhänger meiner Halskette passten. Ich seufzte zufrieden, denn das waren die einzigen Dinge, die meinen nackten Körper schmückten. Ich hob meine Hand, damit ich die Handschelle betrachten konnte. Ich befühlte das warme, glatte Metall und fuhr mit dem Finger darüber. Plötzlich war meine Neugierde geweckt. Ich hatte keinen Schimmer, um was für ein Material es sich handelte: Gold, Titan, ein Atlanisches Metall. Einst verfluchte ich die enge Passform, jetzt waren die Handschellen ein willkommenes und sehr offensichtliches Symbol für unsere Verbindung.

Immer wieder strich ich über die Prägung und musste dabei an die inkompetente Aufseherin Morda auf der Erde denken, an die Maus, und wie ihr Versehen mich hierher befördert hatte, in die seligen Arme eines Mannes, den ich über alles liebte. Dax war ehrenhaft und mutig, dominant und viril. Er war stark genug, damit ich mich zum ersten Mal in meinem Leben auf einen Mann verlassen und mich dabei sicher fühlen konnte. Ich benötigte seinen Trost, seine Fürsorge, seine Liebe. Ich war zig Millionen Lichtjahre von der Erde entfernt und mit einem Alien verpartnert. Trotzdem fühlte ich mich freier als je zuvor in meinem Leben. Ich durfte ich selbst sein, tanzen, staunen und träumen. Ich hatte die Freiheit mich zu verlieben, ohne länger für Geld, Respekt oder mein Überleben kämpfen zu müssen. Jahre der Anspannung und Sorge waren vergessen—dank dem Atlanischen Kriegsfürsten, der an meiner Seite ruhte.

"Du kannst sie jetzt abmachen," brummelte Dax.

Daraufhin hielt ich inne. Ich wollte sie nicht abmachen; sie wiesen mich als seine Partnerin aus. Ich wollte nicht, dass irgendwer jemals an unserer Verbindung zweifeln könnte. Er gehörte mir. Hatte ich mich getäuscht? Wollte er sich jetzt, als sein Paarungsfieber vorüber war etwa davon machen? Uns aufgeben? Er könnte jetzt zusammen mit einer duldsamen, kleinlauten Atlanerin ein langes, glückliches Leben führen. Hatte ich meinen Zweck erfüllt? War das alles, was ich für ihn darstellte? Ein Mittel zum Zweck, dem man sich anschließend einfach entledigen konnte?

Der Gedanke daran war wie ein Stich ins Herz und mir wurde bewusst, wie sehr ich ihm verfallen war. Ich liebte ihn zutiefst, mit jedem Funken Glut und Leidenschaft meines Körpers. Vergangene Nacht hatte ich ihm alles gegeben, ihm mein Herz und meine Seele geschenkt und jetzt war es verdammt nochmal zu spät, es wieder zurückzunehmen.

"Dreh dich um Sarah. Ich werde dir helfen, sie abzunehmen."

"Ich dachte, du schläfst noch," sagte ich stattdessen und wandte den Kopf ab, damit er die Kränkung seiner Worte, das Unbehagen, das sie verursachten, nicht sehen konnte.

"Hmm. Du atmest schneller. Du bist sauer." Seine mächtige Hand wanderte über meine Hüfte und Taille, als würde er ein wildes Tier zähmen wollen. "Was hast du?"

Ich rollte mich zu einem Ball zusammen und wandte ihm weiter den Rücken zu. Ich war nicht sicher, was ich erblicken würde, sollte ich mich in seine Arme rollen. Die Vorstellung, Desinteresse oder Bedauern auf seinem Gesicht zu entdecken war nicht auszuhalten. "Nichts. Leg dich wieder schlafen." Ich konnte mich davonschleichen, sollte er mich nicht länger brauchen. Sicherlich könnte jemand im Haus mir dabei behilflich sein, die

Handschellen loszuwerden. Ich würde sie seiner neuen, Atlanischen Braut überlassen, jener stillen, sanftmütigen Frau, die er sich in Wirklichkeit wünschte.

Die sanfte Berührung seiner Hand wandelte sich in einen stechenden Schmerz auf meinem Hinterteil und ich kläffte, als er mich zu sich umdrehte. "Du bist schon wieder dabei, mich zu belügen. Ich dachte, mit dem Thema wären wir durch."

Entschlossen unterdrückte ich die brennenden Tränen in meinen Augen, um das letzte Fünkchen Würde zu bewahren und betrachtete sein attraktives Gesicht. Zum ersten Mal sah er wahrhaftig entspannt aus. Die Behaglichkeit ließ ihn jünger und weniger brutal wirken. Ein zartes Lächeln deutete sich an seinen Mundwinkeln an, als er sich vorbeugte und mich einmal zärtlich küsste, bevor er mit einem Stirnrunzeln wieder von mir abließ. "Wirst du mir sagen, was dich bedrückt oder benötigst du eine weitere Runde Arsch versohlen?"

"Ich—"

"Ich kenne dich, Sarah, und du kennst mich. Unter Partnern gibt es keine Geheimnisse."

Mit dem Finger strich ich über seine Wange. "Mädchen brauchen ihre kleinen Geheimnisse," entgegnete ich.

Er packte mein Handgelenk, direkt über dem Armband.

"Nicht mit mir. Diese Handschelle, sie hat ihren Dienst erwiesen. Sie hat dich von der Koalition befreit, sodass du deinen Bruder suchen und mit mir nach Atlan kommen konntest. Sie hat uns zusammengeschweißt, bis das Fieber vorüber war und meine Bestie im Schach gehalten, bis ich sie ohne Bedenken herauslassen konnte. Jetzt … jetzt werden sie nicht länger gebraucht."

Daraufhin runzelte ich die Stirn, überrascht, dass er meine Ängste so direkt angesprochen hatte. "Willst du damit sagen, *ich* werde nicht länger gebraucht?" Ein stechender Schmerz breitete sich von meinem Herzen über meine Kehle bis in meinen Kopf aus, wo er sich hinter meinen Augen niederließ und dort mit einem unbarmherzigen Griff zudrückte. Tränen sammelten sich und ich konnte nicht verhindern, dass sie auf meine Wangen kullerten.

Dax wälzte sich auf dem Kissen und streckte eine Hand aus, um eine abtrünnige Träne mit der Fingerspitze aufzufangen. "Frau, du bist tatsächlich verrückt. Ich habe dieselben Worte wieder und wieder heruntergerasselt. Du bist meine Partnerin. Du gehörst mir. Wie oft habe ich das letzte Nacht wohl gesagt? Du. Gehörst. Mir. Ich gebe dich nicht auf. Ich werde dich nicht gehen lassen. Niemals. Mit oder ohne Handschellen, du gehörst mir. Du wirst immer mir gehören. Ich habe mich in dich verliebt. Ich werde nicht zulassen, dass du mich abwimmelst."

"Warum ... warum soll ich sie dann abnehmen?"

Er legte seine großen Hände um die Handschellen und zog sie an sich heran, um sie auf sein Herz zu legen. "Du sollst bei mir bleiben, weil du es willst und nicht, weil die Handschellen es so vorschreiben."

Meine große, kampfgestählte Bestie. Lächelnd umfasste ich seinen markanten Kiefer, in meinen Augen glühte all die Liebe auf, die ich für ihn verspürte. "Dax, ich liebe dich. Ich weiß nicht, wie das nach so kurzer Zeit überhaupt möglich ist, aber das tue ich. Ich liebe dich. Und nach dem, was wir letzte Nacht getan haben, brauchst du dir um mich keine Sorgen mehr zu machen. Schon bald werde ich mir wieder wünschen, von der Bestie genommen zu werden."

Er umfasste meinen Hinterkopf und fing an, mich langsam zu küssen, als hätte er stundenlang Zeit. Als er schließlich von mir abließ, lag ein Funkeln in seinen Augen, wie ich es vorher nie gesehen hatte. "Dann willst du mich also um meines Schwanzes willen?" neckte er mich.

"Hmm. Absolut. Ich will alles an dir." Dann schluckte ich meinen Stolz und meine Ängste herunter und sagte ihm, was genau ich wollte. "Und ich möchte die Handschellen anbehalten."

Seine Augen weiteten sich überrascht. "Das bedeutet, du kannst dich nie von mir entfernen, du kannst nicht zu wilden Abenteuern aufbrechen. Du wirst an meiner Seite bleiben müssen, immer."

Ich zuckte die Achseln und versuchte, unbekümmert zu wirken, obwohl mir das, was er eben beschrieben hatte, wie das Paradies vorkam. "Machen das die Frauen auf Atlan normalerweise nicht immer so?"

Er nickte. "Ja, aber ich hatte nicht zu hoffen gewagt, dass du einer solchen Sache zustimmen würdest."

"Möchtest du mich nicht an deiner Seite wissen?"

"Immerzu." Das Wort war ein

Gelöbnis und die Ernsthaftigkeit hinter diesem einen Wort schockierte mich zutiefst. Jetzt weinte ich aus einem völlig anderen Grund.

Ich glitt mit den Fingerspitzen über seine Lippen, ich wollte ihn meinerseits necken und versuchte vergeblich zu verbergen, wie sehr sein Versprechen mir nahe ging. "Wir wollen doch nicht, dass diese große, böse Bestie zum Spielen herauskommt und ich gar nicht da bin."

Er rollte sich auf mich und ich legte mich zurück, glücklich, meine Beine für ihn und die stochernde Hitze seines Schwanzes breit zu machen. Er drückte mich ins Bett und sein harter Schwanz glitt langsam in meinen Körper hinein. Nach und nach erwachte ich zum Leben, ich wurde heiß und feucht und bereit für ihn. Tief in mir vergraben stützte er sich auf den Unterarmen ab, damit ich sein Gesicht sehen und ihm in die dunklen Augen blicken konnte, während er mich ausfüllte, sich in mir bewegte und mich vor Lust aufstöhnen ließ, während ich meine Hände um seinen Hals und meine Beine um seine Hüften schlang und ihn fester an mich heranzog.

"Dax, ich fürchte, deine Bestie ist ein riesiges Problem. Sie muss gebändigt werden."

Dax senkte den Kopf und küsste mich, als wäre ich das Kostbarste in seinem ganzen Leben. Als er mir antwortete, glaubte ich ihm jedes einzelne Wort.

"Nein, Liebes, du hast uns beide bereits gebändigt."

---

**Lies als Den Vikens hingegeben nächstes!**

Als Kunsthändlerin in New York hat Sophia Antonelli hart für ihre Karriere gearbeitet. Das Schicksal zwingt sie jedoch, einen Deal mit der organisierten Kriminalität einzugehen. Als etwas schief geht, wird sie vor die Wahl gestellt: 25 Jahre Gefängnis oder Teilnahme am Interstellare Brautprogramm. Die Entscheidung ist leicht und Sophia ist schockiert zu erfahren, dass sie nicht einem, sondern drei Viken-Kriegern zugeteilt ist.

Nach zehn Jahren Kampf gegen den Hive sind Gunnar, Erik und Rolf jetzt die Wachen der Könige von Viken United. Sie beugen sich der neuen Königin und stimmen deren Wunsch zu, eine interstellare Braut zu teilen. Es sollte eine leichte Aufgabe sein, da die Braut perfekt auf alle drei kampferprobten Krieger abgestimmt ist. Keiner von ihnen kann sie allerdings davor bewahren, während des Transports entführt zu werden.

Als sie versehentlich in die Absichten einer bösen Organisation verwickelt wird, welche die Viken-Königin zu ermorden drohen, lehnt Sophia es ab, sich zurückzuziehen, und zwar auch dann, als sich ihre Gefährten schützend vor sie stellen. Nach ihrer Erfahrung auf der Erde wird sie nicht zulassen, dass ihr neues Leben ruiniert wird. Sophia wird alles riskieren, um ihren Feind zu enttarnen. Und wenn es um ihre neue Braut geht, werden auch die drei Viken-Krieger alles tun, um die Bedrohung zu beseitigen und ihre Braut zu behalten – für immer.

**Lies als Den Vikens hingegeben nächstes!**

# WILLKOMMENSGESCHENK!

## TRAGE DICH FÜR MEINEN NEWSLETTER EIN, UM LESEPROBEN, VORSCHAUEN UND EIN WILLKOMMENSGESCHENK ZU ERHALTEN!

http://kostenlosescifiromantik.com

## INTERSTELLARE BRÄUTE® PROGRAMM

*D*EIN Partner ist irgendwo da draußen. Mach noch heute den Test und finde deinen perfekten Partner. Bist du bereit für einen sexy Alienpartner (oder zwei)?

**Melde dich jetzt freiwillig!**
**interstellarebraut.com**

# *Mit dem Biest verpartnert*

# BÜCHER VON GRACE GOODWIN

*Interstellare Bräute® Programm*

Im Griff ihrer Partner

An einen Partner vergeben

Von ihren Partnern beherrscht

Den Kriegern hingegeben

Von ihren Partnern entführt

Mit dem Biest verpartnert

Den Vikens hingegeben

Vom Biest gebändigt

Geschwängert vom Partner: ihr heimliches Baby

Im Paarungsfieber

Ihre Partner, die Viken

Kampf um ihre Partnerin

Ihre skrupellosen Partner

Von den Viken erobert

Die Gefährtin des Commanders

Ihr perfektes Match
Die Gejagte

*Interstellare Bräute® Programm: Die Kolonie*
Den Cyborgs ausgeliefert
Gespielin der Cyborgs
Verführung der Cyborgs
Ihr Cyborg-Biest
Cyborg-Fieber
Mein Cyborg, der Rebell
Cyborg-Daddy wider Wissen

*Interstellare Bräute® Programm: Die Jungfrauen*
Mit einem Alien verpartnert
Seine unschuldige Partnerin
Die Eroberung seiner Jungfrau
Seine unschuldige Braut

*Zusätzliche Bücher*
Die eroberte Braut (Bridgewater Ménage)

## ALSO BY GRACE GOODWIN

*Interstellar Brides® Program*

Mastered by Her Mates

Assigned a Mate

Mated to the Warriors

Claimed by Her Mates

Taken by Her Mates

Mated to the Beast

Tamed by the Beast

Mated to the Vikens

Her Mate's Secret Baby

Mating Fever

Her Viken Mates

Fighting For Their Mate

Her Rogue Mates

Claimed By The Vikens

The Commanders' Mate

Matched and Mated

Hunted

Viken Command

The Rebel and the Rogue

*Interstellar Brides® Program: The Colony*

Surrender to the Cyborgs

Mated to the Cyborgs

Cyborg Seduction

Her Cyborg Beast

Cyborg Fever

Rogue Cyborg

Cyborg's Secret Baby

*Interstellar Brides® Program: The Virgins*

The Alien's Mate

Claiming His Virgin

His Virgin Mate

His Virgin Bride

*Interstellar Brides® Program: Ascension Saga*

Ascension Saga, book 1

Ascension Saga, book 2
Ascension Saga, book 3
Trinity: Ascension Saga - Volume 1
Ascension Saga, book 4
Ascension Saga, book 5
Ascension Saga, book 6
Faith: Ascension Saga - Volume 2
Ascension Saga, book 7
Ascension Saga, book 8
Ascension Saga, book 9
Destiny: Ascension Saga - Volume 3

**Other Books**
Their Conquered Bride
Wild Wolf Claiming: A Howl's Romance

## HOLE DIR JETZT DEUTSCHE BÜCHER VON GRACE GOODWIN!

Du kannst sie bei folgenden Händlern kaufen:

Amazon.de
iBooks
Weltbild.de
Thalia.de
Bücher.de
eBook.de
Hugendubel.de
Mayersche.de
Buch.de
Bol.de

*Hole dir jetzt deutsche Bücher von Grace Goodwin!*

## Osiander.de
## Kobo
## Google
## Barnes & Noble

## GRACE GOODWIN LINKS

Du kannst mit Grace Goodwin über ihre Website, ihrer Facebook-Seite, ihren Twitter-Account und ihr Goodreads-Profil mit den folgenden Links in Kontakt bleiben:

Web:
https://gracegoodwin.com

Facebook:
https://www.facebook.com/profile.php?id=100011365683986

Twitter:
https://twitter.com/luvgracegoodwin

# ÜBER DIE AUTORIN

Hier kannst Du Dich auf meiner Liste für deutsche VIP-Leser anmelden: **https://goo.gl/6Btjpy**

Möchtest Du Mitglied meines nicht ganz so geheimen Sci-Fi-Squads werden? Du erhältst exklusive Leseproben, Buchcover und erste Einblicke in meine neuesten Werke. In unserer geschlossenen Facebook-Gruppe teilen wir Bilder und interessante News (auf Englisch). Hier kannst Du Dich anmelden: http://bit.ly/SciFiSquad

Alle Bücher von Grace können als eigenständige Romane gelesen werden. Die Liebesgeschichten kommen ganz ohne Fremdgehen aus, denn Grace schreibt über Alpha-Männer und nicht

Alpha-Arschlöcher. (Du verstehst sicher, was damit gemeint ist.) Aber Vorsicht! Ihre Helden sind heiße Typen und ihre Liebesszenen sind noch heißer. Du bist also gewarnt...

Über Grace:

Grace Goodwin ist eine internationale Bestsellerautorin von Science-Fiction und paranormalen Liebesromanen. Grace ist davon überzeugt, dass jede Frau, egal ob im Schlafzimmer oder anderswo wie eine Prinzessin behandelt werden sollte. Am liebsten schreibt sie Romane, in denen Männer ihre Partnerinnen zu verwöhnen wissen, sie umsorgen und beschützen. Grace hasst den Winter und liebt die Berge (ja, das ist problematisch) und sie wünscht sich, sie könnte ihre Geschichten einfach downloaden, anstatt sie zwanghaft niederzuschreiben. Grace lebt im Westen der USA und ist professionelle

Autorin, eifrige Leserin und bekennender Koffein-Junkie.

https://gracegoodwin.com

www.ingramcontent.com/pod-product-compliance
Lightning Source LLC
LaVergne TN
LVHW011754060526
838200LV00053B/3597